U0025736
重組世界 1
Rebuild World
上 誘惑亡靈
作者 ナフセ
插畫 吟
世界觀插畫 わいっしゅ
機械設定 cell
The advanced civilization that once dominated the world has crumbled away, and a long time has passed. People rallied the fragments of wisdom and glory scattered all over the world and spent a long time rebuilding human society.
Kadokawa Fantastic Novels

>Episode 001

上 誘惑亡靈

The advanced civilization that once dominated the world has crumbled away, and a long time has passed. People rallied the fragments of wisdom and glory scattered all over the world and spent a long time rebuilding human society.

Contents

>艾蕾娜 ELENA

與莎拉搭檔的雙人組獵人，負責收集情報與指揮。擅長使用動態感測器以及高性能望遠鏡收集各種情報，並加以分析。

>莎拉 SARA

艾蕾娜的搭檔，負責提供火力。胸部積蓄奈米機器，能藉由消耗奈米機器大幅強化身體能力。

「我就叫你別回頭了。」

「抱歉！我下次會好好聽話！拜託快想想辦法吧！」

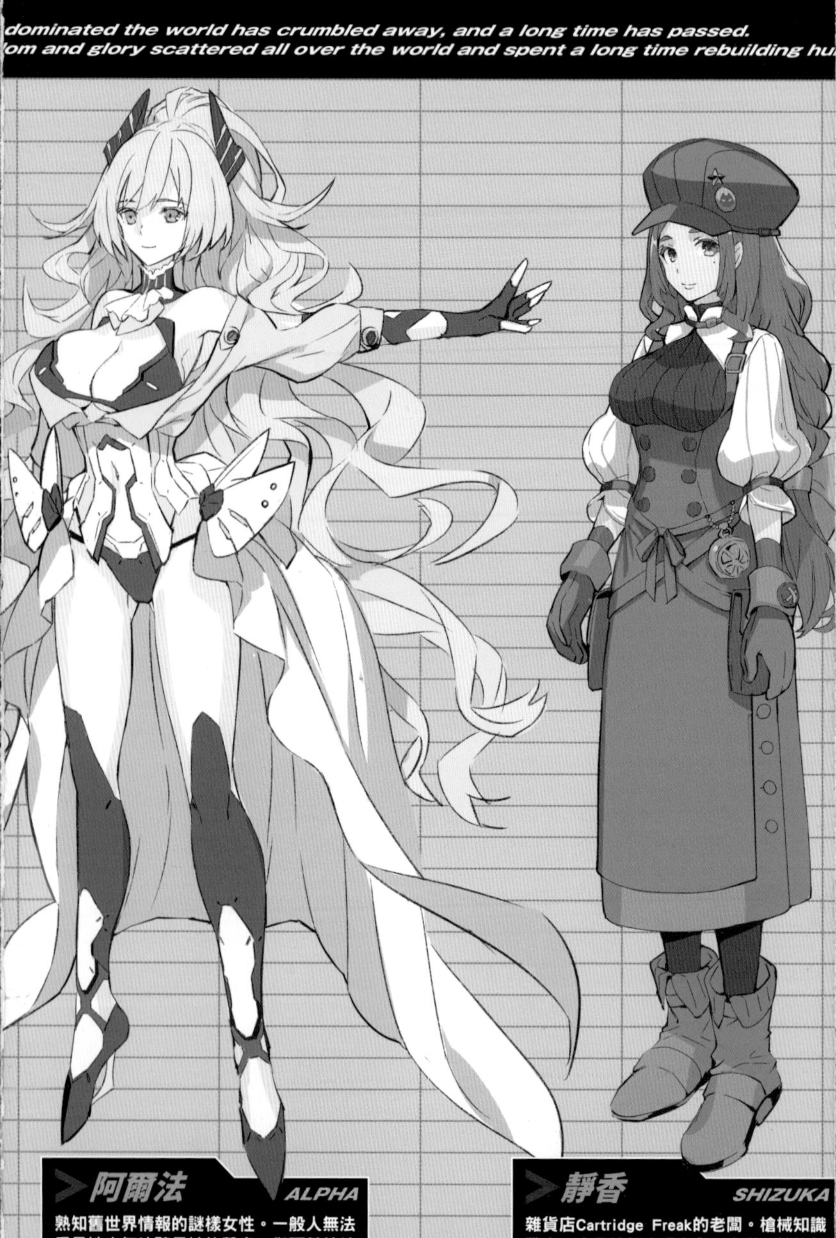
dominated the world has crumbled away, and a long time has passed.
lom and glory scattered all over the world and spent a long time rebuilding hu

>阿爾法 ALPHA

熟知舊世界情報的謎樣女性。一般人無法看見她也無法聽見她的聲音。與阿基拉締結契約，由她提供助力，而阿基拉則幫忙攻略某個遺跡。

>靜香 SHIZUKA

雜貨店Cartridge Freak的老闆。槍械知識豐富，商品總類也很齊全，充滿母性的親切服務讓許多獵人成為常客。

>Episode 001

The advanced civilization that once
People rallied the fragments of wisd

上 誘惑亡靈

Character

>謝麗爾 SHERYL

貧民窟的少女。遭到阿基拉殲滅的幫派倖存者。為了活下去，試圖與阿基拉接觸。

>阿基拉 AKIRA

在東部久我間山都市的貧民窟生活的少年。為了發跡而當上獵人，從事獵人工作的第一天在前往的舊世界遺跡遇到了自稱阿爾法的謎樣美女。

巨大武器犬發射出來的砲彈
打中距離阿基拉稍遠處後爆炸。
怪物發出咆哮，
隨即以不對稱的腳朝著阿基拉跑來。
Rebuild World

我叫阿爾法，請多指教。

>Author : nahuse >Illustration : gin >Illustration of the world : yish >Mechanic design : cell

重組世界 Rebuild World 1

上 誘惑亡靈

The advanced civilization that once dominated the world has crumbled away, and a long time has passed. People rallied the fragments of wisdom and glory scattered all over the world and spent a long time rebuilding human society.

Author
ナフセ

Illustration
吟

Illustration of the world
わいっしゅ

Mechanic design
cell

Kadokawa Fantastic Novels

第1話 阿基拉與阿爾法

長得像狗的肉食獸灌注力道至長滿尖牙的嘴裡，試圖撕裂少年的頭顱。倒在地面的少年雖然遭到肉食獸壓在身上，還是以渾身的力量將左手上的瓦礫按在對手的大嘴上，總算還能與之對抗。

肉食獸別說是要重新咬住少年，它還想以異常強大的咀嚼力將獵物連同瓦礫一起咬碎。少年靠著瓦礫的硬度好不容易保住生命，但瓦礫也因為屈服於利牙傳遞過來的力量而逐漸碎裂。

少年臉上浮現拚命的嚴肅表情，右手不斷以手槍射擊野獸。由極近距離發射出去的子彈擊中了野獸，然而中彈的野獸還是沒死，反而對少年施加更強的力量。

少年不停扣扳機，子彈持續擊中野獸。不過這樣仍不足以令野獸死亡。緊接著，尚未奪走敵人性命就對扣動扳機毫無反應的槍口，告訴少年已經沒有子彈了。

「可惡！」

握住瓦礫的左手將已經迫近到眼前的野獸臉龐推回去，同時以沒有子彈的手槍奮力毆打。停止抵抗就是死路一條，不願放棄的少年用盡吃奶的力氣持續掙扎。

然後，野獸比少年早一步迎來極限。瀕死的野獸最終都試著咬死獵物，但終於慢慢癱軟，最後停止呼吸。

少年絞盡僅剩的力量推開趴到自己身上的野獸後，躺在地上大大地呼出一口氣。

「……是我太天真了嗎？」

他說出這樣的話之後，又像是要斥責不禁示弱的自己而搖搖頭。

「……不，不對！這點小事我早就有覺悟了！哪能為了差點失去生命就放棄而回去呢！」

少年露出嚴肅的表情，挺起身調整呼吸。為了讓賭命來到這裡不失去意義與價值，他擠出力量讓自己站了起來。

接著把寶特瓶裡的水從頭淋下，沖掉野獸濺到自己臉上和頭上的滿滿的血。然後他重新裝填子彈，也同時重新振作起精神。

「……好，繼續吧。」

少年再次在廣大的都市廢墟中前進。

附近排列著半毀的高樓，地面全是瓦礫，而且感覺不到人類的氣息。少年的腳步聲、踢中腳下小石頭的聲音以及剛才的槍聲，全都被周圍的寂靜吞沒而消失。

少年只靠因為髒汙而變色的服裝以及久未保養的手槍等裝備就來到這裡探索。如果不管少年身處的境遇，就會覺得這根本是完全不了解這個地點有多麼危險的自殺般的裝備。

少年來到此地之前也很清楚這一點，然後剛才差點遭到殺害的經歷也讓他切身體認到這件事。但就算這樣，距離正確理解被稱為舊世界遺跡的此地有多危險還是有很大一段差距。

因故障而失控，襲擊所有目標的自律兵器；遵從已滅絕的製造者命令，至今仍持續排除外敵的警備機械；野生化的生化兵器後裔；因為極度嚴苛的環境而不斷突變的動植物。

住在東部的人們把這些生物與機械統稱為怪物，舊世界的遺跡就是這些危險怪物們的居所。剛才襲擊少年的肉食獸也是其中一種。

少年在知道這些的情況下，憑自身意志做出死亡的覺悟後踏足此地。這是因為這裡具備讓人甘冒這種危險的價值。

即使剛才瀕臨死亡，還是無損這樣的價值。因此少年才會為了追求成果，繼續前進。一切都是為了追求比貧民窟孩子低賤的生命高貴許多的東西，少年甚至把自己的生命當成了籌碼。

這名少年的名字是阿基拉。

◆

此地是被稱為崩原街遺跡的外圍部分，是距離阿基拉所住的久我間山都市最近的遺跡，也是存在於都市經濟圈內的遺跡當中規模最大的遺跡。

遭到怪物襲擊後依然持續探索遺跡的阿基拉嘆了一口氣。

「……沒什麼好東西，虧我賭上性命來到這裡……得去更深處才行嗎？」

少年稍微抬起頭來，視線朝向遺跡深處。遠方是一片高樓大廈林立的景色，這幅光景一路延伸至由無數大樓構成的地平線另一邊。

光是從朦朧的遠景來判斷，就能知道深處的建築物規模更大，狀態也更加良好，和周邊這些半毀的建築物可說有天壤之別。

（想辦法到那裡的話，就能獲得極為昂貴的遺物嗎？）

或許能入手的大量金錢刺激著阿基拉的欲望。他猶豫了一會兒後，立刻露出厭惡的表情搖著頭，像要告誡自己般開口：

「不，那不可能成功，真的會死掉。」

變成廢墟的周圍與維持雄偉景觀的深處。兩者的差異為維持此狀態的環境差異。

也就是說，深處的舊世界時代高度自動保養修復機能目前仍在運作。其周邊的警備機械也維持當時驚人的技術所製造出的強大性能，繼續值勤，極有可能持續以武力排除外部人員的入侵。

像阿基拉這樣的孩子絕不可能從這種警備機械負責戒備的區域生還。

「這附近對我來說就夠困難了。別想了，別再繼續深入了……好。」

阿基拉好不容易甩開欲望，之後又持續探索遺跡，但依然沒有什麼成果。有點垂頭喪氣的他嘆了口氣，下垂的視線前方可以看見變成白骨的屍體。

他已經看到好幾次相似的白骨屍，每次都會試著搜索屍體周圍有沒有留下什麼財物，但完全沒發現值錢的東西。

（……這位先到的人身上也沒有財物嗎？）

已經被別人拿走了，或者是跟自己同樣程度的魯莽傢伙沒有湊齊裝備就跑來這裡，就只能面臨符合魯莽行為的末路。這麼想的阿基拉開始覺得有點憂鬱了。

（……這樣下去太陽就要下山了。這下不妙。今天還是回去吧？隨便逞強留下來的話，會變成這些白骨屍的夥伴。就把從危險的遺跡生還的經驗當成最大的收穫……）

阿基拉無意識地皺起臉。要用這個想出來的藉口說服希望多少有點成果的自己稍嫌薄弱。

剛才已經跟怪物戰鬥過一次且差點喪命，要是就此回去，甚至會浪費這次賭上性命的勝利。不希望這樣的心情讓阿基拉遲遲做不出決定。

是要繼續探索還是撤退，他皺著一張臉煩惱，腦袋裡的天秤不停搖擺。不過雖然做不出選擇，卻也無意識地清楚知道，要是繼續這樣拖拉著探索，在黑夜裡再次受到怪物襲擊，這次肯定會死。

當這樣的想法開始讓選擇的天秤帶著些許放棄的心情朝撤退這一邊大幅傾斜時，有某個小小的發光物體橫越過阿基拉眼前。

（……那是什麼？）

光芒在黃昏的大樓群影子中搖搖晃晃地飛舞。看起來像比指尖還小的蟲子，發出淡淡的光芒在空中飛。

阿基拉有些警戒，但因為光芒看起來不像棲息於遺跡的怪物，便立刻解除了警戒。視線受到吸引而跟著淡淡光芒移動後，就看到道路前方，從東倒西歪的大樓殘骸後頭透出更強烈的光線。淡淡光芒在路上前進，最後融入轉角透出的光芒當中。

一臉疑惑地看著那邊時，又有其他複數淡光從阿基拉身後經過他的側臉，朝著轉角的方向前進。阿基拉轉身確認身後，但是前方只有一片黑暗，無法看清朝這邊過來的光芒。

阿基拉再次看向轉角，結果又有淡光從自己身後朝著轉角飛去。搞不清楚狀況的阿基拉感到困惑，不過在廢棄大樓的黑暗中看見的帶有幻想氣息的光芒讓他產生很大的興趣。

阿基拉站在原地半晌，但猶豫了一下就開始朝轉角的方向前進。雖然不清楚光源，或許有什麼東西。自己賭命來到這裡，無論什麼都好，希望能有點成果——這樣的想法獲勝了。

輸給欲望與興趣的阿基拉保持警戒，一邊窺探轉角。接著當他看到前方光芒的瞬間，就因為衝擊而僵住了。

阿基拉視線前方，微小的淡光聚集起來，讓大路的一部分閃閃發亮。而這種幻想般的光景中央就站著一名女性。

女性具備神祕且非現實的美感，而且毫無保留地向周圍展示端麗的容貌與美麗的身體。也就是全

裸狀態。

美麗的肌膚跟貧民窟的居民相比可說有天壤之別，細緻的光澤甚至超越居住在都市高級區域的女性靠財富、執著及舊世界技術打造出來的光輝。

肢體的漂亮程度已經是藝術品，長及腰部且完美無瑕的頭髮綻放出亮麗的光澤。不論男女老幼都會為之著迷的容貌以及顯露出的凜然表情，都讓她的身影更加醒目。

甚至可以用失了魂來形容看女性看得出神的阿基拉。她突出的美貌，即使與阿基拉在不怎麼長的人生中所見到的所有女性，甚至是想像中的對象相比都占上風，一眼就能大幅更新阿基拉心中對於美人的基準。

從阿基拉身後飛過來的淡光停留在她的指尖，光芒像是被她吸進去一樣消失，纏繞在她身上的光輝稍微變強。阿基拉著迷地看著這樣的光景。

女性看著自身指尖的視線突然朝向阿基拉。阿基拉與她四目相對。女性即使被阿基拉看見全裸的模樣，還是只凝視著他，沒有任何反應。阿基拉也因此失去回神的契機，只能持續盯著對方。

突然間，她露出非常開心般的笑容，然後朝阿基拉靠近一步。

陌生人正在靠近自己——這樣的認知讓阿基拉稍微抱持警戒。這個瞬間，阿基拉一口氣重新理解了狀況。原本恍惚的表情驟變成甚至可以感覺到畏懼的非常嚴肅的表情，將手槍對著女性並且大叫著制止她。

「不要動！」

女性是異常的聚集體。

舊世界遺跡是危險怪物的居所，這裡是連經過訓練的武裝集團都可能死亡的地點，她卻在沒有武器的狀態下一個人大刺刺地站在這裡，看起來甚至沒有警戒周圍。身上沒有任何衣物，也不打算遮掩赤裸的身體。大樓風明明捲起砂石與塵埃，她的頭髮與身體卻沒有沾到任何髒汙。

加上被某個陌生人拿槍指著，而且一看就知道是很可能會因為顫抖而誤扣扳機的狀態，她還是沒有絲毫動搖或警戒，只是用完全沒有危機感的態度靠近阿基拉。

回過神來，周圍的夢幻光芒已經完全消失。背對著夢幻光芒消失後回歸黑暗的廢墟，以裸體模樣笑著靠過來的她極其詭異。

阿基拉對她的認知已經轉變成某種不知其真面目的未知物體。面對帶著微笑靠近的女性，阿基拉再次大叫警告對方。

「我、我叫妳不要動吧！不要再靠過來！我要開槍嘍！我是認真的！」

如果是平常的阿基拉，他不會警告，早就直接開槍了。但是一眼就能看出對方沒有武器，而且從她的表情感覺不到敵意，再加上這令人摸不著頭腦的狀況。種種因素讓阿基拉的手指無法扣下扳機。

但是人的忍耐也有極限。阿基拉準備對無視警告繼續靠過來的對方扣下扳機。

這瞬間，她的身影突然從阿基拉的視野消失。阿基拉根本沒眨眼，但是完全沒看見她快速移動到別處的過程。沒有任何前兆，一瞬間完全消失。

阿基拉感到驚愕而用力皺起臉。混亂的他環視周圍，卻完全看不見女性的身影。

『別擔心。我不會加害於你。』

阿基拉從身邊原本理應沒有人的地方聽見她的聲音，便反射性將臉轉往聲音的方向，發現她就在身旁伸手可及的極近距離。她不知不覺已經穿上衣服，為了配合阿基拉的視線，以稍微彎腰的姿勢露出微笑直盯著他。

這種異常狀況已超出阿基拉面對未知事態的應對能力。超過極限的精神負荷直接轉變成莫名的恐懼，然後開始腐蝕阿基拉的精神。

阿基拉咬緊牙根忍耐這樣的恐懼，好不容易才阻止自己陷入半瘋狂狀態驚慌失措。無法冷靜的人會先死——從貧民窟存活下來學得的經驗支撐著阿基拉的意識。

阿基拉再次打算將手槍對準她。握著槍的手直接伸向她，拚命想把槍口抵到對方身上。

原本應該無法做出這個動作。因為跟女性的距離實在太近，伸出手來就會撞到她。

但是阿基拉成功了。當他完成動作時，雙手連同手腕都陷入女性的胸口。

雙手完全沒有傳來那裡有東西的觸感。只要信任視覺，就知道女性確實存在於該處，但是雙手的觸覺又持續對阿基拉表示那裡空無一物。

這太過奇特的狀況讓阿基拉維持舉槍的姿勢停止思考，雙手依然陷在女性的胸口。

女性為了讓阿基拉恢復反應，有好一陣子在他眼前做出揮手或者搭話等各種嘗試，然而阿基拉依舊茫然。

◆

過去席捲世界的高度文明滅亡後，經過了一段漫長的歲月，久到已經很難從半毀的都市遺跡、逐漸失去原型的建築物、損毀而無法運作的道具等等想像過去的智慧與繁榮。

連雨滴都經過重塑、改造的世界所降下的雨，除了在漫長的歲月中持續讓綿延至地平線的廢墟崩毀，同時也孕育出參天巨樹，讓住在地上的人類得以存活。

現在被稱為舊世界的過去文明留下許多由高等技術所創造出來的東西。

材質不明的瓦礫山；即使半毀還是浮在空中的高樓群；光服用就能治療四肢缺損的藥物；以及許多拿來殺人威力過於強大的武器。還有其他各式各樣的東西在文明滅絕後仍散落在全世界。

這些東西現在被稱為舊世界的遺物。它們是過去的智慧與繁榮的碎片。

人們搜集這些碎片，花了很長的時間重新建構人類社會。連科學力高超得甚至讓人錯認是否為萬能魔術的文明都能消滅的某種力量也無法消滅身為文明旗手的人類。

被稱為人類生活圈東部的地域存在著無數由人稱統治企業的組織所管理營運的企業都市，久我間山都市也是其中之一。

久我間山都市的一部分是被巨大防壁包圍。雖說牆壁內側與外側都是久我間山都市，卻存在著明確的差距。

防壁內側是企業幹部等富裕層與權力者居住的高級區域，另外還存在較富裕的一般人所居住的中等區域。外側則是低等區域，住在這裡的主要是經濟能力不足以住在防壁內側的人民。靠近都市外面被稱為危險地帶的部分則有一大片貧民窟。

阿基拉就是貧民窟內隨處可見的小孩之一。

也就是說沒有經過人造人那樣的機械性強化處置，也沒有接受生物改造那樣的生物性強化處理，亦無施加藉由奈米機械的體能強化，以身體結構來說是極為普通的小孩子。

他不具備高專業性的技術，也沒有接受過學校教育。父母不明，也沒有其他監護人。身無分文，總是餓肚子，隨時都可能死掉，而且死了也沒人會在意。他就是這種貧民窟裡到處都是的小孩之一。

以荒野為據點的怪物們經常襲擊都市，而最先遭到襲擊的就是鄰接荒野的貧民窟以及當地居民。

阿基拉三次在怪物的攻擊下存活下來。第一與第二次的攻擊，他只是四處逃竄，躲在暗處保命。靠不知名的陌生人幫忙拖延時間，還有代替阿基拉被攻擊、捕食與殺害，才好不容易逃過一劫。

契機是第三次的襲擊。當時阿基拉無法從像狗一般的小型怪物魔掌下逃脫，陷入只能靠偶然持有的手槍與對方一決死戰的狀況。

不曾接受過像樣的訓練，幾乎是戰鬥外行人的他竟然有三發射中怪物的頭部，這樣的命中率已經可說是奇蹟般的幸運了。但是這樣的幸運仍不足以讓他存活下來。怪物沒有因為這種程度的傷害而死，帶著滿是鮮血的臉衝向阿基拉，張開大嘴想咬死獵物。

在手臂被怪物異常巨大的嘴咬下之前，阿基拉反射性將自己的手槍伸進怪物嘴裡並扣下扳機。

在對手嘴裡射出的子彈，發射前就突破堅硬頭蓋骨的防禦，從內側命中敵人的頭部，然後直接破壞腦，奪走其性命。

怪物在完全死掉之前的短暫時間內用力咬住，所以牙齒深深陷入阿基拉的手臂。然而即使如此，至少他沒有失去手臂與生命。

在第三次的襲擊倖存之後，阿基拉下定決心要當獵人出人頭地。雖然姑且知道獵人這份工作的危險性，但是獨力打倒怪物這件事讓他產生了自信與希望。

這個世界存在被稱為獵人的一群人，他們為了追求金錢與名譽而來到荒野。

荒野是在都市外面，怪物蠢動的危險地帶。就連便宜槍械氾濫、治安相當糟糕的貧民窟，跟荒野比起來都安全許多。荒野就是如此危險的場所。

但同時也是能帶來莫大金錢與力量的地方。因為荒野裡的舊世界遺跡存在著舊世界的遺物。

襲擊人類的怪物也是現存的舊世界遺物。生物類怪物是高等生物技術的實際例子，機械類怪物則是貴重機械零件的寶庫。能夠帶回都市的話，就可以獲得符合其價值的金錢。

而且若從遺跡帶回極為貴重的遺物，還可能獲得可以買下一座城市的鉅額金錢。如果能掌握並澈底控制現在依然在運作的舊世界遺跡，尤其是軍事設施等，甚至可能建立國家。

有能力的獵人擁有的力量與金錢跟一般獵人相差懸殊。每次從危險的遺跡帶回貴重遺物，金錢與力量都會增加，然後可以前往更危險且能賺更多錢的遺跡。

不斷重複這樣的過程，用性能高得異常的舊世界製裝備來武裝自己，最後發展成持有採納舊世界技術的高度兵器的人，有時甚至會成為權力與戰力都超越都市的個人。

阿基拉確實憑自己的力量打倒了怪物，但那只表示從充滿怪物的荒野生還的機率變成必非為零。

然而即使如此，也足以放手一搏。如果在貧民窟繼續現在的生活，總有一天會死。為了脫離貧民窟，只有賭一把了。

這天，阿基拉為了比今天更好的未來，奮起朝成為獵人的目標邁進。

◆

阿基拉遇見來歷不明的美女之後，因為當時過於異常的事態而持續陷入茫然狀態。女性則在阿基拉身邊微笑著等他恢復平靜。

就這樣過了一小段時間，超越阿基拉理解能力的事態仍在持續。不過因為沒有發生任何危害自身安全的事，他開始一點一點恢復冷靜。然後當混亂消失到一定程度時，阿基拉眼睛的焦點就從虛空回到眼前的她臉上。

她注意到這一點，隨即再次對阿基拉微笑。

『不要緊吧？能清楚看見我嗎？可以聽見我的聲音嗎？這裡是哪裡？你是什麼人？』

阿基拉恢復能夠問答的冷靜與平靜後，就帶著疑惑的表情回答問題：

「……看得見也聽得見，這裡是崩原街遺跡，然後我叫阿基拉。」

女性很開心似的笑著說：

『太好了。我叫阿爾法，請多指教。』

阿基拉降低對阿爾法的戒心。目前對方似乎沒有要加害於自己。雖然依舊是令人摸不著頭腦的存在，但沒有敵意就不需要過度警戒。現在置身於遺跡當中，把剩下來的警戒心分配到怪物等直接的敵人身上比較好——阿基拉做出這樣的判斷。

「……那麼，阿爾法小姐？妳、不是……幽靈吧？雖然我碰不到妳。」

『沒錯。要我證明，我也沒辦法就是了。要在有部分無法理解且有某種程度語病的前提下說明的話，就是你看見的我算是擴增實境的一種。』

面對明顯無法理解這段話的阿基拉，阿爾法又笑著做出更詳細的說明。

當腦在處理視覺與聽覺的過程中，從外部送入追加的情報，就能讓阿基拉產生阿爾法真實存在的感覺。

阿基拉的腦袋具備對應特殊形式情報的無線收發機能，也取得了相關的追加情報。不清楚這是天生的，還是因為某種變異所生成。

這些對話也沒有經過空氣振動，是由腦交換對聲帶發出的指示情報及被插入聽覺的聲音情報所體現出來。雙方的視覺認知也是使用同樣方法。

阿爾法簡單地對阿基拉說明這些事情，但是他完全無法理解。這一點已經由他的表情正確地傳達給阿爾法。

阿爾法更加簡化內容，統整出最低限度的內容重新說明：

『我的身影只有你看得見，我的聲音也只有你聽得見，所以不注意的話會被認為是對著虛空搭話的怪人。現在先了解這一點就可以了。還有叫我阿爾法就好，我也會稱呼你阿基拉。』

在對阿基拉進行說明時，阿爾法臉上一直帶著微笑。她的微笑完全感覺不到對住在貧民窟的髒小孩產生的侮蔑、警戒與憐憫。阿基拉沒有發現這一點讓他提升了對阿爾法的評價，也沒注意到這其實是阿爾法刻意的行為。

「……我知道了。那麼阿爾法妳在這種地方做什麼呢？」

『有點事情需要幫忙，所以在找尋能夠感覺到我的人，至少也要是能跟我說話的人。』

這時候阿爾法又露出有些遺憾的笑容。

『如果那個人是獵人就更好了，嗯，不過看來沒那麼幸運啊。』

結果阿基拉露出有些不知所措的模樣。

「那個，為什麼如果是獵人就更好？」

『因為我需要幫忙的事情是類似所謂對獵人的委託。啊，也不是說非得是獵人才行喔，所以希望你聽我說說內容，可以嗎？』

阿爾法將表情變回笑容後想繼續說下去。阿基拉猶豫了一下，遲疑地回答：

「那個，說起來我也算是獵人……」

阿爾法露出有些驚訝的樣子。

『咦？你是獵人嗎？這麼年輕？你當獵人大概多久了？』

「一、一……」

『一年？』

「……一天。今天剛成為獵人……」

阿爾法露出尷尬的表情，兩人之間一陣沉默。

「……算了，當我沒說。把它忘了吧。」

阿基拉已經下定決心要以獵人身分活下去，所以不想做出隱瞞自己是獵人的行為。

但是明明不具備獵人的實力，卻向其他人自稱獵人或許不太好。如此改變想法的阿基拉取消了自己的發言。

不是獵人的話應該就幫不上忙了吧。阿基拉這麼認為，隨即準備離開。

但是阿爾法笑著叫住了他，然後積極地把話說下去。

『別這麼說，可以至少聽我把話說完嗎？這也算一種緣分，難得我們在這裡相遇了。』

阿爾法也知道阿基拉不具備能稱為正式獵人的實力，但是沒有其他可以認知到她的人也是事實。而且現在這個時間點，阿基拉的實力極為不成熟，這一點以長期的眼光來看，對阿爾法也不見得是件壞事。

『委託內容是在極機密的情況下攻略我指定的遺跡，然後我將提供你各種輔助以作為報酬。這算是預付的部分。等成功攻略遺跡後，我還會送上能賣到高價的舊世界遺物來當酬勞。』

出乎意料的內容讓阿基拉忍不住提高音量。

「真的嗎！」

阿爾法看見阿基拉的反應，在內心露出奸笑，臉上則是浮現讓人感覺到自信的親切笑容。

『真的。老實說，你能接到這麼棒的委託，已經把今後人生的所有運氣都用光了，所以不接下這個委託的話，你會很慘喔。因為運氣用光了，沒有我的輔助你大概活不下去嘍。你意下如何？』

阿基拉內心乖僻的部分對他做出質疑阿爾法發言的指示，但是他看不出阿爾法想欺騙自己。

（……第一，騙我這樣的小鬼對她來說有什麼好處？應該一看就知道我沒有錢吧。還是說，她只是在抓弄我？而且就算是真的好了，接受這種莫名對象提出的委託沒關係嗎？）

阿基拉如此懷疑後，發現對自己來說理所當然的事情，便改變了想法。

正因為是來歷不明的傢伙，正因為有什麼內幕或隱情，對方才會對自己做出這樣的提案。一般人不可能理會像自己這樣的小鬼。那麼，就應該善用這個機會。如此想著的阿基拉下定決心。

「好吧。雖然不知道能幫上多少忙，我願意接受這個委託。」

阿基拉帶著連自己都感到驚訝的強烈決心，宣告作為獵人首次承接委託的承諾。

阿爾法露出非常高興的表情。

『那契約成立嘍。』

她就這樣微笑著繼續說：

『那麼，馬上開始預付的輔助吧。』

接著表情突然變得極為嚴肅。

『不想死的話就十秒內衝進右邊的大樓。』

「妳突然在說些什麼……」

阿基拉露出疑惑的表情想把事情問清楚。然而阿爾法那種不容分說的嚴肅表情讓他不由得把話吞回去。

『……8、7、6……』

這段期間，阿爾法依然持續在倒數。如果不是在騙人，那麼留在現場就會死亡。阿基拉理解到這一點。

「……！」

這瞬間，阿基拉立刻全力朝右邊的大樓跑去。目送他離開的阿爾法表情轉為不滿。

『……太慢了。』

對阿爾法來說，阿基拉開始展開行動所需的時間未達她要求的基準。但是考慮到才剛相遇不久以及勉強來得及，讓她對現狀做出及格的評價。

開始倒數後剛好過了十秒，從遺跡深處飛過來的砲彈擊中了剛才的地點。爆炸的火焰包裹住阿爾法的身軀，瓦礫跟著朝四方飛散。

當爆炸平息時，阿爾法的身影也消失了。不是被吹走，也不是用了瞬間移動，而是打從一開始就沒有實體存在於該處。

◆

阿基拉衝進大樓的瞬間，背後傳出爆炸聲。混著煙霧的爆風從身旁吹過。

他嚇了一跳，回過頭往爆炸聲的方向看去，發現剛才所待的地方已經因為砲彈攻擊而半毀。堅固的地面出現龜裂，周圍也燒焦了。若在那裡多停留幾秒鐘，自己肯定已經死了。這是讓人充分理解這一點的光景。

還來不及感到恐懼，阿基拉就因為這突發狀況而呆住了，然而阿爾法沒有任何前兆就出現在眼前讓他回過神來。

「剛、剛才那是……」

阿爾法帶著跟剛才同樣嚴肅的表情指著樓梯。

『接著跑上樓梯。8、7、6……』

「……！」

阿基拉死命朝著樓梯急奔，背後再次響起爆炸聲，爆風通過樓梯追過阿基拉。拚命爬上樓梯後，先來到前方的阿爾法在樓梯平台上指著上面。

『快點到上一層。5、4……』

阿基拉無視發出慘叫的肺部與抗議的雙腳，全力持續往上爬。

阿爾法見狀，判斷他這次快了許多，便露出了微笑。

◆

阿基拉之後也遵從阿爾法的指示持續奔跑，上氣不接下氣地抵達屋頂。稍微環視一下周圍，一看見在屋頂邊緣招手的阿爾法，還來不及調整呼吸就往那裡前進。

然後在靠近阿爾法一定程度後，就發現她的微笑以及招手的動作都不像剛才那樣帶有急迫性。他的奔跑速度立刻大幅降低，開始調整接近極限的呼吸。當他來到阿爾法身邊時就大大呼出一口氣。

「……阿爾法，剛才那是怎麼回事？」

站在屋頂邊緣的阿爾法微笑著指著下面。

『在做各種說明前，你先自己看看比較快。慢慢地往下看，一點一點地，而且要安靜。』

阿基拉帶著疑惑的表情按照指示往下看，然後皺起整張臉。阿基拉的視線前方有剛剛襲擊他的怪物們像在找什麼東西似的在地上徘徊。

怪物們看起來像體長達兩公尺的狗。如果光是這樣，那不過是擁有強韌肉體的大型犬，但是這些狗背上都長有小型機槍，還有個體長了複數像是飛彈的東西，也有個體背負著小型火箭發射器。從身體長出各種武器的狗群四處徘徊搜尋外敵。

阿基拉看著這些類似自己之前戰鬥過的怪物的狗，想著之前那些怪物身上並沒有長槍械，並且皺起臉。

「那是什麼……」

『那是武器犬。原本是負責都市區警備工作的人造生物，雖然從身體長出槍械，但那不是機械，而是肉體喔。』

阿基拉把視線拉回阿爾法身上後，阿爾法就悠閒地繼續解說：

『那大概是為了警備街道而生成的個體，負責這一帶的警備工作吧。雖然有個體差異，不過隨著成長而從背上長出的槍械相當強大喔。我認為那隻長了火箭發射器的個體是狗群的首領。』

雖然是聽了也不會有什麼損失的內容，但阿基拉並沒有要求她針對怪物們解說。即使如此，一旦聽見了，就會冒出許多疑問。

「為什麼生物會長出槍械啊？太奇怪了吧？」

面對阿基拉提出的質樸問題，阿爾法隨即以告訴他小常識般的態度回答：

『因為肉體部分兼具保持保有奈米機械的機能，經由嘴巴攝取金屬等原料的話，背上就能根據材料生成槍砲。恐怕已經突變成與一開始的設計大相逕庭的存在，應該順應現狀的環境獨自變更規格了吧。』

阿基拉聽著這些若專家聽了應該會感到驚愕的貴重知識，但他並不了解這些內容的價值。好不容易才能理解的是，從生物身上長出槍械這種不可思議的事情還是有能夠加以說明的原理。

阿爾法的表情從遭受襲擊時的嚴肅恢復成輕鬆的微笑。阿基拉從她的模樣判斷目前應該安全了，便不再緊張，鬆了一口氣。

阿爾法對他露出得意的笑容。

『怎麼樣？有我的輔助很棒吧？剛才要是還留在那裡，你早就死了喔。』

「……我知道。多虧妳才撿回一命，謝謝。」

受到怪物襲擊後仍未消散的亢奮與動搖；拚死奔跑而紊亂的呼吸；對不知名人物的乖僻警戒；得到幫助的感謝；想著總之先冷靜下來的心情。阿基拉臉上浮現交雜著各種情緒的複雜表情。

阿爾法以充滿魅力的笑容削弱阿基拉的戒心，同時觀察他的表情來探查其內心。

『不客氣。既然體驗過我高性能的輔助，我想說說接下來的事情，可以嗎？』

「嗯。」

阿爾法像要傳達非常重要的事情，凝視著對方並確實地點了一下頭。

『我要請你攻略我指定的遺跡。那是這裡之外的遺跡，而且難度相當高喔。老實說，憑你現在的實力根本無法攻略。即使有我的超大輔助，還是會在途中死亡。不要說生還了，根本無法活著抵達，所以會讓你得到裝備與技術來作為攻略遺跡的事前準備。把這個當成眼前的目標……』

阿基拉感覺似乎會講很久，便有些難以啟齒般插嘴：

「那個，我可以打個岔嗎？」

阿爾法親切地微笑。

『怎麼了？有什麼不太清楚的地方都可以盡量問，不要客氣。』

阿基拉因為阿爾法莫名的親切而有些驚慌。然後他猶豫似的問道：

「不是的，嗯，我知道那也是很重要的事，不過可以晚點再說今後的預定之類的話題，先告訴我該如何活著從這裡回去嗎？」

阿爾法停下來露出若有深意的微笑，然後持續默默盯著阿基拉。阿基拉的表情變得有些僵硬。

（……糟糕。途中不要插嘴比較好嗎？）

武器犬目前仍在大樓周圍徘迴，但也不能就這樣一直躲在屋頂。不想點辦法脫離這個困境，阿基拉根本沒有什麼未來可言。

這樣的不安與焦躁讓他忍不住插嘴，但他到這個時候才發現要是惹阿爾法不高興，克服這個困境的手段本身很可能會消失。

阿基拉臉上透出焦慮與不安。阿爾法看到以後，不在意似的笑了。

『我知道了。我也想靜下來好好問一些事情。那就先離開這裡，回到久我間山都市去吧。等離開遺跡後再繼續說，這樣可以嗎？』

「嗯。拜託了。」

生還的希望大幅增加，讓阿基拉鬆了口氣。

然而就像要擊潰他的安心，阿爾法微笑著做出新的指示。

『這樣的話，現在回到下面。』

阿基拉因為驚嚇而嗆得猛咳。好不容易恢復之後，他一臉啞然地呆站著望著阿爾法。

阿爾法完全沒有因為看到阿基拉這樣而動搖，往前移動幾步後，就對不按自己指示行動的阿基拉催促似的招起手。

『怎麼了？快點走吧。』

回過神來的阿基拉急忙抗議。

「等等，剛剛才從那裡逃上來吧？為什麼要回去？下面還有怪物在徘徊耶。」

『我也可以懇切且仔細地說明做出這種指示的理由，不過還是邊移動邊說吧。如果你不相信我的輔助，那就沒辦法了。我不會強迫你喔。』

阿爾法留下這句話後就丟下阿基拉，走向通往大樓內的出入口。

和一隻身上沒有長槍械的狗戰鬥就差點死了，下面可是有一整群長著槍械的狗。回到那個死地的恐懼讓阿基拉的腳停在原地。

然而他看見阿爾法的身影消失在大樓當中，便咬緊牙根從後面追了上去。

他沒有自信能靠自己活著回到都市，而且至少剛才能夠倖免於難都是託阿爾法的福。所以乍看之下好像很魯莽，但遵從她的指示應該還是最可能生還的選擇。現在只能如此相信，趕往來歷不明的人身邊。

進入大樓後，阿爾法就在出入口旁邊，臉上帶著彷彿在說「我正等著你呢」的微笑。阿基拉浮現莫名的敗北感與羞恥感，同時走下樓梯跟在阿爾法身後。

剛才拚命衝上來的樓梯，這次則是用緩慢的速度往下走。途中幾次出現停下腳步的指示，阿基拉

都會聽從指示，接到再次前進的指示才會往下走。

「……所以，為什麼要回到下面呢？不會危險嗎？」

『非常危險喔。』

阿爾法很乾脆地這麼回答。一瞬間說不出話的阿基拉急忙反問：

「等一下！很危險嗎？」

『那是怪物徘徊的地點，怎麼可能安全呢？』

「是、是沒錯啦，但我說的不是這個。好好說明清楚。妳不是說過可以邊移動邊懇切且仔細地說明嗎？」

『為了讓你活著從崩原街遺跡回到久我間山都市，首先必須離開這棟大樓。我不認為你有從屋頂跳下來也能存活的實力，才必須走樓梯下去……』

面對連不需要說明的事情都想一一道來的阿爾法，阿基拉湧起些許不滿與懷疑而皺起臉，然後加

重語氣插嘴：

「我知道了，只要告訴我這一點就好。按照妳的指示行動的話，我可以確實活著回去吧？」

阿爾法一臉認真地回答：

『跟你自己想辦法比起來，我覺得有很高的機率生還喲。在上面時我也說過，我不會強迫你。如果你不相信我的指示，我也不會再輔助你，因為這只是在浪費時間。』

阿爾法凝視著阿基拉等待回答。阿基拉與阿爾法之間的關係可能會因為他的答案而決裂。

過了一會兒，阿基拉有些自我厭惡似的垂下頭回答：

「……抱歉，是我不好。我會遵從妳的指示，請幫助我吧。」

阿爾法像是不再生氣了，露出微笑。

『好吧。那再次說聲請多指教嘍。』

鬆了口氣的阿基拉內心想著「差點搞砸了」，但多少還是感到不安，便吞吞吐吐地問：

「……還有，為了壓抑我的不安，是不是可以盡可能簡單說明做出那個指示的理由，就算只是簡潔的要點也沒關係。」

『好吧。』

阿爾法很乾脆地如此回答完，就羅列出一大堆理由。

像是武器犬的行動模式有個體差異、一旦發現敵人就會追到天涯海角、不會離開特定範圍、跟丟敵人就會持續在周邊搜敵、會立刻回到負責的區域等等。

看透這些個體的差異之後，她判斷阿基拉在那個時間點回到下面的話，回家路上會遭遇到的怪物數量將會驟減。

武器犬身上槍械的彈藥是從體內的製造臟器生

成，而能夠保持在體內的彈藥數量有限。持有的彈藥一旦用光，就需要時間才能生成新的彈藥來裝填到槍械裡。

在這段期間，就算再次被武器犬發現，逃走途中被從後面射殺的可能性也會大幅下降。

對方也可能會試著咬死自己，但如果是在能夠咬到的極近距離，就算是威力低的手槍也可以幹掉對方的可能性將會提高。

比較、檢討這些重要的要素以及其他所有要素的結果，讓阿爾法做出往下移動的指示。

她說明這些事情後，接著又笑著做出總結：

『我很簡略地說明了，是不是要更詳細一點比較好？』

好長。阿基拉心裡這麼想，但仍覺得要是先聽見這些理由，狀況又會不同了，結果他就露出仍有些不滿的表情。

「……不，夠了……剛剛在屋頂的時候把這些說明清楚就好了啊。」

結果阿爾法像要告誡小孩般微笑著補充：

『危險的狀況往往沒有多餘時間慢慢說明喲。比如說你三秒後眉間就會被射穿，要是仔細說明，你認為還有多少時間可以用來迴避？是零喔。』

「是、是沒錯啦……」

『就算只是「趴下」這樣簡短的指示，要是反問「為什麼」也只會得到一樣的結果。我因為碰不到你，無法用蠻力讓你趴到地面。如果無法立刻對我簡短的指示有所行動，你還是會死喔。』

阿爾法看見被指出自己將會死亡而沉默不語的阿基拉，就微笑著繼續說：

『順帶一提，我現在像這樣說明，也是因為判斷目前某種程度上已經安全了喔。』

「……我知道了。」

阿基拉雖然同意阿爾法的說明，但又覺得越問只會越得到指責自己輕率的回應，讓他有些喪氣地點點頭。

回到一樓的阿基拉露出嚴肅的表情。剛才差點殺掉自己的攻擊在該處留下痕跡。他立刻環視周圍確認是否有怪物存在，判斷沒問題後就輕呼一口氣緩解緊張，表情也變得和緩了些。

但這樣的放鬆與安心在阿爾法再次帶著嚴肅表情開始說話後就立刻消失了。

『阿基拉，接下來要脫離這座遺跡，你要確實聽好我接下來的指示，然後盡可能按照指示行動。每當你做出指示以外的行動，死亡的機率就會上升，知道了嗎？』

「啊、嗯。」

『現在開始三十秒內全力跑到大樓外面。離開大樓就往左轉，接著無論發生什麼事都不要回頭，全力順著道路跑，知道了嗎？』

「……知、知道了。」

悠閒地詢問指示的理由會來不及。這時連阿基拉也了解這一點了。面對再三叮嚀的阿爾法，阿基拉帶著參雜膽怯與緊張的嚴肅表情確實地點頭。

阿爾法往旁邊移動像要讓路給阿基拉，接著就看著阿基拉，並且指著大樓的出口。

阿基拉以僵掉的表情看向大樓外面。那裡殘留著剛才攻擊的痕跡，可說是死地的光景。

現在必須迅速衝向該處。為了衝向一開始拚命逃竄的地點，阿基拉振作起精神擺出稍微前傾的姿勢，腳卻還是貼在地板上。

他開始猶豫了。理解、同意與行動是有所區別的。雖然理解，也同意了，但展開行動的決心仍然不足。

阿爾法開始讀秒。

『5、4、3……』

時間到會發生什麼事呢？阿基拉一瞬間想像那個結果，然後下定決心往大樓外衝去。

在半毀的高樓大廈之間持續全力奔馳。總之就是不斷急奔，立刻就變得難以呼吸，奔跑的速度開始變慢。即使如此，還是拚命地跑。心肺機能已經發出慘叫。持續踢著經過鋪設的堅固道路，雙腳已經開始發疼，但還是忍著疼痛專心奔跑。

附近看不到怪物的身影，也沒聽見有人交戰的聲音。阿基拉開始有點懷疑是否該繼續如此全力奔跑。

感覺周邊的寂靜似乎在告訴自己遺跡中只有自己一個人。肺、腳與心臟一邊謾罵一邊要求休息。阿基拉稍微分心傾聽訴說苦痛的身體提出的要求，同時持續跑著。

前方沒有任何東西，後方也聽不見任何聲音。

應該不要緊了吧。無意識間浮現這樣的想法，讓他開始有點鬆懈。下一瞬間，持續奔跑累積的疲勞與疼痛一口氣占據了阿基拉的意識。

沒問題了吧——受到稍微鬆懈的腦袋所丟出的這句話影響，想休息一下的阿基拉停下腳步，回過頭確認後方的安全。剛才阿爾法明明再三叮嚀，他還是違背了她的指示。

阿基拉整個人僵住了。距離稍遠的地方可以看見大型怪物的身影。並非群體，而是只有一隻，但是其巨大身軀的壓迫感甚至超越襲擊阿基拉的那群武器犬。

那隻怪物外表與稍早看見的武器犬類似。背上長出巨大的大砲，但是狗的部分與群聚的武器犬不同，八隻腳的位置完全不對稱，整體看起來歪七扭八，就像視機能美為無物一樣。

像狗的扭曲頭部右邊直排著兩隻眼睛，左邊則只有一隻。眼睛的大小也不一，從頭部扭曲的模樣來看，讓人懷疑它是不是能確保正面的視野。

但是那些眼睛確實捕捉到阿基拉的身影。

怪物張開大嘴發出咆哮，同時背上的大砲也開火了。發射出來的砲彈打中距離阿基拉稍遠處後爆炸，中彈地點的瓦礫整個飛散開來。

飛散的瓦礫承受了大部分爆炸的衝擊，再繼續分散以減輕傳遞到周圍的殘餘衝擊。阿基拉這才得以只是承受到微弱爆炸波，沒有受傷。

怪物擺出準備再次擊發背上大砲的動作，但是砲彈沒有射出。已經沒有砲彈了。結果怪物張開大口再次咆哮，然後以不對稱的腳朝著阿基拉跑來。

阿基拉回頭看見怪物後就一直茫然呆站著，怪物開始跑動後也無法動彈。

『快跑！』

到處都看不見阿爾法，只有聲音在阿基拉耳裡大聲響起。斥責聲終於讓阿基拉回過神，立刻拚了命開始奔逃。

然而怪物已經衝到近處。不回頭持續奔跑的話，應該能更拉開與怪物之間的距離。果然如同事前的警告，阿基拉因為違背阿爾法的指示而大幅提升了自己死亡的機率。

阿基拉完全無視全身發出的痛苦訴求，只是持續跑著。後方傳來的怪物腳步聲逐漸變大。

因為腳部扭曲，怪物奔跑的速度比較慢，多虧如此才還沒被追上。但是每當撐住巨大身軀的腳踏到地面，地面就會開始搖晃並且發出轟然巨響。這讓阿基拉清楚感覺到巨軀的重量以及支撐巨軀的腳力有多麼強大。

每當聲音響起，震動傳遞過來，阿基拉的精神都會被無情地削弱。被對方的腳踩中的話，自己絕對會立刻死亡。

阿爾法出現在拚死奔跑的阿基拉身邊，稍微浮在空中似的在他身邊滑行，臉上露出認真卻又參雜些許傻眼的表情。

『我就叫你別回頭了，你沒聽我說話嗎？』

阿基拉以拚死的模樣回答：

「抱歉！我下次會好好聽話！拜託快想想辦法吧！」

『好吧。我會告訴你時機，到時候你就回頭開槍。』

這聽起來極為魯莽的指示讓阿基拉忍不住用力皺起臉，大叫著反問：

「開槍？妳是說這種手槍能夠解決那樣的傢伙嗎？」

阿爾法刻意冷冷地回應：

『不願意的話就算了，我不會勉強你。』

「拜託了！」

阿基拉消費貴重的呼吸機會，大叫著回答。阿爾法則露出稍微感到滿足的微笑。

『別隨便想要瞄準。把槍口朝向正面，迅速把子彈射光。時機是重點喲。盡可能配合我，知道了嗎？』

「知道了！」

阿爾法邊折手指邊開始倒數。

『5、4、3……』

這樣下去只會死，只能奮力一搏了。阿基拉露出拚命的表情如此下定決心。

『……2、1、0！』

阿基拉配合信號迅速轉身，舉起槍沒有瞄準就立刻扣下扳機。

怪物的巨大眼球剛好就在槍口前方。從極近距離發射出去的子彈突破眼球，射入怪物的頭部。

阿基拉在半瘋狂狀態下持續射擊。不斷發射出的子彈在怪物的頭內側亂竄，給予相當大的傷害。

但即使給予怪物如此大的傷害，怪物還是靠著強韌的生命力逃過立刻死亡的命運。然而絕對是瀕死狀態，在死亡之前僅剩的時間內所能做的就只有發出臨終前的慘叫。而它響亮的吼叫聲傳遍了整座遺跡。

怪物死亡後巨大身軀當場癱倒。即使如此，阿基拉還是將子彈射盡的手槍朝著怪物不停扣下扳機。看見從怪物頭部流出的血以及完全沒有動靜的巨大身軀，阿基拉才終於停止扣動扳機。

「……打、打倒了……嗎？」

阿基拉持續急促的呼吸，在無法確定是否真的打倒怪物的情況下，一邊保持警戒一邊看著怪物。然後當他調整好呼吸，亢奮的心情也稍微平息時，就再次看向浸在自身流出的血液當中的巨軀，才終於有了打倒怪物的真實感。

『阿基拉。』

差點直接軟倒在地的阿基拉朝聲音來源看去，然後露出有些放鬆的表情準備道謝及謝罪。然而看見微笑指著遺跡外面的阿爾法，他的臉再次僵了。

『十秒內……』

阿基拉沒有把話聽完，就帶著拚命的表情開始奔跑。

阿爾法原本待在現場一直看著這樣的阿基拉，但是在露出大膽的微笑後就突然消失了。之後只剩下怪物的屍體。

雖然發狂般從迫近的怪物身邊逃走的阿基拉沒有多餘的心思去注意，但是在他背後其實發生了各種事情。

當時怪物感覺到只有阿基拉看得見的阿爾法，試圖咬死跟在阿基拉身後的她。

阿爾法以自己的身影作為誘餌來誘導怪物的動

作，然後調整到絕佳的位置就讓怪物咬中自己。即使確實咬中目標卻完全沒有這種感觸的怪物陷入混亂，因此稍微停下了動作。

阿爾法趁機讓阿基拉對著怪物開槍。她為了使轉身的阿基拉射中怪物的眼球，確實操縱怪物咬住自己時的位置、狀態及姿勢，輕易就擊敗了它。

怪物犬群在阿基拉接受阿爾法的委託後就突然出現。不斷朝遺跡外面拚命奔跑的阿基拉根本沒有注意到其關聯性。

◆

好不容易脫離武器犬襲擊的阿基拉之後也死命奔跑，費盡千辛萬苦才抵達崩原街遺跡外面。該處仍是具有一定危險性的地點，但已經比遺跡內安全多了。

阿爾法彷彿先繞到前方似的現身迎接阿基拉。她溫柔地對因疲勞而癱軟的阿基拉搭話：

『你可以繼續休息，不過我把話說下去沒關係吧？攻略我指定的遺跡前，我會讓你具備充足的裝備與實力。到這裡都沒問題吧？』

阿基拉調整紊亂的呼吸並點點頭。

「嗯，繼續說吧。」

『裝備不是靠賺來的錢買，就是潛入遺跡來獲得。至於實力，就只能靠訓練與實戰來習得了。放心吧，你可以在我的幫助下接受最高品質的訓練，馬上就會有成果。』

阿基拉完全無法預測訓練的內容，但是從阿爾法帶著充滿自信的表情說明的模樣來看，應該會是相當有效果的訓練。

「那真是幫了我一個大忙，不過妳幫我做這麼多事真的沒關係嗎？」

『別在意，這也是預付的報酬喲，而且是為了讓你順利完成我的委託，所以對我也有好處。如果覺得我預付太多，那只要努力跟上將會相當嚴格的訓練即可。』

「知、知道了。我會盡最大的努力。」

阿基拉從阿爾法自信的微笑感覺到訓練的嚴格程度，因而畏縮，但還是確實點了點頭。

阿爾法也滿意地點頭表示：

『目前的目標是成為能夠賺錢的獵人以得到高性能裝備。必須讓你快點從只是到獵人辦公室完成登錄的自稱獵人畢業……我姑且問一下，你完成獵人登錄了吧？』

阿基拉從懷裡拿出獵人證。看起來相當簡陋的紙片上記載著東部統治企業聯盟認證第三特殊勞動員這樣的專業用語，以及身為獵人的身分證號和登錄者的姓名。

阿爾法看到這隨便都能偽造的獵人證後，為求保險還是確認一下。

『……獵人證是那麼簡陋的東西嗎？不要誤會，我並沒有在懷疑你。只要是能使用的獵人證就沒問題……應該沒問題吧？』

「……我認為沒問題。應該啦。」

完成獵人登錄時，設施的職員交給阿基拉的獵人證確實就是這張紙。

但是再次被指出這張獵人證所散發出來的莫名廉價感後，阿基拉也開始越來越不安。

『可以告訴我你是在哪裡完成獵人登錄還有其他相關事情嗎？』

「好。」

阿基拉把當時的情況告訴阿爾法，同時也想起令人厭惡的回憶，於是微微皺起臉。

阿基拉是在久我間山都市低等區域的獵人辦公室完成獵人登錄。

在貧民窟外圍的那間派出所，外表看起來像是快要倒閉的酒館。招牌有一半損毀，上面的字也變淡了。即使如此，還是殘留著肉眼看得出來的獵人辦公室標誌。沒有那個標誌的話，就很難發現那裡是派出所。

負責接待阿基拉的職員看起來完全沒有幹勁。

獵人辦公室職員在東部也是相當熱門的職業，所以有很多能幹的菁英，然而這個男人完全沒有那種氣息。雖說是熱門職業，很多人討厭在貧民窟附近上班，這個男人也是被貶謫到這裡，幹勁與能力都很符合這個地方。

阿基拉緊張地請職員辦理手續。

「我來進行獵人登錄，麻煩你幫忙處理登錄手續。」

職員覺得麻煩似的咂了嘴後把正在看的雜誌放到旁邊，然後露出顯然不想理會貧民窟小孩的模樣進行職務。

「……名字是？」

「我叫阿基拉。」

職員操作手邊的機器。附近的印表機在便宜的紙上印出獵人證後，職員以草率的動作拿下證件，丟給阿基拉，然後像在表示工作已經結束般再次讀起雜誌。

阿基拉來回看著拿到的獵人證與職員，露出困惑的表情。因為他原本以為獵人登錄必須進行各種手續，結果只是問個姓名就結束了。他對於是否真的完成獵人登錄感到不安，忍不住開口詢問：

「結、結束了？」

職員一臉厭惡地把視線從雜誌上移往阿基拉。

「結束了。快點回去吧。」

「只問名字就結束了？不是還要問其他各種資料……」

職員露出打從心底感到麻煩的表情，一邊用手做出趕人的動作一邊丟出這樣的話：

「你覺得有必要對馬上就要掛掉的你問些什麼嗎？不重要的傢伙的不重要情報根本就不重要啦，你的名字同樣不重要。我只是因為規定才問，才不管你用的是不是假名呢。」

原本就知道他人對自己有何評價的阿基拉再次確認這一點後，就默默離開獵人辦公室。

阿基拉對阿爾法說完獵人登錄時發生的事情。而阿基拉一直盯著自己的獵人證。他的眼裡帶著了解現狀並且為了爭一口氣要拚命往上爬的意志。

阿爾法像要鼓勵阿基拉般微笑著說：

『總之，訓練就先從讀寫開始吧，這對取得情報是很重要的事。你放心吧，我會提供超一流的輔助，簡單的讀寫一定馬上就能學會。』

「好，那就拜託妳了……為什麼妳知道我看不懂字？」

『那張獵人證，登錄者的名字是阿吉拉喔。』

對於職員那種草率到了極點的工作態度，阿基拉拚命壓抑想把獵人證揉爛的衝動。

阿爾法苦笑著提議：

『我們先回久我間山都市吧，到那裡再繼續聊後續。在學會讀寫之前，就由我來唸給你聽。』

阿基拉默默點頭。他收起獵人證，開始朝久我間山都市走去，阿爾法則走在他身邊。

阿基拉為了排解不愉快的心情，隨口問道：

「對了，在崩原街遺跡打倒的那個怪物叫什麼名字？」

『叫武器犬喔。』

「……咦？看起來完全不一樣耶，那也是同種類的怪物嗎？」

『恐怕是想靠自我改造變更規格的失敗個體，才會弱得連你都能打倒。』

「那傢伙只是虛有其表嗎？」

『這就要看你如何解釋了。那隻怪物有連你都能打倒的致命弱點，而你不過是幸運擊中那個弱點罷了。如果你現在再跟那傢伙戰鬥一次也能輕鬆將其打倒，那確實可以說它是虛有其表。這當然是在沒有我輔助的情況下。』

「絕對不可能。」

『這樣的話，就能知道我的輔助有多厲害了吧。你可以感謝我嘍。』

阿基拉面對得意地露出惡作劇般的笑容催促他道謝的阿爾法，像是有點自暴自棄地笑著回答：

「真的很謝謝妳。」

阿基拉是真心感謝對方，而且對方還有彌補自己失敗的恩惠。但是對個性乖僻的阿基拉來說，要一被人笑著催促道謝就馬上老實表達謝意還真有點困難。

『不客氣。』

阿爾法似乎也察覺到這一點，因此有些調侃對方般開心地笑著這麼回答。

◆

從事獵人工作的第一天，阿基拉遇見了阿爾法，好不容易從賭命的遺跡探索中存活下來，平安回到都市。

從這一天開始，阿基拉與阿爾法曲折的獵人生意揭開了序幕。

阿基拉被巨大武器犬追逐。整個扭曲的臉；不對稱的八隻腳；從背上長出的大砲；支撐大砲的巨大軀體。這些全都會讓人聯想到無法逃脫的死亡。阿基拉拚了命從具備這一切要素的怪物身邊逃走。

從後面傳來帶著殺意的咆哮；支撐巨大身軀的粗壯腿部晃動著地面；從大砲射擊出的砲彈往周圍落下。身處絕望性的劣勢。

「面對那種對手，這樣的手槍又能做什麼！」

這種慘叫般的吼叫也被響徹遺跡的咆哮與砲擊聲吞沒消失。沒有人回應他，死亡的氣息已經來到身後。

阿基拉終於豁出去，轉過身來開槍。子彈擊中武器犬的臉。阿基拉持續扣下扳機，所有子彈都命中了。

但這根本沒有意義。武器犬即使中彈也沒有絲毫動搖，反而用從那副巨軀難以想像的速度朝阿基拉撲去，張開大嘴想咬死獵物。

阿基拉看見怪物比自己身體還要大的嘴，隨即感覺到必死的命運，然後也真的被咬得四分五裂。

跳起來的地點是熟悉的貧民窟巷弄角落，也就是平時睡覺的地方。依然有些僵住的阿基拉一臉殘留著混亂與恐懼的表情呢喃：

「……是夢嗎？」

身邊的阿爾法則是微笑著向他打招呼。

『早啊。睡得好嗎？』

這瞬間，阿基拉反射性往後退開並把槍口對準阿爾法，對於來歷不明的某個人在不知不覺間來到身邊這樣的危機表現出強烈警戒。

阿爾法露出有些驚訝的表情，但沒有因此不高興，繼續以溫柔的口氣對他搭話：

『抱歉。嚇到你了嗎？』

阿基拉的表情還有些疑惑，不過已經從面對危險的陌生人轉變成面對應該安全的熟人的表情。

「…………阿爾、法？」

阿爾法臉上掛著跟阿基拉呈對比的笑容。

『沒錯。你忘記了嗎？』

阿基拉終於回想起昨天發生的事情。他放鬆緊張的心情，鬆了一口氣，然後把槍放下來，尷尬似的道歉：

「……抱歉，我有點嚇到了。起床的時候有人在旁邊，大概都是強盜喔。」

『沒關係，不用在意。』

阿基拉從阿爾法完全沒放在心上的模樣判斷她真的沒有生氣，想著還好沒有失去好不容易獲得的合作者而感到安心。

（……太好了。說起來槍對阿爾法根本沒用，就算被槍口指著也不會太生氣吧。真是好險……不過話說回來，幸好只是作夢。沒有遇見阿爾法的話，那種情況就會成真了。）

雖然發生了小小的騷動，阿基拉展開了跟昨天完全不同的全新生活。

◆

久我間山都市的貧民窟在都市外側，也就是跟荒野的邊界附近的一大片土地。治安與經濟都很惡劣，外有怪物、內有強盜等壞蛋準備把弱者當成食物，可說是都市的垃圾堆。阿基拉就是為了脫離這個垃圾堆而成為獵人。

都市早晚各會在貧民窟配給一次免費糧食，阿基拉基本上每天都會來排隊領取食物。

還有好一陣子才會到早上配給的時間，但已經有不少人在排隊了。阿基拉與阿爾法一起排到隊伍最後面。

領取食糧時必須乖乖排好隊並保持禮貌，引發騷動或插隊的話，那個人將領不到食物，有時候甚至會停止配給活動。當然，惹事的傢伙之後就會遭眾人圍毆。

這也是都市裡無言的教育。即使是貧民窟的居民也得學會排隊，這對都市來說也有好處。讓居民了解若有人不遵守都市方的規則，就會給貧民窟整體帶來損失，這樣也會讓都市更容易管理。

而這些教育的成果，加上遭圍毆致死的犧牲者累積起來的結果，讓基本上很危險的貧民窟在領取配給時，隊伍都很整齊與冷靜。

另外配給食物也具備把無法靠自己購買食物的貧民聚集在貧民窟的機能，同時是維持最低限度治安的手段。

不是所有人都會因為沒有錢與食物就乖乖餓死。最低限度的食糧配給某種程度上可以防止走投無路的人拿起莫名大量供給到這裡的槍械，轉而當強盜。多虧這種配給，阿基拉才總算存活下來。

阿基拉跟平常一樣排在配給的隊伍裡，並且再次體認到阿爾法的異常性。

讓人為之著迷的姣好容貌；耀眼的頭髮光澤；細緻光滑的肌膚；誘惑異性的魅惑肢體；包覆身體的暴露服裝。集合這麼多要素卻沒有受到矚目的阿爾法實在太不自然了。

而且身上被稱為舊世界風格這種特殊設計的衣服也足以吸引他人的目光。就連阿基拉這種人都看得出來那是非常昂貴的服裝，品質的差異可說極為明顯。

研究舊世界技術的人要是看見其細節，就能辨別出那絕對是以舊世界的高級技術所製造出來的東西。作為舊世界的遺物絕對可以賣得高價，是值得矚目的物品。

若聚集那麼多受矚目的要素，一般來說就算引起一陣小騷動也不稀奇。但即使如此，周圍還是沒有任何人對阿爾法有所反應。

這足以讓阿基拉深切體認並接受能看見阿爾法的人只有自己這個事實。

阿基拉小聲對阿爾法說：

「其他人真的看不見妳耶。」

『不是說過了嗎？你不相信我嗎？』

看見阿爾法不服氣的樣子，阿基拉有些慌張地小聲辯解：

「沒有啦，不是那樣的。我是想說基本上看不見，不過還是可能有其他能看見的人。既然我可以看見，那麼有其他人看得見也不是什麼不可思議的事吧？」

『噢，是這麼回事啊。關於這部分，說明起來會很花時間，之後再慢慢跟你說吧。』

阿爾法用跟阿基拉相反的清晰聲音如此回答。對這道清澈聲音有反應的就只有阿基拉，這時如果阿基拉也用清楚的聲音回答，就會變成跟幻聽對話的怪人了。

開始配給後，終於輪到阿基拉。這次他領完食物就來到離隊伍稍遠的地方。

這個距離對阿基拉這樣的孩子來說也很重要。離太遠的話就會有人來搶好不容易領到的食物。在不會妨礙配給，之後不會被圍毆，然後潛規則下不會發生爭執的距離把食物吃掉是最好的選擇。

搶奪與被搶奪者都一定擁有槍械。這對於避免不必要的廝殺也是很重要的事。

這次的配給品是裝在透明包裝裡的三明治般的食物。包裝上記載著作為識別碼的文字列。阿基拉一直凝視著這些文字，遲遲沒有開始進食。

阿爾法以有些納悶的聲音對他搭話：

『你不吃嗎？』

從遺跡挖掘出來、運作狀態很可疑的生產裝置所產出的合成食材；由難以確認土壤汙染狀況的農地栽培出的實驗蔬菜；從生物類怪物應該可以拿來食用的部位取下的肉。以這些為原料的加工品在過剩的善意下，免費提供給那些沒錢的貧民。

然後在這些食物提供給貧民窟的自願者一定期間後會觀察一陣子，如果沒有不斷出現死者或突變

者，那種原料就會被判斷為具一定的安全性，接著標上價格開始販賣。而別種未確認安全性的東西就會成為新食物的原料。

那就是這個三明治，麵包和餡料都是上述那種原料。

「……我要吃了。」

配給方不會詳細說明這些事，但是領取配給的人們大概也發現了。阿基拉也隱隱約約察覺到這個事實，但是沒有不吃這個選項。不吃的話下場就只有餓死。

在貧民窟藉由免費食物存活下來的人們必須回報這樣的善意。因為配給地點貧民窟所在的位置，這些人經常淪為率先與襲擊都市的怪物們戰鬥的犧牲品。

面對會獵食人類的突變動植物、以人類為攻擊對象的自律兵器等，被迫用莫名大量分配到貧民窟

的槍械以及自己活生生的肉體，在都市防衛隊完成驅逐前幫忙爭取時間。雖然並非強制，然而反正他們也無處可逃。

不斷重複這樣的過程後，從襲擊中倖存的人裡面就會出現能與怪物戰鬥的實力者。這樣的人大多會成為獵人，順利的話可以從遺跡帶回遺物來促進都市的經濟。這些利潤的一部分將會作為維持配給所的費用。

也就是阿基拉就某種意義上來說，是按照都市的意圖，以成為獵人為目標。

這也可說是無力者被迫做出避無可避的選擇。但選擇的終究是阿基拉自己，就算是被迫，他依然不後悔。

三明治的味道難以形容。先不管免費以及安全性之類，至少它不是會讓人主動想去吃的食物。

以獵人的身分脫離貧窮，每天就可以嚐到安全美味的食物。阿基拉吃著味道跟安全性都很可疑的三明治，下意識將視線移到願意幫自己完成夢想的人身上。

阿爾法臉上掛著溫柔的微笑。

◆

再次來到崩原街遺跡的阿基拉靠著阿爾法的指引在遺跡中前進。

由於遺跡的一部分被崩塌大樓的瓦礫埋住了，不小心的話就會比粗劣的迷宮更容易迷路。另外雜亂的廢墟內部也可能成為適應遺跡的怪物們居住的地方。附近一帶也有被怪物建構起獨自的生態系統的場所。

為了追求遺物而進入遺跡的獵人們會擊退在過程中造成阻礙的怪物。有時為了便於前進到深處，也會維修遺跡內的道路。然後遇見強大的怪物，反遭攻擊而喪命。

因為重複這樣的過程，遺跡越往深處地形就越難前進，棲息的怪物也有變強的傾向。當然，抵達者也會變少，所以留有大量貴重的遺物。也就是說，越深處就越可能是危險但能賺錢的地點。

這點知識阿基拉也很清楚，所以昨天是探索遺跡的外圈，而且是頗為外側的部分。

但是今天在阿爾法的勸說下朝遺跡深處前進。阿基拉當然也對這個提議感到猶豫，但還是被充滿自信的阿爾法說服，接受了這個提案。

不往深處前進就無法獲得高價的遺物。自己會幫忙帶路，阿基拉只要遵從指示就沒問題——一旦聽見阿爾法這麼說，阿基拉也很難拒絕。他就是為了脫離貧窮才成為獵人，也是因此才與阿爾法交易並來到這裡。如果阿爾法都已經保證有一定程度的安全了，自己還無法前進，根本就別想往上爬。

阿基拉一開始只是默默按照阿爾法的指示往前走，但過了一陣子，他漸漸開始懷疑阿爾法。因為她不斷做出阿基拉不認為有意義的指示。

背靠在廢棄大樓牆上慢慢前進；在指定的大樓裡，不是從能看見的出入口，而是爬上附近的瓦礫山從窗戶進入；之後又立刻從剛才看見的出入口到外面；不斷經過同樣的道路；在路中央站一陣子；在同一條路上往返數次後再往深處前進。雖然一直遵照指示，卻只覺得是在浪費時間。

遭到武器犬襲擊時，阿基拉無視阿爾法的指示，結果差點死掉；而按照感覺魯莽的指示卻活了下來。由於有過這樣的經驗，就覺得不需要仔細詢問理由，只是默默遵從指示。

然而每次做出乍看之下似乎沒意義的動作，些許的不信任感就逐漸累積。

最後阿基拉終於無法忍耐了。

「……我說，阿爾法。」

『什麼事？』

「妳不會是迷路了，就讓我隨便亂走吧？」

阿爾法堅定地回答：

『沒這回事喔。』

「……真的嗎？」

『真的。』

「感覺經過同樣的路好幾次了……」

『因為必須那麼做啊。只是繞過危險的路徑，結果就變成那樣罷了。真的要問有什麼理由的話，只能說你太倒霉了。』

阿爾法微笑著這麼回答。阿基拉微微皺起臉。

「……是我的緣故嗎？」

『是啊。』

阿爾法再次如此斷定。她堅定的口氣與態度具備足以封鎖阿基拉反駁的說服力，但仍無法抹滅累積的不滿與不信任感。

之後又在遺跡內前進了一陣子，接著在某條巷子的出口前，阿爾法再次轉身做出類似的指示。

『要回頭嘍。』

「……又來了嗎？」

阿爾法經過阿基拉身邊。阿基拉雖然感到不耐煩，還是轉過身準備跟上去，不過這時他突然停下腳步。

巷子前方可以看見一條大路。阿基拉對該處的狀況感到在意。看一下前方的光景，只要能發現一點回頭的理由，就可以接受至今為止乍看沒有意義的指示，也應該能夠一口氣消除不滿——阿基拉忍不住這麼想。

（……一下下，只要一下下就好。我只看一下下而已。）

阿基拉對自己說出這樣的藉口，然後稍微從巷子裡探出頭，一邊警戒一邊看向大路。但是在那裡的只是一片跟至今為止的光景沒有太大不同的荒涼遺跡景象。

（……果然什麼都沒有嘛。）

當阿基拉湧現更多不滿的瞬間，阿爾法就以非常強烈的語氣大叫：

『立刻回來！』

下一瞬間，阿基拉的視線前方毫無預兆地從看起來空無一物的空間發出巨大聲響與閃光。閃光與砲擊的衝擊讓怪物的光學迷彩機能一瞬間減弱，露出了隱藏的模樣。一看見怪物，阿基拉的臉就僵住了。阿基拉認為空無一物的地方存在著開啟迷彩機能的巨大機械類怪物。

大口徑的彈頭直接命中距離阿基拉稍遠處的大樓。大樓因為那一擊，隨著爆炸聲、爆炸波與衝擊毀了一半。大量巨大瓦礫朝著周遭一帶落下，造成的衝擊讓地面晃動，阿基拉腳下劇烈搖晃。

阿爾法對驚嚇過度而呆在現場的阿基拉怒吼：

『快點回來！會死喔！』

回過神的阿基拉拚死奔跑。巷弄因為砲彈擊中附近的大樓而猛烈晃動，甚至還有瓦礫掉落。阿基拉就拚命跑在這樣的環境中。

阿基拉照阿爾法的指示，好不容易逃進不遠處大樓的一間房間避難。砲擊聲與震動目前還在持續著，同時不斷有粉塵與小碎片從天花板落下。

阿爾法以嚴厲的表情與聲音對阿基拉表示：

『剛才真的很危險，你差點就死了。按照我的指示行動的話，就能避開那種下場喔。』

阿基拉垂頭喪氣地待在房間角落，繼續沉默了一陣子後才終於小聲回答：

「……抱歉。」

這句簡短的謝罪帶著強烈的自我厭惡，聲音裡包含任何人一聽都能感覺到的陰鬱。

阿爾法嚴厲的表情變成有點悲傷的微笑，接著發出溫柔的聲音：

『或許你對指示的內容有所不滿，但我不會做出對你不利的指示，之後再問我詳情，我也會說明到你接受為止。該說些什麼才好？』

阿爾法笑著這麼催促，然而阿基拉還是保持沉默。這時阿爾法的笑容稍微變陰沉，但立刻就像體貼對方般露出微笑。

『……昨天才剛認識，你應該有很多地方都還無法相信我吧，這也沒辦法。但是你死掉的話我也會很困擾，所以我會盡最大的努力來保護你的生命。可能很困難，但可以的話，這一點請你一定要相信我。』

就連阿基拉也能感覺到對方的貼心。感到愧疚的他好不容易才回答：

「……我知道了。懷疑妳是我不對。」

『沒關係，我也不認為馬上就能獲得你的全面信賴。這種事情得慢慢累積才行，對我們雙方都是一樣。』

阿爾法的口氣與表情都透露出是完全在替阿基拉著想，阿基拉因此稍微恢復了氣力。而為了轉換心情，就算只是虛張聲勢、只是裝出樣子，也有意義——這麼想的阿基拉擠出氣力，硬是露出笑容。

「……說的也是。我也會好好累積。那麼接下來該怎麼辦？」

阿爾法確認阿基拉的模樣，接著判斷在他精神狀態恢復到一定程度前最好還是不要輕舉妄動。

『外面的狀況穩定下來以前都在這裡待命。我已經誘導怪物，讓它們逐漸離開這一帶，但我想還是得花不少時間。』

「妳說誘導，妳能辦到這種事嗎？」

阿基拉表現出有些驚訝的樣子，阿爾法便對他露出有些得意的笑容。

『得根據對象與狀況就是了。那個機械類怪物是以自動操縱持續襲擊外敵的自律兵器。那一類機械為了掌握周圍的狀況，有時候會從周邊的監視裝置取得包含影像在內的外部情報。』

某方面來說，阿基拉也是以類似的原理來看待阿爾法。但是他沒有注意到這一點，單純興致勃勃地聽著內容。

『這次很幸運地插入了怪物用來處理影像的外部影像，那隻怪物應該正在持續攻擊你的假影像。首次攻擊也是靠這個方法讓它誤認你的位置。』

沒想到竟然連這種事都辦得到，阿基拉感到更驚訝了。結果阿爾法略帶深意地笑了。

『對於只靠自身的視覺情報來判斷的怪物就沒用了。剛才真的好險。』

阿基拉露出有些疑惑的表情。

「……如果是那種類型的怪物，我會有什麼下場？」

阿爾法笑著直截了當地回答：

『當然會被那記砲擊直接打中，粉身碎骨。』

「這、這樣啊。」

阿基拉的臉有些僵掉了。不過或許是受到阿爾法開朗的態度影響，他並沒有因為自我厭惡而垂頭喪氣。

『再聊一會兒吧。對了，有什麼想問我的事情嗎？什麼都可以喔，你就隨便問吧。』

說什麼都可以問反而無法立刻想到要問什麼。然而看見露出溫柔笑容等待問題的阿爾法，又會猶豫是否該回答沒什麼問題想問。這也算是阿爾法的指示，為了累積信任，阿基拉認為還是應該回應指示才行。

阿基拉從跟阿爾法相遇開始回想，想要找出問題，然後他想起了某件事。

「那我就問了。第一次遇見妳的時候，妳為什麼一絲不掛？」

阿爾法現在穿著衣服，與阿基拉相遇後立刻就穿上衣服了。也就是說，她當時是刻意全裸。那個時候因為衝擊太大，無法注意到這一點，現在回想起來就覺得非常不自然。

阿爾法露出充滿自信的惡作劇微笑。當阿基拉因為她這種模樣而有些納悶的瞬間，她就消除服裝，展現出魅惑的身體。

阿爾法毫不害羞，大剌剌地展現自己的肌膚，完全不遮掩就讓阿基拉看見有著性感起伏的身材。接著她擺出有點像在誘惑人的動作，並發出開心的聲音。

『怎麼樣？』

即使驚訝還是看傻了的阿基拉一回過神就開始慌張。

「什麼怎麼樣……呃，別說那麼多，先把衣服穿上！」

阿爾法滿足地微笑，隨即恢復身上的服裝。

『很有魅力的身體對吧？能夠吸引目光吧？不覺得會受到矚目嗎？那個時候比起周圍，你更注意我吧。』

「那、那也沒辦法吧！」

跟淡光的夢幻光景比起來，自己更是對阿爾法的裸體看得著迷，這是無庸置疑的事實。被看穿這一點的阿基拉有些焦急，同時找了藉口。

結果阿爾法就告訴阿基拉一件令人意外的事。

『也就是說，這就是理由喔。剛才那個問題的答案。』

阿基拉忘記慌張的心情，有些納悶地反問：

「這是什麼意思？」

『為了找出能夠看見我的人，這是很有效率的方法吧。來到遺跡的人本來就很少，可以感覺到我的人更少。這模樣能讓這些稀有的人確實有反應，也能抑制無謂的戒心。我做了各種嘗試，全裸是最佳選擇喔。』

「我就整個提高警覺了啊。」

『即使如此，看見我的瞬間你也沒有逃走吧？如果看見我時，我的模樣是拿著槍械武裝的強壯士兵，你覺得自己會怎麼做？』

阿基拉試著想像那種狀況。站在淡光中的人外表是重武裝的強壯士兵，那是足以趕跑周圍夢幻氣氛的模樣。然後他又想像對方跟偷偷窺探的自己對上視線。

「嗯，會逃走吧。我想大概會全力逃跑。」

『對吧？要一眼就能判斷出我沒有武裝，而且還能確實引起興趣，並且輕易讓人顯露能夠看見我的反應，全裸就是最好的打扮喔。』

這時阿爾法又微微苦笑了。

『不過，話說回來，真沒想到會被你警戒到那種地步。真是抱歉。』

阿基拉微微皺起臉。聽對方這麼一說，就覺得自己的反應確實太激烈了。他也算是能夠接受這個說明。但是對於阿爾法向自己展露裸體，然後像在拿自己尋開心的態度，他有點想回嘴。

「……但是，我還是覺得全裸不太好喔。」

『沒關係啦，反正是假的。只要能達成目的，我並不在意啊。』

「假的？」

『嗯，我的模樣是電腦繪圖製成，所以我能夠自由變換外表。』

阿爾法像要展示證據，把樣子變成年紀比阿基拉小的女孩。

嚇一跳的阿基拉忍不住叫了出來。

「唔喔！妳是阿爾法吧？」

阿爾法以雖然稚嫩但成長後美貌值得期待的面容，對他露出顯示即使外貌改變還是同一人物的成熟笑容。

『是啊，怎麼樣？很可愛吧？』

「咦？嗯。」

阿基拉嚇了一跳，但是沒有特別表現出對她的外表有興趣的反應。阿爾法察覺這一點，再次變換模樣。

『當然也可以反過來。』

少女模樣轉變為妙齡女子，然後直接變成老婦人。即使臉上有許多皺紋，依然散發出經年累月所醞釀出的高貴氣息。

「喔～～太厲害了。真的可以自由變化嗎？」

阿基拉佩服似的感到驚訝，但是對於對方的容貌還是沒有表現出任何喜好的樣子。阿爾法確認完後，再次把容貌變回一開始的樣子。

『不只是這樣，體型、髮型，甚至包含服裝在內，都可以隨心所欲地變換喔。』

阿爾法得意地笑著，同時不斷變換自己的模樣。一下子長高一下子縮小，然後變成略瘦或略胖的身形。頭髮也變短又突然一路長到地面，或是出現無視重力的髮型，最後更讓頭髮發出七彩光芒。

服裝也是從類似學校制服的打扮變成社交界穿的禮服、華麗的泳裝、迷彩服、機長制服等各式各樣的穿著，還包含設計令人懷疑是否真實存在的前衛服裝。

阿基拉看見持續變換模樣的阿爾法，一開始只是感到驚訝，不久後就恢復冷靜，著迷地看著以各種不同服裝擺姿勢的阿爾法。

在貧民窟生活的阿基拉根本沒有娛樂活動。跳舞般不停變換姿勢及身上服裝的阿爾法當然足以讓阿基拉著迷。

阿基拉望著阿爾法，阿爾法則觀察著阿基拉。阿基拉沒有注意到阿爾法一開始隨機變化的模樣，其年齡、體型、髮型以及服裝都逐漸改變成自己喜歡的樣子。

阿爾法帶著開心、妖豔、柔和、魅惑又溫柔的微笑，持續觀察阿基拉。

『服裝之類的有任何要求的話都可以跟我說。啊，還是說全裸比較好，全裸？全裸比較能欣賞這副令人著迷的裸體，所以那樣比較好吧？』

這種引誘般的發言讓阿基拉再次有些慌張。

「什麼都好，快穿上衣服吧！為什麼那麼推薦全裸呢？」

『因為我覺得你還是趁現在先習慣，之後才不會中了美人計啊。你不覺得也需要這種訓練嗎？』

回答「我也這麼覺得」似乎會引起一陣騷動。這麼想的阿基拉露出苦笑，接著沒有說出真實的感想，為了掩飾害臊，以有點鬧彆扭的態度回答：

「……沒有人會誘惑我這種小孩子啦。」

阿爾法像是不讓他找藉口般提出反駁。

『可能沒有人會誘惑現在的你，但是我認為有很多人會誘惑賺大錢的優秀獵人喔。當你成為那樣的獵人時，我不希望你被這些人妨礙。從以前就有許多男性因為女性而墮落喔。』

阿基拉雖然想成為能賺那麼多錢的獵人，但若要問能否成功，他實在沒有太大的自信。他的語調就透露出這樣的沒自信。

「……我能成為那樣的獵人嗎？」

阿爾法以自信滿滿的態度回答他的疑問：

『沒問題，因為你可是有我的輔助啊。我可以發誓，除了你的意志，我絕對都可以幫忙。除了意志、幹勁以及覺悟，其他都沒問題。這些真的就只能靠你努力了，我實在幫不上忙。』

阿基拉沉默了一會兒，最後露出明確有了強烈覺悟的表情。

「我知道了。意志、幹勁和覺悟這方面我會自己想辦法。」

阿爾法很高興似的露出滿足的笑容。她的笑容是為了讚賞阿基拉的決心，同時也是對自己成功按照計畫誘導阿基拉自身意志的評價。

獵人賭上性命前往危險遺跡的理由，是為了取得沉睡在遺跡當中的舊世界遺物。

舊世界遺物有許多種定義。廣義來說，是與舊世界非常發達的科學技術有關的一切事物；狹義來說是舊世界時代所製造的物品。

由極高等技術所製造出來的精密機械就不用說了，連平凡無奇的杯子，只要是舊世界製也算是舊世界的遺物。不過遺物的價值當然是前者較高。

然後對獵人來說是能夠換得高價金錢的物品。只不過並非所有人都能辨識出物品的價值，所以大部分的人都是從掉落在遺跡當中的東西裡撿回看起來值錢的，經由鑑定再換成金錢。

基本上越是現在的技術無法再現的物品就越能賣得高價，不過有時候出乎意料的東西也能賣到意想不到的價格。也有看起來只像便宜首飾或一般日用品的東西，其實是舊世界製且性能高得異常。

從某座遺跡發現的小刀，切肉或魚當然不成問題，甚至只要輕輕使力就能切開鋼與水泥，同時不論再怎麼用力就是無法傷害人類。它就是具備這種乍看下相當矛盾的機能。

而且不論砍斷多少次鋼鐵都不會變鈍，即使浸水，刀刃也不會生鏽，甚至泡在王水裡也不會受到影響。

企業的研究所一解除小刀疑似安全裝置的東西，即使刀刃明顯沒有碰到，還是將戰車連同駕駛員一刀兩斷。緊接著小刀就碎成了粉末。

遺跡裡發現了許多像這樣的東西。現在的科學技術就是成立於解析這些東西之上。只不過，即使優秀的研究者以付出一生獲得的智慧來解析，能弄清原理的技術也只有極少部分，目前幾乎都仍處於不甚了解的狀況。

因此舊世界的遺物才會屢屢賣得高價。今天也有許多獵人為了追求遺物，賭上性命前往遺跡。而阿基拉也是其中一人。

阿基拉懷疑阿爾法的指示而擅自行動，結果遭到巨大機械類怪物襲擊，犯下了差點喪命的失敗。之後他因為自責而極為沮喪，但在阿爾法的激勵下重新振作。這時外面傳來的砲擊聲已經消失。

阿爾法從外面及阿基拉兩邊的狀況決定再次展開遺跡探索。

『外面似乎已經平靜下來了，差不多該回到獵人的工作嘍。阿基拉，這次要請你好好加油喔。』

阿基拉認真地點點頭。

「沒問題。這次我會確實按照指示行動，我跟妳保證。」

『好，那我們走吧。』

阿爾法滿意地笑著如此回答，接著再次在前方引導阿基拉前進。阿基拉則一臉嚴肅地跟在後面。

離開大樓，經過方才遭遇巨大機械類怪物的地點。通過崩塌的大樓旁邊，越過瓦礫繼續往前進。接著穿越殘留剛才戰鬥痕跡的地方，再往前走。

別說用阿基拉的便宜手槍無法對抗了，即使以有一定水準的對怪物用武裝也絲毫沒有勝算的存在就在看不見的狀態下於附近徘徊。無論如何，這個經驗都為阿基拉帶來強烈的影響，臉上的表情自然也變得嚴肅。

不過阿基拉還是以決心覆蓋湧出的膽怯，相信只要遵從阿爾法的指示就沒問題，邁開腳步慎重地前進。

阿爾法對阿基拉那副模樣感到滿意，並持續異常準確地帶領阿基拉前進，絕不會讓他遭遇潛伏在遺跡各處的怪物。

兩人又繼續前進了一陣子，已經來到無法稱為遺跡外圍的深處。這時阿爾法指著遺跡中雜亂聳立的其中一棟大樓。

『阿基拉，要在這裡收集遺物喔。』

阿基拉感興趣地抬頭望著阿爾法指定的大樓。自己是賭命來到遺跡深處，總是會忍不住期待能獲得相符的成果。

但是對阿基拉來說，該處看起來只是跟至今為止不知經過多少次的其他廢墟一樣，至少不像是必須大費周章來到這裡的建築物。

「可以問一下為什麼要選這裡嗎？」

阿基拉隨口這麼問之後，又想到這個問題可能會像在質疑阿爾法，於是有些慌了。然而阿爾法只是帶著充滿自信的笑容回答：

『可以喔，到裡面一邊找遺物一邊說明吧。』

看來這裡似乎值得期待。阿基拉看著阿爾法的笑容這麼想著，然後開心地跟在前導的阿爾法身後進入大樓。

阿爾法指定的建築物是舊世界時代的商業設施，阿基拉在裡面邊看著過去盛況的痕跡邊前進。

在被壓扁的架子附近有一面開了個洞的牆壁，殘留血痕的地板上散落著機械類怪物的殘骸。生物類怪物的大塊骨頭旁邊，人類的骨頭跟裝備碎片一起散落在地上。

這裡充滿各種商品，殘留著過去的光景。其中一部分是留下來的大量遺物。為了這些遺物來到這裡的許多獵人又留下與大量怪物交戰的痕跡。

現存的舊世界建築物大多相當堅固。而這棟建築物的牆壁開了洞，天花板也燒焦了，這明顯表示在這裡進行過的戰鬥有多麼激烈。具備如此強力武裝的獵人們，跟同樣強力的怪物們在此互相殘殺。一切全是為了獲得存在於此的舊世界遺物。

散落在地的大量屍體顯示這裡具有讓人甘冒這種危險的價值，同時也是無法抵抗想要舊世界遺物這種欲望的人們會有的末路。

『選擇這裡的理由，第一是安全方面。遺跡的機械類怪物大概都是設施防衛用的警備裝置。作為警備的一環，生物類怪物大多會被排除。也就是說像這樣的地點，生物類怪物的威脅會降低喔。』

「但這只表示會換成被機械類怪物攻擊吧？」

『機械類怪物大多是嚴守設定的警備路線與場所，所以只要掌握警備模式，與其遭遇的危險性會降低許多。』

實際上這棟建築物也有機械類怪物的警備機械巡邏。之所以沒有遇見它們，全是靠阿爾法確實的引導。

『反過來說，生物類怪物會按照狀況改變棲息地域，或者隨興移動，難以預測是否會遇到。所以跟我在一起的話，待在機械類怪物比例較高的地方會比較安全喔。』

阿基拉興致勃勃地聽著在貧民窟的巷弄裡絕對無法獲得的知識。

「原來如此，還有這種思考方式嗎？不過，要如何掌握那些模式呢？」

『這其實有很多方法喔。但是要詳細說明到你能正確理解且接受，得花上數十年的時間，所以就省略這些說明吧。』

這時阿爾法露出充滿自信的淘氣微笑。

『還是說，你想仔細聽聽看？畢竟我也說過之後你詳細提問的話，我會回答到你能接受為止。我可以說明喔。』

「啊，嗯。還是算了吧。」

阿基拉認為阿爾法說的是玩笑話，她打從一開始就不打算說明。但是如果自己也開玩笑說想聽，感覺真的會被迫聽一段又臭又長的內容，所以感到畏縮的他就把事情帶過。

阿爾法面對他正如預測的反應，微笑著回答：

『是嗎？嗯，要是你改變心意就告訴我。那麼繼續說為何選擇這裡作為收集遺物的地點，另一個理由就是要嚴格挑選遺物喔。』

「妳說嚴格挑選，這裡留有那麼多高價的遺物嗎？」

『遺物的價值很重要，但更重要的是要連你都能帶回去。就算找到能賣到天價的物品，如果重達十噸，你也無計可施吧？反過來說，即使是單手就能拿回去的東西，如果在怪物旁邊也拿不走吧。』

「嗯，確實如此。」

『這個地點應該能找到不少你也能順利帶回去，價格也頗高的遺物。選擇這裡是綜合這些要素後判斷出來的結果。』

阿基拉聽完阿爾法的說明，便認為確實有賭上性命來到此地的價值。接著又反過來想到：

「……咦？如此一來，我昨天尋找的那一帶真的沒剩什麼大不了的東西嗎？」

『那一帶的遺物已經被搜括殆盡了。如果像你這樣的孩子都能去收集遺物的地方現在仍留有大量高價遺物，那裡應該會湧入大批獵人喔。我沒說錯吧？』

「……確實是這樣。」

結果昨天自己是賭上性命持續做白工。阿基拉忍不住這麼想，到了這個時候才湧起疲勞感。

「原本認為努力抵達遺跡的話就能找到高價的遺物，果然太魯莽了嗎？」

面對情緒有些低落的阿基拉，阿爾法像要鼓勵他似的露出微笑。

『你因為魯莽的舉動而遇見了我，我覺得賭上性命抵達遺跡是很有意義的一件事喔。接下來的每一天，你都可以充分體認到自己有多麼幸運。好好期待吧。』

阿基拉重新打起精神，輕笑道：

「說的也是。我很期待。」

『交給我吧。』

阿爾法回以充滿自信的笑容。

正確來說，如果是價格不高的遺物，在遺跡外圍尋找的話應該還能找到不少。這些物品對一般獵人來說或許不值一哂，但是以貧民窟小孩的基準來看，已經是相當珍貴的東西。

也就是說，阿基拉的行為其實沒有那麼無謂。然後阿爾法知道這一點，還刻意帶阿基拉前往遺跡深處。

◆

探訪遺跡的不只有獵人，企業也會投入鉅額資金派遣部隊前往遺跡。其他還有許多人也會有時合作有時互相殘殺，持續收集遺物，直到造訪這座遺跡的所有人判斷這裡已經不值得冒險為止。

即使如此，判斷是否值得冒險的基準還是各自有異。

企業會率先抽手。企業對營運的私人軍隊投入了大量資金，裝備與實力的水準都很高，因此人員有所損失時也會承受高額的虧損。除了那種現代技術無法重現的舊世界製生產裝置等極難得到且企業間會投入武力來爭奪的遺物，大多早早就會放棄而收手。因為普通的遺物只要花錢從獵人那裡購買就行了，對企業等持有豐富資金的組織來說，只要是能用錢買到的就會用錢來解決。

接著是一般獵人會收手。冷靜分析從帶回的遺物所能獲得的報酬與怪物的威脅，把利害放到天秤上衡量，非常從容地抽身離開。

而最後是具備實力者與沒用的人會收手。靠自身實力好不容易持續打倒怪物來收集遺物的人，以及被欲望蒙蔽雙眼，錯失離開時機而死掉的人。

就這樣，遺跡裡出土的巨額遺物持續減少，相對地不斷有屍體累積。然後從找到的遺物數量與堆疊起來的屍體數量，所有人判斷這座遺跡不值得冒險時，遺跡才終於開始逐漸冷清。

阿基拉探索的廢墟還殘留著不少相當高價的遺物。這證明了這個地點就算對配備充足武裝的獵人們來說，依然是不值得冒險而選擇抽身離去的危險地帶。

阿基拉原本絕不可能抵達這個強力怪物到處肆虐的領域。

說起來他根本不清楚遺物的價值，只是按照阿爾法的指示，把看起來值錢的東西塞進紙袋。這個紙袋也是在這裡發現的。事前準備的袋子因為無法承受遺物的重量，破掉了。

阿基拉帶著有些不安的表情看著裝了遺物準備帶回的紙袋。紙製的購物袋很薄，看起來一點都不牢靠。

「……回到都市前不會破掉吧？」

『不要緊。這個紙袋也是舊世界製，也就是舊世界的遺物，比外表看起來堅固，你不用擔心。』

「原來如此。舊世界的技術嗎？太厲害了。」

阿基拉這次看向紙袋中，裡面塞了經過阿爾法嚴格挑選的遺物。

一把帶鞘的小刀；幾個用途不明的機械零件；幾箱阿爾法說是回復藥的藥品；看起來像繃帶的東西；類似手銬的東西。另外還裝了各種物品。

嚴格挑選的基準加了一項：連阿基拉這樣的孩子都能搬運。因此全都是小東西。

阿基拉隨手拿出小刀握住。小刀的形狀跟路邊攤隨處可見的普通小刀沒兩樣。拔出刀鞘後，露出磨圓的刀刃，看起來一點都不鋒利。

「……這把小刀也是舊世界製吧？有什麼厲害的地方嗎？看起來沒什麼特別的啊。」

『那應該是頗為鋒利的製品喔。雖然附加了安全裝置，還是不要隨便亂摸。』

「知道了。」

阿基拉把小刀收回袋子。袋子裡仍有空間，重量也不是太重。

「……還可以裝吧。要不要再帶一點回去？」

難得來到這個地方，可以的話想盡可能多帶一些回去。面對如此執著的阿基拉，阿爾法一臉嚴肅地搖了搖頭。

『不行，已經是極限了。回去時遇見怪物的話就得拿著這些東西逃走。因為行李太大或太重而逃太慢就會死喔，別太貪心。』

阿基拉也很珍惜生命，而且他決定要盡可能遵從阿爾法的指示了。雖然感到可惜，他還是堅定地點點頭，斬斷欲望。

「……知道了。那麼，這些大概可以賣到多少錢呢？」

『這我也不太清楚。遺物的收購價也會因為需求而有所變動，而且不是全部都要賣掉喲。小刀自己留下來用吧，醫療用品也最好不要賣掉。即使只是小傷，不好好治療的話往往之後會變成大問題，把藥品留下來當成保險吧。』

「如此一來，能賣的遺物就更少了……」

『這是必須的經費喔。忍耐一下吧。』

「……知道了。」

阿基拉因為遺物減少許多而感到有些可惜，但又轉念想這對現在的自己來說已經是很大的成果，並且重新打起精神。

『那我們回去吧。回去路上也很辛苦，要特別注意喲。』

「嗯。我知道。」

『這次要拿著有點重的行李走過那種怪物的警備區域，如果動作因為行李變遲鈍，然後被發現，這次可能會被炸成碎片，真的要小心喔。』

阿爾法這麼說完露出若有深意的微笑，阿基拉的臉就僵住了。

「沒、沒問題。」

『那麼出發嘍。』

阿基拉再次緊張似的跟在阿爾法身後，阿爾法則是開心地笑了。

阿基拉好不容易回到遺跡外面。由於這裡仍是荒野，是十分危險的地方。

但是跟有看不見的怪物徘徊的遺跡裡面相比，確實已經安全多了。雖然是仍不足以稱為生還的階段，無意識間還是切換了心情並鬆懈了，所以身心同時感覺到先前太緊張而忘記的疲勞，大大呼出一口氣。

阿爾法看見他這種模樣，便露出貼心的微笑對他搭話：

『累了的話要不要休息一下？周圍的警戒就交給我，你可以放心。』

「說的也是。不過我想早點回都市，稍微休息一下就好了。」

『知道了。那麼這段期間就來閒聊吧。』

說是要閒聊，但是一個人在貧民窟巷弄裡存活下來的阿基拉根本沒有話題。因此基本上都是阿爾法說話，阿基拉在旁邊應和。

『對了，你知道嗎？那個久我間山都市原本是為了攻略崩原街遺跡所建造的喔。』

「哦～～原來是這樣。妳很清楚嘛。」

『別看我這樣，知識可是很豐富的喔。不過主要是東部的情報，西部和中央部的情報就完全不知道了。』

「西部嗎……我也不是很清楚，不過曾聽說是非人魔境。」

『我也不太清楚，只聽說過什麼完全沒有發展科學技術啦、有魔法師存在之類的謠傳。』

「中央部應該……是國家吧？好像有許多被這麼稱呼的組織？」

『似乎是這樣。比那個中央部更東側的就稱為東部，也是指東部統治企業聯盟，通稱統企聯所支配的地域。你對中央部之類的有興趣嗎？』

「不，跟那個比起來，我比較想知道東部的一般常識。我都還不識字。」

『我知道了。除了讀寫，這部分的一般教育也加到你的訓練裡吧，交給我。』

「這、這樣啊。謝謝。」

『不客氣。』

聽見阿爾法無微不至的提案，心存感激的阿基拉同時也有些害怕。因為「免費的通常得付出昂貴的代價」這樣的想法已經深深烙印在他腦中。

阿爾法對這樣的阿基拉露出溫柔的微笑。這不是為了別人，全是為了阿爾法她自己的目的。

◆

回到久我間山都市的阿基拉立刻到獵人辦公室營運的收購處。

都市防壁內外都有複數像這樣的收購處，而利用者會因為其所在位置而有很大的差異。防壁內的收購處主要顧客是一流的獵人，帶過去的遺物也都是貴重物品，有時收購價格會因為企業發動爭奪戰而高漲。

阿基拉前往的是位於低等區域的收購處，地處貧民窟附近，利用者大部分是菜鳥獵人與貧民窟的居民，以收購處的等級來說是接近最底層的店鋪。

因此儘管這裡原本是專收遺物的收購處，然而別說是便宜的遺物了，就連並非遺物的東西也會被拿到這裡。然後不知不覺間，除了遺物的物品基本上也會以便宜的價格收購，變成貧民窟居民們重要的收入來源。

阿基拉一進入收購處，就把準備賣掉的遺物從紙袋裡拿出來放到收購用的托盤上，接著拿著托盤到窗口前排隊等待。按照阿爾法的建議，不把小刀和醫療用品賣掉，而是留在自己身邊。

窗口的職員是名為野島的中年男人。野島從阿基拉的打扮判斷他是貧民窟的小孩，於是準備用符合其身分的態度來對應。但是當他看到托盤上的東西後就轉變了對應的態度，因為他注意到收購品並非在貧民窟能撿到的東西。

「有獵人證的話就拿出來。」

阿基拉拿出自己如同紙片般的獵人證後，野島就把它接過去，操縱了一下手邊的機器，然後隨著三枚硬幣一起把它還給阿基拉。野島接著又把收購品連同托盤放到身後的架子上。

阿基拉看著那三枚硬幣。三枚１００歐拉姆硬幣，總共３００歐拉姆。

歐拉姆是坂下重工發行的企業貨幣，坂下重工是構成統企聯的五大企業之一。歐拉姆主要是在其發行處坂下重工統治下，也就是以坂下重工為主軸的經濟圈內使用。久我間山都市也是其一。

３００歐拉姆的價值可說因人而異。如果是久我間山都市低等區域裡的一般人，大概可以吃一餐便宜的料理；對高等區域的居民來說，是連一杯水都買不起的零錢。

賭命前往危險遺跡後的成果。遭到巨大怪物襲擊而差點死亡，但在阿爾法的幫助下倖免於難，從原本絕對無法抵達的場所帶回遺物後的酬勞，現在就放在阿基拉的手掌上。僅僅三枚硬幣，總共３００歐拉姆。

阿基拉以非常不滿的表情看著手掌上的３００歐拉姆，然後隨著湧起的情緒，抬起帶著嚴肅表情的臉龐，結果便和看透他會有這種反應的野島對上視線。

在阿基拉開口說出連自己也搞不太清楚的話之前，野島就帶著認真的表情事先警告般說明：

「你應該有很多話想說，但對於獵人等級１、毫無信用與實績的獵人，首次的收購價格固定是３００歐拉姆。你這些來歷不明的東西可能跟垃圾沒兩樣，沒經過調查就付出３００歐拉姆，你反而應該心存感激吧。」

阿基拉理解對方的理由，也算是能夠接受。但即使如此，他的表情還是很嚴肅，這是因為無法完全同意。然而他同時了解就算抗議也沒用。

野島看著這樣的阿基拉，繼續說：

「收購品的鑑定最快也要明天才會結束。鑑定完成之後，會在下次收購時付給你剩餘的金額。鑑定後金額比300歐拉姆還低的話，反而是你必須付款。如果你對拿來的東西有能賣得高價的自信，就再拿東西來賣，到時候還是用獵人證確認身分。記好如果弄丟獵人證，信用與實績都要重新累積。以上就是我的說明，還有問題嗎？」

阿基拉好不容易開口：

「……明天再來就可以了嗎？」

「如果鑑定結束。越高價的遺物就得花越多時間鑑定，即使鑑定結束，沒有接下來的收購品也不行，一定要拿東西過來。必須將下次的收購品交給我，才會支付前次的費用。」

野島的態度雖然嚴厲，其中還包含了些許對阿基拉的親切之意。

像阿基拉這樣的小孩以成為獵人為目標，想盡辦法帶回遺物來到收購處其實不是什麼稀奇的事。野島看過許多像這樣的孩子，但是第二次來賣東西的人卻很少。這些人不是放棄以獵人這個職業作為謀生手段，就是已經喪命，幾乎只有一小撮人能達到第十次的收購。

「我不知道你今天究竟有多拚命，想靠獵人這份工作活下去的話，今後也要一直這麼拚命才行。如果因為這種程度的事就感到挫折，我勸你還是別幹了。會死喔。」

阿基拉以嚴肅的表情回答：

「不要。待在貧民窟一樣得賭命，我絕對要往上爬。」

下定決心的人將會獲得相符的強大實力，而這樣的實力會提升存活下來的可能性。野島從阿基拉的話裡感覺到他的決心後就輕笑了起來。

「這樣啊。嗯，你自己多小心。」

這傢伙或許沒問題——這麼想的野島心情變好了一些。

阿基拉在收購處外面一直盯著手掌上的300歐拉姆。雖然做出結論了，但還是有無法接受的地方。他像要把稍感沮喪的心情吐出來般嘆了口氣，然後將在遺跡裡賭命的代價收進懷中。

阿爾法宛如要鼓勵阿基拉，笑著說：

『別擔心，只是晚一點才拿到剩下的報酬。請懷著期待等下去吧。』

阿基拉重新打起精神，繃起臉來深深點頭。

「……說的也是。沒有錯，哪能因為這點小事難過。」

他稍微強迫自己振作起來，趁著這股氣勢訂立接下來的計畫。

「阿爾法，明天還要到遺跡去，可以嗎？」

『當然可以嘍。』

阿基拉朝向用來睡覺的巷弄走去。今天就早點休息，以萬全的狀態迎接明天的遺物收集。他的內心暗藏這樣的幹勁。

然而願望卻無法實現，一直到後天才再次開始收集遺物。他在巷弄裡被貧民窟居民攻擊了。那是一群認為拿東西進收購處的人身上一定有錢而監視著收購處的傢伙。

300歐拉姆。只為了搶奪這麼一點錢。阿基拉為了不讓賭命賺來的錢被搶走，與襲擊者們在貧民窟巷弄裡展開一場廝殺。

勝者是阿基拉，只不過他的腹部也中彈了。一般來說，這已經是致命傷。

救他一命的是從遺跡內獲得的回復藥。其效果相當猛烈，雖然腹部中彈，但僅僅休養一天，身體就完全恢復了。

別說在遺跡了，自己仍是連在貧民窟都可能喪命的小嘍囉。阿基拉重新有了這樣的自覺，即使如此，他還是再次朝遺跡前進。為了以獵人的身分發跡，不能在這裡停下來。他重新如此下定決心。

第4話 舊世界的幽靈

在收購處賣遺物、巷弄裡遭受襲擊，經過一天休養後的隔天，阿基拉於再次造訪的崩原街遺跡中慎重地移動。這次不會重蹈覆轍，打從一開始就按照阿爾法的指示行動。

阿爾法對阿基拉的模樣、態度都感到滿意，露出開心的微笑。

『照這樣看來，身體應該沒問題嘍。』

「嗯，我是搞不太懂，不過狀況非常好。明明只休息了一天，卻比中彈前更健康，甚至讓人覺得有點害怕。」

阿基拉的身體狀況非常良好，完全沒有倦怠感，意識也比平常清晰許多，甚至有種連指尖都充滿力量的感覺。

跟上次的遺跡探索一樣，也有爬上瓦礫這種對身體造成負擔的行動，卻很順利地往深處前進，完全不像前天才中彈的人。

阿基拉重新有這樣的自覺，同時感到很不可思議。結果阿爾法就以稀鬆平常的態度告訴他：

『這應該是回復藥的效果喔。』

「回復藥？那麼快就治好傷勢已經很讓人驚訝了，竟然連身體狀況比中彈前好也跟它有關？」

『慎重起見增加了滿多用量，應該連槍傷以外的傷勢都一起治好了喔。』

「除了中彈，我應該沒有受傷耶。」

相對於越來越感到不可思議的阿基拉，阿爾法臉上依然掛著微笑。

『昨天你不是跟我說了很多生活上的事情嗎？我是從這裡推測出你的身體因為長年的嚴酷生活，承受了滿大的負擔，而且連細胞都受損了。』

「等等，巷弄生活確實很辛苦，但妳這麼說會不會太誇張了？至今我活動身體都很正常……」

阿基拉露出有些疑惑的表情，阿爾法就開始說明長期營養失調等等會給身體造成多大的傷害。阿基拉逐漸理解怎麼回事後，表情也越來越複雜。

「……也就是說，我在某方面來說一直處於瀕死狀態嗎？」

阿爾法露出有些得意的微笑。

『你一直以來認為普通的狀態，其實是相當嚴重的情況。嗯，就是這樣沒錯。能得救真是太好了對吧？』

阿基拉微微繃起臉。除了重新理解自己究竟過著多麼嚴苛的日子，內心也湧起難以輕鬆回答「真是太好了」的複雜情緒。

不過他還是選擇先不去理會這樣的心情。現在並非能夠整理自身心情的狀況。他如此為自己找了藉口，就忽視這些若深思熟慮後察覺了，將有可能冒出堆積如山的懷疑、不信任及隔閡的諸多要素，只集中在指示上，往前趕路。

阿基拉在遺跡內順利地前進。至少阿基拉本人是這麼認為。目前沒有遭遇怪物，阿爾法的指示內容很普通，也感覺不出有從潛伏在某處的大量怪物之間鑽過的樣子。

只要確實按照指示應該就不用擔心——這樣的想法也讓阿基拉感到安心。這緩和了緊張，讓明明正在危險遺跡中移動的他甚至能把心思分散到警戒周邊之外的事情上。

這份餘力讓他張開因為正在探索遺跡而一直閉

著的嘴，詢問其實之前就很在意的事情。

「阿爾法，可以問妳一件事嗎？」

『好啊，儘管問吧。』

「妳為什麼做這種打扮？」

阿爾法身上穿的服裝是裝飾有過多荷葉邊的純白禮服，兩邊袖子與下半身則是以大量華麗的布料妝點。

『哎呀，那麼不適合我嗎？還是說，是在催我趕快換裝？這種服裝這麼不合你的喜好？』

阿爾法以有點像在演戲的動作跳舞般輕輕旋轉，露出美麗而挑釁的微笑。層層交疊的布料隨著她的動作流暢地揚起，閃亮長髮慢了一拍在空中劃出弧形，大膽敞開的胸口取代露出肌膚的背部出現在阿基拉眼前。

阿基拉詢問了關於阿爾法那身無論怎麼想都不適合遺跡探索的打扮，卻忍不住著迷地看著她的模樣，所以一時忘了一開始的疑問，很自然地回答她的問題：

「……沒有啦，我覺得很適合妳。嗯，不過要說是否合我的喜好，我還是喜歡第一次遇見妳時的那種打扮……」

由於平常絕不會看見的舊世界製服裝散發出的獨特氣氛，以及與阿爾法之間令人印象非常深刻的邂逅所造成的衝擊，阿基拉相當中意阿爾法一開始穿的服裝。知道這一點的阿爾法開心地笑了。

『第一次相遇時的打扮……也就是全裸吧！』

下一瞬間，阿爾法的服裝消失，原本被華麗布料掩蓋的藝術般的迷人軀體再次毫無保留地呈現在阿基拉眼前。阿基拉隨即慌了起來。

「不是啦！是那之後的服裝！別消除衣服！快穿回來！為什麼妳那麼喜歡全裸啊！」

阿爾法再次變回穿禮服的模樣，輕聲笑了。

『竟然對我經由高準確度演算處理進行縝密的計算所生成的裸體毫無興趣，你果真還是個小孩子耶。是食慾比性慾更強的年紀嗎？』

阿基拉有些賭氣而開始逞強。

「對啦，我就還是個小孩子。不賺到自己的伙食費，馬上就會餓死，所以食慾更重於性慾……那麼，妳那身打扮的理由是？」

初次見面時阿爾法之所以全裸當然是有明確的理由。如此一來，現在這種完全不適合遺跡探索的打扮或許也有什麼意義吧。阿基拉只是這麼想才會隨口發問，並非無論如何都想知道。如果阿爾法不認真回答，阿基拉也沒有意思再追問下去。

然而阿爾法調侃阿基拉的態度倏然消失，臉上雖然掛著微笑，卻以有些認真的語氣開始說：

『我說明過我的模樣是一種擴增實境吧？舊世界也有很多設施有傳播這種擴增資訊。然後我就駭

入該收發訊系統，將擴增資訊朝廣域傳播。』

看見阿爾法的模樣，阿基拉也轉變成嚴肅的態度，但因為不清楚話中的意圖而感到有些困惑。

『你雖然能直接取得該種資訊，甚至能跟我對話，但是只要擁有取得資訊的設備，就連普通人也能辦到看見我這種小事喔。』

說到這裡，阿爾法就再次露出認真的表情。

『然後我之前也說明過，你還記得嗎？就是為了有效率地尋找看得見我的人，才會做那種容易獲得某種反應的打扮。』

「我是記得，不過妳還是持續這麼做……」

阿基拉說到這裡就停下來，接著露出極為嚴厲的表情。

「……就表示正被某個人看著嗎？有使用那種裝置的傢伙在附近嗎？」

阿基拉如此回答的同時，阿爾法臉上的笑容消

失了。

『嗯，絕不能回頭看喔。對方一直在跟蹤你，從後面拉開很遠的距離，現在也正看著你喔。』

阿基拉的表情一下子變得嚴肅。阿爾法的表情輕易就讓阿基拉知道目前狀況有多嚴重。

◆

距離阿基拉他們很遠的後方，有兩個男人正在觀察阿基拉。他們是名為卡西摩與哈夏的雙人搭檔獵人。

從卡西摩他們的裝備與模樣就可以知道，他們並非只能在崩原街外圍徘徊的菜鳥獵人。

哈夏身體的一部分已經機械化，頭部的雙眼變成攝影機一般。卡西摩雖然是肉身，但是荒野用的戰鬥裝備相當齊全。

卡西摩以雙筒望遠鏡，哈夏則用攝影機般的雙眼發揮望遠機能，從外行人絕對無法發覺的距離觀察阿基拉。

卡西摩露出納悶的表情。

「那個小鬼到很深處了。以那種赤手空拳般的裝備跑到遺跡深處根本就是自殺行為。他到底在想什麼？」

哈夏笑著帶過卡西摩的懷疑。

「只是個腦袋空空的笨蛋吧。就是那樣的笨蛋才能不被常識拘限，找到有價值的遺物吧？這個外圍部分已經沒什麼值錢的東西，這是這附近的獵人的常識。快點攻擊那個傢伙，直接要他把遺物的地點說出來或許比較省事。」

卡西摩發出不太高興的聲音。

「喂，是你說在他透露情報前不小心把他殺掉就糟了，要我別這麼做的吧。」

哈夏以毫無緊張感的樣子輕笑著安撫卡西摩。

「別這麼說嘛，我沒想到那樣的小鬼可以前進到遺跡這麼深的地方啊。你不也認為是外圍部的某處或附近的廢棄大樓嗎？」

「是啦，一般都不會想到貧民窟的小鬼可以獨自來到遺跡這麼深的地方。這一帶已經很危險了，再深一點的話，連我們都有危險。」

「對吧？別那麼生氣嘛。」

卡西摩他們並非因為興趣才觀察阿基拉。沒有什麼武裝的貧民窟小孩竟然帶著高價的遺物前往收購處——他們是聽到了這個消息。

崩原街遺跡的外圍部分已經沒有能夠賣錢的遺物，這是這一帶的獵人擁有的共識，但也不認為絕對沒有了。因為像是瓦礫堆覆蓋住的地方等，還是有大量遺物沉睡著的可能性。

通往倉庫的道路因為某種緣故塞住了，不過可

能因為怪物攻擊的餘波而偶然打開一條通道，可以進入內部。不論是誰都可能剛好找到非常難發現的大樓出入口，已經接過許多關於這種案例的報告。不過頻率當然不高，因此每個人都判斷自己去找實在太浪費時間。

要是有這樣的發現，原本已經杳無人煙的遺跡就會再次聚集大群獵人。發現者如果留下無法一次帶回的大量遺物，剩餘的當然就是先搶先贏。因此也有不少人專門在收集這樣的情報，卡西摩他們便是如此。

貧民窟的小孩帶了高價的遺物進收購處，換得的錢引起一陣廝殺。獲得這個情報的卡西摩他們仔細審核內容後決定相信這件事，也就是判斷貧民窟小孩也到得了的地方有高價遺物。

並且斷定那個地方是在崩原街遺跡的外圍部。

久我間山都市周邊也只有那裡存在連一般貧民窟孩

童都可能生還的遺跡。

如果那個孩子是偶然在遺跡某處發現遺物，那麼發現地點的倉庫之類就可能還殘留大量遺物。如此一來，他近期可能還會去那裡。如此判斷的卡西摩他們為了奪走那些遺物便開始行動，然後潛伏在遺跡裡尋找可疑的小孩，結果就發現了阿基拉。

卡西摩原本打算抓住阿基拉，要他透露遺跡的地點，但認為如果發生戰鬥而不小心殺掉對方就不妙的哈夏制止了他，所以方針變更為跟在阿基拉身後，讓他帶兩人找到遺物。然而現在他們再次覺得這可能是錯誤的決定。

「哈夏，我看還是用武力讓他透露情報算了。對方只是一個沒什麼像樣武裝的小鬼，只要留意別不小心殺了他就好了。你也不想浪費時間了吧？」

哈夏沒有回應。卡西摩露出疑惑的表情。

「喂，你是怎麼了？」

哈夏終於發出呢喃般的聲音。

「……只有一個小鬼……對吧？」

「只有一個人吧？看不出還有其他人躲在這裡啊。」

卡西摩感到不可思議，以愛用的雙筒望遠鏡再次看向阿基拉附近。

這副望遠鏡性能極佳，即使是很遠的地方也能以高解析度呈現鮮明的影像，就算是深夜也可以藉由輔助讓影像看起來像白天一樣，另外也具備識別不可見光線並識破簡單光學迷彩的機能，甚至還有識別人類與怪物的身影後加強顯示的機能。

如果是如此高性能的望遠鏡，通常會有取得遺跡發訊的擴增實境資訊並追加顯示的網路機能，但是這副望遠鏡沒有這種機能。

卡西摩過去曾有過被機械類怪物反過來利用這些機能的經驗。一般可以看見的敵人被用影像處理消除，害他們差點就沒命了。因為有這個沉痛的經驗，現在他都習慣用可以完全離線處理的望遠鏡。

「沒人喔，周圍也沒有看見怪物，只有那個小鬼。」

哈夏皺起臉，有點難以啟齒般回答：

「啊～～那個，話先說在前面，我沒嗑藥也沒喝醉，也沒有要捉弄你的意思。」

「那又怎麼樣。你從剛才開始就很怪耶。」

「……我看見那個小鬼旁邊還有個女人。」

「女人？」

卡西摩一臉納悶地再次確認，卻看不見那樣的人影。

「不，沒有。還是只有那個小鬼，沒看見女人的身影喔。」

哈夏臉色稍微變差了。

「……你看不到嗎？我看得見耶。有個超漂亮的美女從剛才就一直在幫小鬼帶路。」

「既然如此，你就說說看那女人的打扮。要詳細一點，是什麼樣的服裝？」

「穿著看起來很貴的白色禮服。」

「禮服？你以為這是什麼地方啊？這裡可是遺跡裡面喔。」

卡西摩硬是打破砂鍋問到底，結果哈夏也失去冷靜般氣急敗壞地表示：

「是真的！我沒騙人！也不是喝醉了亂說話！更不是幻覺！就算是我，在前往遺跡時也不會喝酒或嗑藥啦！」

卡西摩從哈夏的態度判斷他不是在說謊，但是自己看不見也是不爭的事實，於是變得更加納悶。他接著想了一陣子，最後終於想到合理的解釋。

「哈夏，記得你雙眼的零件附加了擴增實境機能吧？」

「嗯。有個傢伙炫耀自己花了一大筆錢改造，我從他那裡把零件移植過來。那傢伙明明一直炫耀網路機能，結果在遺跡輕而易舉就被幹掉了。性能很高而且方便，缺點是會擅自接收資訊，然後在我的視野顯示各種擴增影像。」

「誰叫你去裝正規商品之外的零件。反正那也是有人從在某個遺跡喪命的人那裡搶來，然後那個傢伙又買下的吧。那傢伙會死，大概也是因為機能突然故障造成視野有異狀。」

「少囉嗦。改造費很便宜，有什麼關係嘛，尋找遺物時很方便喔。只不過控制裝置連同那個傢伙的頭一起被轟飛了，所以無法順利切換機能。要追加控制裝置還得多花錢，這部分就先擱置了。為什麼突然要問這種事？」

卡西摩臉上的表情變嚴肅。

「那女的可能是遺跡的導航機能。我看不見，而你可以，就表示不是立體影像，是追加擴增顯示在視野裡的類型。可能是遺跡的一部分機能還能運作，所以發出擴增資訊，然後你的零件收到了奇怪的資訊，也就是所謂舊世界的幽靈。」

感到驚訝的哈夏再次仔細確認阿爾法的身影。

「……那個是影像？看起來像真人耶，那女的連影子都有，除了打扮之外沒有不自然的地方。視野裡出現擴增顯示，大概都會跟現實有某種程度的差異，像是沒有影子、往奇怪的方向伸長、突破牆壁等不自然之處。但那個女的完全沒有喔，不自然的只有在這種地方穿著禮服……不對，光是這樣就超詭異了。」

如果不是卡西摩嚴肅的態度，哈夏可能會認為他是在開玩笑而笑著帶過。阿爾法的模樣就是帶有如此的現實感。

卡西摩以嚴肅的態度繼續說：

「如果那個女的是崩原街遺跡導航機能的一部分，就表示是靠舊世界技術顯示出來。應該是以感覺不出那種不自然與格格不入感的高級技術所繪製的吧。」

「……這樣啊。那就是所謂的舊世界的幽靈嗎？我還是第一次見到，太厲害了。」

哈夏以興致勃勃的視線看著阿爾法。只有自己看得見的女人帶來的詭異感、搭檔也相信自己說的話，再加上自己也能接受的理由，直接引起了他強烈的興趣。

卡西摩抓住這個機會，像是想起了什麼事情，繼續說：

「……對了，崩原街遺跡好像有個怪談，是叫作……誘惑亡靈吧。」

「這我也知道喔。是以遺物作為誘餌，把獵人引誘到遺跡深處殺害的幽靈對吧？許多獵人遭到引誘，沒有任何人活著回來。死掉的獵人想找伴，就引誘活著的獵人。最近不只是以男女老幼，甚至還用貓狗等各種模樣來引誘人。」

卡西摩輕輕點頭表示肯定後，以掌握話題主導權似的表情與口氣繼續說：

「來收集遺物而死在遺跡裡，以獵人的死法來說很普通。這裡重要的是明明沒有人生還，為什麼會傳出這樣的怪談。」

「……聽你這麼一說，是為什麼呢？」

「答案是有人沒有跟著過去。只有看見亡靈的人跟過去了，沒有看見的就沒跟去。不是每個人都能看見亡靈，分成看得見跟看不見的兩種人，那些人之間對於事情的描述出現差異，然後無法確定詳細內容，才會變成怪談。」

哈夏開始有些膽怯。因為他們兩人跟蹤阿基拉，正是在跟著那個亡靈。

「那、那麼，跟著那個女人的話，我們也會掛掉嗎？」

這時卡西摩露出若有深意的笑容。

「……也可以這麼想。為什麼那個小鬼能找到昂貴的遺物呢？那是因為他像你一樣能看到那個女人。那個女人是舊世界的都市管理機能的一部分，現在也能發揮一定程度的機能，正在幫看得見自己的人帶路。那個小鬼是從女人那裡得知可能有遺物的地方，然後託女人帶路的福，在沒有遇見怪物的情況下安全地找到還留有遺物的地方。怎麼樣？也可以這麼想對吧？」

卡西摩那種會引發期待的說話方式，讓哈夏的期待感也跟著高漲。

「對喔！……呃，可是如果有女人帶路就不會死，也就不會出現那樣的怪談了吧？」

哈夏雖有一度感到高興，但立刻又浮現納悶的表情。這時卡西摩告誡般繼續說：

「就算有女人帶路，也只是降低被怪物發現的可能性，會被發現時還是會被發現吧。加上得知那個女人具備導航機能的獵人為了不讓遺物被其他人搶走，可能刻意傳出跟著女人就會死的謠言。之後同樣不斷去收集遺物，靠近遺跡外圍部的遺物當然會先被拿光，然後就會漸漸被帶到遺跡深處。接著很倒霉地在遺跡深處遇見強大怪物，結果死了。只留下跟著女人過去就會死這個如同謠言的結果，經年累月下就變成怪談了。」

哈夏接受卡西摩的說明，隨即非常開心似的笑了。

「原來是這樣啊！如此一來，跟上去也沒問題吧！連那個小鬼都活著回來了，只要小心一點就不會死！」

「不保證我的預測一定準確，不過一旦猜對，就能獲得有效率地找出遺物的手段。不過謠言內容有人死了，還是有危險性。」

卡西摩試著讓哈夏冷靜下來，但是哈夏無法完全壓抑亢奮。遺跡內的安全與高價的遺物。或許可以獲得能輕鬆地同時得到兩者的手段。所有獵人都了解其價值。

「應該沒問題吧？你太多慮了！可不能錯過這樣的機會！」

「哎，再觀察一陣子吧。」

卡西摩以冷靜的眼神看著哈夏並且思考。

（……為了獨占那個手段，隊內也開始自相殘殺，活下來的傢伙就把夥伴死掉的原因推給亡靈。當然是看得見亡靈的傢伙才會這麼做。這種可能性也很大。哎，這個笨蛋的話，只要隨便找個理由讓他走在我前面就沒問題了吧……）

卡西摩一邊注意不讓自身想法被哈夏發覺，一邊重新開始監視阿基拉。

◆

有人一直跟著自己，現在也在背後拉開距離看著。從阿爾法那裡得知這個情報後，阿基拉不由得露出嚴肅的表情。

「阿爾法，那些傢伙是什麼人？」

『有兩個男人，從裝備判斷是獵人，身上確實裝備有武器。』

「……有沒有可能是搞錯了？其實不是跟在我後面，只是因為在遺跡看見小孩子，覺得有點在意才看著這邊，或是移動方向剛好相同之類……」

『不可能。考慮到這些可能性，我已經觀察他們的行動一陣子了，那絕對是在跟蹤你。我刻意停下腳步待了一會兒並看著他們，但對方還是保持一定的距離，顯然就是在跟蹤你。』

阿基拉皺起臉，卻還是繼續說出懷有希望的推測。

「……為什麼需要跟在我這種人後面？就算想襲擊我，應該一看就知道我沒錢了吧？」

這個問題是「所以希望不是」這種希望的表現。阿爾法知道這一點，要讓阿基拉面對現實。

『或許是用某種方法得知你把遺物帶到收購處，也可能是監視收購處，發現輕易就能幹掉的人帶入高價遺物，又或者是從收購處職員那裡買到獵物的情報。』

每當樂觀的推測被現實且悲觀的推測覆蓋，阿基拉的表情就逐漸變得嚴肅。

『跟蹤你的理由是要你帶他們到可能有遺物的地點，順便把你殺掉搶走遺物，大概就是這樣吧。我可以想出一大堆對方是敵人的理由，至少比並非敵人的理由多。』

接著阿爾法的表情更加嚴肅。

『阿基拉，不當成敵人來對應，你會死喔。』

這下子阿基拉終於把樂觀的看法從腦袋裡排除了。他大大地嘆了口氣，表情變得更加嚴厲。

「……可惡！這次是獵人嗎！」

探索遺跡的第一天是巨大武器犬，接著是更巨大的機械類怪物，然後這次是獵人。阿基拉忍不住抱住頭。

『阿基拉，先進入那棟大樓。盡量自然一點，小心別看向對方。』

「知道了。」

阿基拉按照指示小心翼翼地進入廢棄大樓，然後在阿爾法帶領下來到大樓內其中一間房間，緊接著靠著牆壁坐下，表情也變得更加認真了。

『這棟大樓裡沒有怪物，你可以放心喔。』

「……嗯。」

阿基拉的回答充滿了焦躁感。阿基拉很清楚帶著充足武裝的獵人有多強大，而且更清楚這樣的人變成強盜時會有多麼惡質。因為那種惡質的獵人都在貧民窟作威作福，造成了許多人死亡。

雖然試著思考各種作戰方法，卻完全想不出好點子。想像以思考出來的方法戰鬥，過程雖然不一樣，結果全都是遭到殘忍殺害。不論哪一種戰法都完全沒有勝算。

『阿基拉。』

阿基拉抬起頭來回應有些強硬的呼喚聲，就發現阿爾法的臉已經靠近到眼前。他嚇得往後仰，結果頭因為太用力，撞上背後的牆壁，接著痛得輕叫了一聲。這樣的驚訝與疼痛反而讓因為不斷想像最糟的情況而快把焦躁轉變為恐懼的腦袋停了下來。

隨著褪去的驚訝與疼痛回過神的阿基拉終於恢復一定程度的冷靜，原本無法對焦的眼睛現在也確實看著阿爾法。阿爾法確認過這一點後，臉上露出溫柔且堅強的微笑。

『振作一點。別擔心，我會好好輔助你，絕不會讓你死掉。』

阿基拉即使震驚，還是抱持著希望。

「逃得掉嗎？」

但是阿爾法接下來說的內容跟阿基拉的預測完全相反。

『我們不逃，要反過來幹掉他們。』

阿基拉臉上浮現的期待，下一刻就被驚訝與困惑覆蓋過去。

「真的能辦到那種事嗎？二對一，而且對方還是具備充實武裝的獵人耶！」

阿爾法為了完全掃除阿基拉的不安，露出感覺得到餘裕的笑容，以充滿自信的聲音說：

『這種程度的事根本算不了什麼。你有我在身邊啊，以綜合戰力來看，光是有我在，我方就占壓倒性的優勢了。而且你靠手槍就打倒了那麼巨大的武器犬吧？你只要按照我的指示行動就完全沒問題。你可以的，放心吧。』

「……是、是這樣嗎？」

阿基拉不禁因為阿爾法那極為理所當然的態度而同意她的看法，但仍不足以消除原本由絕望的戰力差所產生的不安，只是顯露出半信半疑的樣子。

「……呃，但是，怪物和人類有許多不同的地方，而且如此有自信的話應該逃得掉吧。這樣的話還是逃走比較……」

面對示弱的阿基拉，阿爾法露出略顯嚴厲的表情。

『不行。在大樓外會因為裝備的射程差距而單方面遭受攻擊，荒野就更不用說了。最重要的是，你想逃到什麼時候？就算今天能從這裡逃走，那明天呢？後天呢？而且就算逃回都市，你覺得他們會因此突然乖乖不再攻擊你嗎？你在那裡也要逃嗎？逃得掉嗎？被幹掉之前想一直逃嗎？』

阿爾法以嚴肅的表情凝視著阿基拉，阿基拉也沒有逃避她的眼神，兩人就這樣默默凝視彼此。最後阿基拉像是有所領悟般端正表情，臉上已經有了確切的覺悟。

「……在這裡逃走也只會被幹掉嗎？我知道了，那就上吧。」

下定決心的阿基拉站起身，臉上已經完全看不出剛才的不安。阿爾法為了讓阿基拉有更多勇氣，對他露出溫柔又堅強的笑容。

『阿基拉，下定決心吧。連這種程度的事情都無法克服的話，想成為了不起的獵人也只是痴人說夢喔。』

阿基拉苦笑。他的表情似乎帶著某種愉悅。

「說的也是。意志、幹勁和覺悟是我要負責的部分。」

意志、幹勁和覺悟，我會想辦法。阿基拉以前違逆阿爾法的指示而差點喪命時，的確曾這麼對阿爾法說過。

必須證明那些話並非謊言。如果做不到，沒有金錢與實力的自己就真的沒有任何優點可以展現給阿爾法看了，要逐漸累積實績與信賴的約定也全都會變成戲言。這樣的想法讓阿基拉更加堅定自己的決心。

表示意志、拿出幹勁、下定決心。阿基拉再次以強烈的語氣這麼告訴自己。

阿爾法則露出可靠的微笑。

『除此之外的部分就由我負責了。看來讓你輕易理解我的輔助能力有多麼優秀的機會來了。交給我吧。』

「嗯。拜託妳了。」

阿基拉如此堅定回答完，阿爾法就對他露出滿足的微笑，之後又露出老神在在的苦笑。

『……話說回來，我也沒想到這機會竟然這麼快就來了。看來你和我相遇後就把運氣用光了。』

「……我也開始這麼覺得了。」

阿基拉也回以苦笑。阿爾法臉上掛著無畏的微笑，卻以有些煩惱的口氣繼續說：

『放心吧，既然你支付了幸運，我就一定會好好照顧你喔。』

「那真是謝謝了，幫了我大忙。」

阿基拉如此開了玩笑，輕笑起來。

『嗯，我會好好幫你的。』

阿爾法也開心地笑著回答。

她經由高度演算所產生的非常具魅力的笑容讓

阿基拉充分冷靜下來，恢復氣力，然後取回戰鬥的意志。

一切全都照阿爾法的意圖發展。

◆

卡西摩覺得進入大樓的阿基拉有些不對勁。那和至今為止的狀況只有些微不同，但既然知道有自己看不見的人存在，自然會變得比較多疑。

「小鬼展開行動了，哈夏。女人的狀況如何？看起來像有帶領他進去那裡嗎？」

「嗯。她指著那棟大樓，而且在前面領著小鬼一起進去了。遺物可能在那裡面。怎麼樣？我們也過去嗎？」

「……不，等一下吧。」

「可以嗎？不會跟丟小鬼？」

「我們知道小鬼的長相了。在這裡跟丟的話，只要到貧民窟大概就能找到吧，沒問題的。還是小心為上。如果小鬼活著從大樓出來，就表示那棟大樓是安全的。」

「喂喂喂，太謹慎了吧。」

哈夏由於看得見阿爾法，就以樂觀的態度看待整個狀況。而他不想錯失這個機會便催促卡西摩，卻得到消極的回應，讓他露出十分不滿的樣子。

卡西摩仗勢對哈夏說出略帶威脅的話。

「不願意的話，你就自己衝進去。看得見亡靈的是你，照怪談發展，死的也會是你。」

「別這麼說嘛。我知道了啦。」

哈夏輕笑著帶過。

卡西摩兩人就待在現場監視大樓好一陣子，但是經過了能完成簡單探索的時間，阿基拉還是沒有從大樓出來。卡西摩也開始感到納悶。

「沒出來耶。那個小鬼死了嗎？還是那麼仔細地在找遺物？」

持續一點一點累積不滿的哈夏也差不多要忍不住了。

「卡西摩，我說我們也該調查那棟大樓了吧。如果小鬼死了，在這邊等再久他也不會出來。繼續等下去只是浪費時間吧？」

「……就這麼辦吧。那一帶的怪物也很危險，可別因為好像能獲得高價遺物就太興奮而疏忽大意啊。」

「我知道啦。」

哈夏有些興奮地往前進。卡西摩從背後看著這樣的他，臉上表情變得有點嚴肅。他對「即使叮嚀了還是這個態度」有所不滿，但內心浮現了超越這種不滿的擔心。

卡西摩一進入廢棄大樓，立刻就在出入口旁邊停下腳步。

「哈夏，我在這裡看著，以免小鬼跟我們剛好錯開。你去裡面搜索吧，一發現小鬼和女人、遭遇怪物或發生什麼奇怪的事就跟我聯絡。不論有什麼狀況，一小時後回到這裡。」

「知道了。那發現小鬼該怎麼辦？把他帶到這裡比較好嗎？」

「隨你便吧。看是要隨手把他幹掉，或者折磨到吐出情報都可以，看狀況行動。話先說在前面，你可千萬別大意喔。不想變成怪談的犧牲者的話，就別怠忽聯絡。知道了嗎？」

「我知道啦。」

面對屢次叮嚀自己的卡西摩，哈夏回以充滿自信的笑容，然後依然有些興奮地進入大樓。

卡西摩看著他，一邊想著：

（抱歉了。我還是擔心這會不會是那個小鬼設下的陷阱，也害怕找到大量遺物後你會背叛我。而且是真的出現不少死者的怪談，應該還是有一定的危險吧。好好加油，我先觀察一下情況。嗯，只能祈禱是我杞人憂天了。）

卡西摩目送哈夏的背影離開，嘴上同時浮現淺淺笑容。

◆

原本因為被兩名獵人盯上的危機狀況而差點失去戰意的阿基拉，在阿爾法斥責與激勵下取回戰意並下定決心，目前正為即將面臨的戰鬥調整意識。他的表情相當認真嚴肅。

把逃走這個選項從腦袋裡排除，集中精神以迎擊敵人。他重複深而緩慢的呼吸來抑制自覺從臉龐透出的過度緊張，一點一點地砥礪自己的精神。

阿爾法已經先告訴他作戰概要，而且阿爾法還帶著充滿自信的笑容對他說「之後只要按照適當指示來行動即可獲勝」。

阿基拉相信她。這並非盲信，而是以過去按照阿爾法的指示來行動，只靠手槍就打倒武器犬這個事實為前提，遵從自身說出的「相信阿爾法並且累積信賴」這段話。

『阿基拉，他們進入大樓了。看來其中一人守住出入口，另一人則搜索大樓。對方想幹掉你喔，所以我們也不用客氣了。』

「……知道了。」

是如何知道這一點的呢？阿基拉雖然在意這件事，但立刻就捨棄多餘的思考。若因為多餘的思考做出無謂行動，將無法完成指示，死亡機率也會大幅上升。所以按照戰略與指示，盡可能快速準確地行動。現在只要想這些就可以了。阿基拉暗自下定決心，集中精神。

阿爾法為了提升阿基拉的幹勁，露出傲慢挑釁的微笑。

『要開始嘍。準備好了嗎？』

「嗯。」

阿基拉確實地點點頭，臉上完全看不出不安與膽怯，已經用決心把它們全部壓扁了。

阿爾法露出滿意的笑容，然後按照事前訂下的作戰計畫，從阿基拉的視野中消失。接著阿基拉也大大吸了口氣提振精神，帶著有所覺悟的表情朝作戰地點跑去。

◆

在大樓內一邊警戒一邊探索的哈夏臉上的表情出現變化。他在通道前方看見了身穿禮服的女性，

正是阿爾法。

他看見女性身影消失在通道深處，忍不住就想追上去，但是經卡西摩的再三叮嚀，好不容易才打消念頭，以通訊機取得聯絡。

「卡西摩，我剛才看到那個女的了。」

「跟小鬼在一起嗎？」

「沒有，只有女的，就在通道前方。我現在追過去。」

「小鬼可能在附近，要小心。」

「我知道啦。」

哈夏追著阿爾法往前進，但是因為還要一邊警戒阿基拉，便遲遲無法追上速度很快的阿爾法。即使如此，他還是保持著阿爾法的背影在視野當中的距離。

哈夏慎重地環視周圍確認安全，並且追在阿爾法身後，稍微前進一點距離後再次確認周圍。不斷

重複同樣的過程，哈夏的表情慢慢鬆懈，然後警戒也跟鬆懈呈等比逐漸放鬆了。

每當看到阿爾法的背影，視線朝向其迷人姿態的時間就會增加，相對地，分配給警戒周圍的時間就會減少。

華麗的純白禮服；從禮服背後大膽敞開的部分露出的柔軟肌膚；光艷動人的頭髮；在通道轉彎時看見的充滿誘惑的胸部與端正側臉。阿爾法難得一見的美貌以及美艷服裝的加乘效果，短時間內就強烈侵蝕了哈夏的心。

想更近一點看她的臉龐與肌膚——哈夏無法抑制這樣的衝動，無意識間疏忽了警戒，加快腳步。他的雙眼已經只用來追逐阿爾法那誘人的背部與臀部。當他的臉下流地徹底扭曲時，已經完全忘記必須警戒周圍了。

哈夏終於追上阿爾法，結果站在通道旁的阿爾法對他露出親切的笑容，嘴巴像是在對他說話般大幅動著。

哈夏豎起耳朵想聽清楚她說的話，但是什麼都聽不見。他稍微露出疑惑的表情看向阿爾法，然而阿爾法依然面露微笑，持續動著嘴巴。

突然間，阿爾法像是注意到了什麼，轉頭看向旁邊。哈夏也跟著往該處看去，卻只看見沒有玻璃的窗戶，沒有任何不對勁。當哈夏的表情越來越納悶的瞬間，槍聲突然響起。

開槍的是阿基拉，從哈夏後側的通道暗處衝出來發動奇襲。

第一發子彈直接通過哈夏身旁。哈夏的視線被阿爾法吸引，所以沒能反應。

第二發打中哈夏的腳下。準備反擊的哈夏想到對怪物用的高威力子彈會讓阿基拉立刻死亡，到時將無法問出情報，結果就猶豫著該不該開槍。

第三發子彈終於擊中哈夏，但是被防禦服彈開而無法給予傷害。哈夏終於開始反擊，以裝填對付弱小怪物與人類用低威力子彈的槍朝阿基拉亂射。開槍的回聲持續響起，無數子彈擊中地板、牆壁以及天花板。

發射第三發子彈後立刻離開的阿基拉好不容易才從彈幕底下逃走，但是地板上已經留下血跡。

哈夏注意到血跡後就笑了起來，然後馬上準備追上去。然而這時通訊機傳來卡西摩的聲音，讓他不由得停下腳步。

『哈夏，發生什麼事了？』

「沒什麼，只是發現小鬼就開槍了。不過被他逃走了。」

『先傳出的槍聲不是屬於你的武器吧？』

「呃，那是……有什麼關係，不用在意啦。」

『給我好好說明！』

哈夏無奈地說明整件事情，卡西摩就以不高興的聲音回覆：

『你說追著女人的屁股跑結果遭到奇襲？你這傢伙是在開玩笑嗎？』

「沒、沒有啦，對方真的是如此有魅力的美人啊！」

『哼，你是想說真的美到致命嗎？所以才會變成怪談啊。』

即使聽見哈夏焦急地為自己辯護，卡西摩依然怒火未消。然而就這樣繼續無謂的對話也只是浪費時間，對事情沒有任何幫助，於是卡西摩轉換了心情。

『那麼，女人還在那裡嗎？』

「嗯，還站在那裡。還有，看起來像是在說些什麼，但完全聽不見聲音。」

『你眼睛的機能只能獲得影像資訊，沒辦法接收聲音檔吧。慎重起見，你確認一下能不能摸到。也可能真實存在，只是我看不見而已。有可能是具備光學迷彩機能的自動人偶持續自律行動，平常處於看不見的狀態，你經由網路才能目視她的身影。怎麼樣？』

哈夏把手朝阿爾法的胸部伸過去，但是豐滿的胸部沒有傳回任何觸感，手只是穿透胸部表面，陷入影像當中。他感到可惜的表情已經傳達出結果。

「碰不到，果然只是影像而已。在能觸碰的距離有如此完美的胸部，實際上卻完全摸不到，這在某種意義上算是極刑吧……等等喔，既然是如此的美女，應該光是影像就能賣錢……我看得見的話，之後把影像的分流輸出給……」

『這些事之後再說！你給我適可而止喔。』

卡西摩的怒氣讓哈夏閉上嘴。

『接下來，對那傢伙下達舉起右手的指示。』

哈夏照卡西摩所說，對阿爾法做出指示。結果阿爾法不再動口，直接舉起右手。

「哦？真的按照指示舉起右手嘍。」

『接下來，做出「除了我跟我附近的小孩子，指出靠我最近的人類」這樣的指示。』

「那是怎樣？」

『你別管，照做就對了！』

「知、知道了啦。」

哈夏再次照卡西摩所說的做出指示後，阿爾法這次就指向斜下方的地板。

『哈夏，怎麼樣？那傢伙指了我的方向嗎？』

「等一下……自動地圖上的你是在這裡，我是在這個位置……喔喔！確實指出了！好厲害！」

有些驚訝的哈夏真心感到佩服，卡西摩卻以憤怒的聲音回答：

『可惡！』

「怎、怎麼了？」

『是陷阱！那個小鬼注意到我們了！他應該是指示那個女人指出附近除了自己之外的人，藉此得知了我們的存在！那個女人也是誘餌！他讓她隨便在大樓內徘徊，做出看到你就把你帶到指定地點的指示！那個女的把你引誘到小鬼容易發動奇襲的位置了！』

哈夏也跟著憤怒地大叫：

「那、那個小鬼！竟敢瞧不起我！看我去幹掉他！」

『那個女人大概是遺跡的導航員之類，如果也聽你的指示，多半每個人的指示都會聽吧。讓她帶你到小鬼的位置然後把小鬼幹掉。需要支援嗎？』

「不用啦！那種小鬼我一個人就能搞定！武器只有手槍，射擊技術也像外行人！」

『要小心啊。如果那個小鬼有像樣的槍械與技術，剛才的奇襲你已經死了喔。』

「我知道。為了不讓小鬼逃走，你就繼續待在那邊監視吧。」

哈夏對阿爾法喊出指示。

「帶我到小鬼那裡！」

哈夏跟在再次開始走動的阿爾法後面。這次即使看見她妖豔的背影，哈夏的視線也因為怒氣蓋過色慾而不再被吸引。

◆

阿基拉成功對哈夏發動奇襲，卻遭到反擊而受了重傷，幸好急忙從那裡逃走，免於遭受追擊。即使如此，他還是受到了原本應該難以動彈的重傷。

他按著中彈處，一臉痛苦地在大樓裡前進。他跟隨阿爾法的引導急著往前走，傷口流出的血弄髒了通道。

劇痛持續對他發出「別再動了」的警告，但他還是靠決心粉碎這樣的警告，持續跑著。事前大量服用的回復藥自從中彈之後就持續治療傷口。託這些藥的福，他才總算能以比步行快的速度前進。

一陣子之後，中彈的疼痛靠著鎮痛作用急速消退，但傷口的治癒本身尚未完成。為了加快程序，阿基拉一臉嚴肅地從口袋裡取出粉狀物。

粉是回復藥膠囊裡面的東西。拉開膠囊殼取出粉末，放在口袋裡以便立刻使用。粉末的成分是治療用奈米機械，不服用而是直接撒在患部，將能猛烈地提升回復效果。

只不過直接投藥的話鎮痛效果會極為低落，還會造成劇痛，是即使知道不用的話就會死，依然會猶豫不決的劇烈疼痛。阿基拉前幾天在貧民窟被襲擊時的治療當中就體驗過這種疼痛了。

原本已經痛得皺起的臉，因為想像接下來要增加的劇痛，皺得更厲害了。但他還是下定決心把粉末塗在傷口上，接著超乎想像的疼痛來襲。

他承受幾乎要把牙根咬斷的劇烈疼痛，一邊把治療用白色貼布貼到傷口上。這樣治療就結束了。

當疼痛逐漸消退，明明剛剛才中槍，現在卻已經能以一定的速度奔跑了。

舊世界的醫療用品；舊世界的遺物。阿基拉再次親身體驗其價值，臉上跟著露出苦笑。

「……不愧是舊世界製的物品。舊世界的遺物真是太厲害了，難怪能賣得好價錢。」

這時傳來阿爾法的聲音。

『抱歉喔。不應該是三發，而是兩發之後就要離開了。』

阿基拉輕輕搖頭。

「不，我有確實打中就好了，是我不好。」

雖然看不見阿爾法的身影，卻一直能聽見她的聲音。剛才發動奇襲時，她也確實指示了衝出來的時機。

從敵人來看是死角的位置；奇襲的時機；槍擊的次數。跟命中率比起來，更重視迅速開火並立刻脫離的行動。一切全是阿爾法的指示，阿基拉則是竭盡全力盡可能按照指示行動。

結果就是能從毫無防備的敵人背後單方面開槍攻擊，以奇襲來說毫無缺失。阿基拉對於阿爾法指示的內容沒有絲毫懷疑。

如果硬要找出兩人的缺失，阿爾法的缺失就是為了調查阿基拉的手槍對於敵人有多少作用而做出「只要一發就好，希望你能射中，一射中就可以立刻脫離」的指示。如果沒有這個指示，就不會造成阿基拉的缺失。

而阿基拉的缺失是聽見指示後，無意識間試著好好瞄準，動作因此稍微慢了一些。

什麼都不想，只要開三槍就立刻脫離的話，阿基拉就不會受傷了。

有時候就是會因為這小小的失敗而死亡。實際上阿基拉就受了重傷。阿爾法面對因此沮喪的阿基拉，以溫柔又充滿堅強自信的口氣對他搭話：

『阿基拉，這不是需要垂頭喪氣的結果，快把臉抬起來。對明顯比自己強大的對手發動奇襲，現在還能活著已經是很棒的成果。目前的實力不足靠今後的訓練盡量補足就可以了。我會大量地訓練你到求饒為止，這部分就交給我吧。』

阿爾法理所當然般說著今後的計畫。她那種認為阿基拉能活下來毋庸置疑的態度，重新點燃了阿基拉快要熄滅的志氣。接著阿基拉為了更加提升志氣，硬是微微笑了。

「……說的也是，那就拜託妳了。」

『交給我吧。而且你確實命中一發，已經完成事前準備了，接下來就能幹掉他。因為我分析完對手的裝備與行動模式了。』

「真的嗎？妳真的太厲害了。」

『我不是說過了？我的性能非常高。只不過因為需要極度靠近對手，你要先做好心理準備。』

「知道了。沒問題，我早就有所覺悟。」

下次要做到最好——如此下定決心後，阿基拉收斂表情，中彈的疼痛已經消失無蹤。

◆

哈夏因為沸騰的怒氣，不再被阿爾法吸引，一邊警戒著阿基拉一邊在大樓內前進。但是過了一段時間，他的警戒心就再次鬆懈下來。

什麼事都沒發生的話，激昂的情緒也無法持續。加上既然是在阿爾法的帶領下前進，就無論如何都會看到她的身影。在那種迷人的背影引誘下，視線不由得就會朝向那裡；心想「這樣不行」而移開視線後，反而會更加在意她的存在。

結果就是再次鬆懈對周圍的戒心，而且因為阿爾法刻意引開他的目光，他對於前方的警戒就更加疏忽了。

哈夏也認為這樣下去實在不妙，所以即使注意力散漫還是將意識分到周圍的警戒上。這時候他的意識從阿爾法身上移開，然後當他確認完周圍，再次把視線移回前方時，阿爾法就在通道略為前方，丁字路口的分岐點附近停下腳步，用手指著通道的一方。

（……小鬼在那裡嗎！）

哈夏藉由阿爾法手指的方向預測阿基拉的位置後，判斷這樣的距離應該安全，便一口氣跑到分歧點前方，然後從通道伸出一隻手來胡亂射擊。持續不斷開槍，讓即使只知道敵人大概位置的自己還是能確實命中。

開槍的聲音在通道上回響，傳遍整棟大樓。高速射出的大量子彈命中通道的地板、牆壁以及天花板，無數跳彈在通道上到處亂竄，空間內可說沒有任何死角。

哈夏準備換掉射光的彈匣。就在這個時候，阿爾法不再指著通道前方。哈夏注意到這一點，認為是對象死了，所以她不再用手指著對方。

「很好。死了嗎？」

放下心的哈夏停下換彈匣的手，來到通道上，準備確認阿基拉的屍體。但是在那裡的只有因為槍擊而滿是彈痕的通道。哈夏原本確認勝利而放鬆的臉頓時換上嚴肅的表情。

「喂，小鬼不是在這裡嗎？」

哈夏逼近阿爾法並朝她怒吼，但阿爾法只是帶著微笑動著嘴巴。哈夏認為問她也沒用，就焦躁地再次怒吼：

「小鬼！指出那個小鬼的位置！」

阿爾法迅速指著哈夏的背後。哈夏忍不住回過頭，但是那裡沒有任何人。

槍聲響起。哈夏因為腹部的疼痛得知自己中彈了。阿基拉趁他因為驚愕而停止動作的空檔，又開了幾槍。防禦服雖是便宜貨，但還是多虧穿著防禦服而避開了致命傷。子彈沒有貫穿，停在表面，然而已經足以奪走哈夏繼續站著的力氣。他發出痛苦的聲音，癱倒在地。

哈夏因為劇痛，躺在地板上，試圖以混亂的意識掌握狀況。

（……中彈了？從哪裡開槍的？到處都沒看到敵人！只有那個女人存在……是女人開的槍？怎麼

可能！那應該只是影像！怎麼可能被打中……）

不可能發生的事態讓哈夏更加混亂。但是這樣的混亂也因為事態的答案出現，被更強烈的驚愕沖走。阿基拉從阿爾法的身體裡走了出來。

（重疊在一起，所以看不見嗎！）

阿基拉靠近哈夏並且架起槍，雙手確實握住，把準星正確對準哈夏的額頭。

哈夏忍著中彈的劇痛，搶先把槍對準阿基拉並扣下扳機，但是沒有子彈射出。彈匣已經空了。

死亡迫近眼前，為了存活，平常沒怎麼使用的大腦全力運轉。臨死之際，眼裡所見的一切全都變緩慢的世界裡，哈夏終於注意到了。

（……全都是陷阱嗎？）

自己遭到阿基拉奇襲時，阿爾法之所以看向別處，是為了讓自己的注意力從阿基拉身上移開。站在莫名的位置指著通道也是為了讓自己浪費子彈；不再用手指著目標是為了讓自己停止更換彈匣；對自己露出微笑則是為了用美貌降低自己的注意力。

這樣的發現讓他持續想著阿爾法的服裝、來到這裡的路線、帶路時走的速度以及其他種種細節是否都是為了殺掉自己的陷阱這種對存活下來毫無幫助的思考。瀕死時將寶貴的思考力與時間浪費在毫無意義的猜疑上，因為這樣，哈夏僅存的一點命運用盡了。

哈夏因恐懼而露出扭曲的笑容呢喃：

「……誘惑……亡靈。」

下一刻，哈夏眉間就被阿基拉開槍打中，一命嗚呼。他最後看到的是依偎在阿基拉身邊，臉上掛著冷酷微笑的阿爾法。

從哈夏的通訊機傳來卡西摩的聲音。

『哈夏，發生什麼事了？幹掉小鬼了嗎？』

阿爾法叮嚀阿基拉：

『不能回答喔，會讓對方注意到很多事情。』

阿基拉小心避免發出聲音，並且點點頭。

『立刻把他的裝備脫下來吧。這樣武器就增加了。』

阿基拉取得哈夏的裝備，雖然尺寸不合，裝備還是從只有手槍的貧乏狀態提升了不少。

『接下來是從另一邊的窗戶把他丟下去。』

阿基拉對意料之外的指示感到有點驚訝，阿爾法則依然帶著笑容。

◆

卡西摩在廢棄大樓一樓露出嚴肅的表情，開始推敲狀況。

（從槍聲可以確定雙方交戰了，之後就沒有回應……難道是死了？又幹了蠢事然後遭到奇襲嗎？不，這實在不太……）

應該前去確認，還是直接撤退呢？卡西摩頓時猶豫了起來。

（……如果這是某種引誘，那麼從哪邊開始算是引誘呢？如果我們來到這棟大樓本身就是按照對方的計畫發展呢？如果打從一開始就不存在謠傳的遺物呢？如果那個小鬼只是引誘能看見那個女人的獵人來到這棟大樓，然後就將其殺害奪取裝備與遺物呢？如果這棟大樓是對方的獵場呢？如果真是這樣，把那個小鬼當成一般小孩就會很危險……不，是我想太多了嗎？）

遺跡的怪談。就是這個加深了卡西摩的警戒與懷疑，將意識朝撤退的方向引導。接著他無意識地將視線朝向出入口，也就是大樓外面。

突然間，哈夏的屍體掉落到他的視線前方。被扒光的屍體猛烈撞擊地面，發出巨大聲響。

「哈夏？」

卡西摩忍不住想往哈夏的方向跑去，但快要離開大樓前就停下了腳步。

（裝備被奪走了。小鬼還活著，然後刻意把哈夏的屍體往外丟到這裡。也就是說，對方無疑已經掌握到我的位置……）

卡西摩以憎恨的表情抬頭往上看，那裡只有天花板。但是卡西摩想像出天花板另一邊的阿基拉的模樣。那個小鬼正架著槍，準備射殺朝哈夏屍體跑過去的自己。

「……敢瞧不起我！」

「對方是小孩子」這種輕忽與傲慢完全從卡西摩心中消失。他切換意識之後，就為了殺阿基拉而有所動作。他取出資訊終端機操作，顯示出哈夏身上的資訊終端機的位置。那道反應正在移動，表示阿基拉奪走了哈夏的資訊終端機。

（果然在上面嗎？只有自己掌握了對方的所在處——如果他如此誤會，反而對我有利。我要將計就計。）

卡西摩發出輕笑聲，在大樓裡奔馳。

◆

擊敗雙人搭檔襲擊者其中一人後，阿基拉正進行擊敗剩下那個人的作戰。一抵達下一個奇襲地點，立刻就接到阿爾法的指示。

『阿基拉，拿出那把小刀。就是沒有賣掉，留在身邊的那一把。』

「這個嗎？」

取出的小刀是之前在崩原街遺跡取得的物品。刀刃被磨圓，看起來像是一點都不鋒利，但是阿爾法告訴他只要使用得當就能輕易砍斷各種東西。

『就是那個。刀柄下方有個稍微突出的部分吧？用手槍射擊那裡。』

阿基拉把小刀放到地板上，並架起手槍。然後把槍口靠近阿爾法所指的部分，將準星瞄準該處。

「……還是先問一下，開槍它就會壞掉吧？」

『是啊，要弄壞。正確來說是只有安全裝置的部分啦。』

「感覺有點可惜。這也是舊世界的遺物吧？賣掉的話應該可以換到不少錢……」

『把它當成必要經費，快點下決心吧。另外還有你得賭命三次來走險路的方法，要選那邊嗎？』

阿基拉看見阿爾法臉上帶著開心似的傲慢微笑，就默默扣下扳機。

◆

卡西摩確認哈夏的資訊終端機所在位置，反應已經十分鐘以上都待在同一個地方沒有動過了。是準備在那裡迎擊嗎？又或者是某種陷阱呢？卡西摩思考著這兩種可能性，同時謹慎地前進。

哈夏的資訊終端機被放在道路正中央。卡西摩撿起那個資訊終端機後露出疑惑的表情。

「……被發現了就丟在這裡嗎？」

如果沒注意到位置因為這個資訊終端機而被人掌握，那就由我方發動奇襲。如果對方發現自己毫不猶豫地靠近，應該就會利用這個資訊終端機來作為發動奇襲的誘餌。預測對方的奇襲，反過來擊敗因此鬆懈的敵人——原本是這麼想的卡西摩，面對目前的情況感到相當意外。

卡西摩的表情逐漸變得嚴肅。他了解要躲在通道暗處狙擊現在待在這裡的自己是很困難的事，然而即使如此，不祥的預感還是完全沒有消失，反而更加高漲。敵人絕對會發動奇襲。第六感告訴他這個預測正確，而且他確實沒有料錯。

下一瞬間，卡西摩的身體就被切成兩半，防護服完全沒有作用。分成上下兩半的身體崩落，從切面噴出內容物並滾落到地上。

處於驚愕與劇痛之中的卡西摩，在喪命前的短暫時間內注意到附近的牆壁出現橫向的大裂痕。在逐漸模糊的意識中，他了解到有某種東西把自己連同牆壁砍成兩半，然後在思考具體方法前就嚥下最後一口氣。

◆

遭到橫向砍裂的牆壁另一邊，阿基拉維持把小刀橫掃出去的姿勢僵在那裡。

按照阿爾法指示，揮動以槍擊破壞部分刀柄的小刀，瞬間就從刀身發出藍白色閃光，將卡西摩與牆壁一起切成兩半。

從阿基拉站的位置來看，小刀的刀刃碰不到牆壁，但是牆壁上卻出現一道長五公尺左右的裂痕，從寬約一公分的縫隙可以看到牆壁後面。切斷部分冒出煙，飄盪著焦臭味。小刀刀身在揮舞之後就化為塵埃崩落。

阿基拉握著只剩下刀柄的小刀，呈現半茫然狀態。他身邊的阿爾法則是笑著輕輕點頭說：

『很好，幹掉他了。已經不要緊嘍。』

「……咦，啊，嗯。這樣啊。」
阿爾法的態度就像解決什麼微不足道的事一樣輕鬆。也因為這樣，阿基拉意識來不及理解狀況而感到困惑。這時他再次看向造成這種狀況的東西，也就是只剩下刀柄的小刀。
「阿爾法，這把小刀究竟是什麼？」
『你這樣問，我該如何回答呢？它就是舊世界製的小刀，製造並販賣給一般人用的商品啊。』
阿爾法若無其事地這麼回答。然而阿基拉的表情更加納悶了。
「舊世界賣給一般人的小刀需要能將牆壁一刀兩斷的機能嗎？」
『把牆壁砍成兩半並非主要目的喔。只是以提升鋒利度並維持其性能為目標，結果就變成可以把牆壁砍成兩半了。不破壞安全裝置的話就辦不到那種事。』

「安全裝置……等等，確實是破壞掉了，不過是這個問題嗎？」
『就是設定成那樣便能發揮一次最大輸出喔。能在無視刀身解體的限制下，使用原本用來保護刀身與提升鋒利度的能源。不那麼做的話，實在無法把人連同裝備與牆壁一起切斷。』
阿爾法以理所當然般的態度這麼回答。由於態度實在太過輕鬆，連阿基拉都差點同意這個說法，但終究還是無法完全接受，結果臉上便浮現尷尬的表情。
「……呃，就算這樣還是很危險吧？」
『那是本來以正常方法使用就絕對安全的道具，既然刻意以危險的方法來使用，當然會相當危險嘍。不過這不是很正常的事嗎？』
「……嗯，好像是這樣喔。」
因為這也不是硬要加以否定的事情，而且阿爾法都這麼說了，阿基拉也就接受了。不過那是危險物品的觀念依然沒有消失，對於連這種物品都能在市面上流通的舊世界也有了更深的偏見。

阿爾法露出有些得意的淘氣笑容。

『那麼，我的輔助是否讓你感到滿意呢？雖然損失了一個遺物，但是打倒了兩名你一直喊著辦不到的獵人，你可以好好地感謝我嘍。』

面對擺出開玩笑般的態度的阿爾法，阿基拉一臉嚴肅地低下頭說：

「嗯。託妳的福才能活下來，謝謝妳。我大概到剛才為止都還有無法完全信任妳的地方，真的很抱歉。」

阿爾法也正色露出溫柔的微笑。

『不用在意啦。這樣能贏得你的信任，我也很開心。那麼，接下來要做什麼？照當初的計畫探索遺跡？還是今天就回去了？你應該也累了吧，無視疲勞繼續的話會很沒效率喔。沒有必要逞強。』

阿基拉一臉嚴肅地煩惱著。

「……老實說，我的確是累了很想回去，但是還沒有任何收穫。為了讓收購處付給我上一次的報酬，得拿點東西回去才行……」

『這樣的話就探索這個地方吧。我也一起找的話，會比較容易找到其他獵人忽略的遺物喔。』

阿基拉按照阿爾法的提議，只探索這棟大樓就回去了。收穫是幾條手帕。那些手帕很髒，一般獵人根本不屑一顧。在阿爾法表示那是舊世界製品之前，阿基拉也無視它們的存在。

不過還是把它們當成收穫來結束大樓內的探索，然後就盡可能把卡西摩他們的東西帶回都市。

只有卡西摩他們的屍體留在大樓裡面。獵人襲擊其他獵人，結果反而被打敗而再也回不來。這在東部是不知重複過多少次的光景。

第5話 阿基拉與靜香

與卡西摩他們的戰鬥之後，離開遺跡的阿基拉順利回到都市。接著立刻前往收購處，跟上次一樣排在收購窗口的隊伍當中。當班職員與上次相同，是名為野島的男人。

「有獵人證的話就拿出……等等，是你啊。」

野島因為阿基拉的改變，顯得有些驚訝。

上次看到時只是普通的貧民窟孩童，現在就不一樣了。靠著從卡西摩他們那裡搶來的持有物品，備齊了作為獵人最低限度的裝備，外表因此有了很大的不同。但不只是這樣。雖然只有一點點，他確實帶著受過荒野洗禮者所散發出的獨特氣息。

不是只完成獵人登錄的有名無實的獵人。雖然還只是菜鳥，然而那裡確實站著一名獵人。

照這樣看來，應該不會立刻死掉，有好一陣子都會來這裡排隊吧。野島想到這裡就輕笑起來，重新打起精神確認收購品。

「這次的物品……有點不上不下。上次只是幸運嗎？」

怎麼說都是賭命帶回來的東西，聽見這樣遭人嫌棄，阿基拉就因為不服氣而皺起臉。

「抱歉，拿來這麼不上不下的東西。但這怎麼說都是從遺跡拿回來的舊世界遺物，應該可以回收上次的報酬……你說幸運是什麼意思？」

阿基拉對野島露出疑惑的表情，結果野島開心地笑著表示：

「你馬上就會知道了。」

野島跟上次一樣把收購品連同托盤一起放到後面的架子上，然後開始操縱手邊的機械，結果就從旁邊的機材排出紙幣。他把紙幣裝進信封後，笑著放到阿基拉面前。

「上次的收購品審查結束後的份，還有這次預付的份，總共二十萬歐拉姆。」

阿基拉聽見支付的金額，瞬間差點失去意識。之後他緩緩拿起信封，捏著紙幣抽出來，實際用視覺與觸覺體驗過後，有些啞然並產生強烈的動搖。對短短幾天前才為了300歐拉姆展開一場廝殺的人來說，這個金額的重量可說分外不同。

野島看到阿基拉的反應，露出滿足且開心的笑容。

「很少有小鬼能在這裡領到這麼大筆錢喔。嗯，要好好用這筆錢啊。好了，一直站在這裡太顯眼了，快走吧。」

回過神來的阿基拉急忙把信封收進懷裡，然後以莫名僵硬的動作離開收購處。野島看見阿基拉從菜鳥獵人稍微變回貧民窟孩子的背影，露出苦笑。

阿基拉即使從收購處出來，仍處於動搖狀態，完全沒有冷靜下來的樣子。看見他這種模樣，阿爾法就以平常的口氣對他搭話：

『阿基拉，冷靜下來。因為這種程度的小錢就如此驚慌的話，今後會很慘喔。』

這段從小在貧民窟長大的阿基拉實在無法想像的發言，讓他忍不住開口叫道：

「小、小錢？妳在說什麼啊？二十萬歐拉姆耶，這是一大筆錢！」

阿爾法凝視著阿基拉，同時以略為強硬的口氣如此斷言：

『不，就是一筆小錢。以在我的輔助下還賭上性命才得到的金額來看，這絕對是小錢喔。你也該這麼認為。』

「就、就算妳這麼說……」

『還有，現在的你變成跟空氣講話的可疑人士了。小心一點。』

阿基拉急忙閉上嘴。現在的自己完全是因為得到一大筆錢而形跡可疑的肥羊。他有了這樣的自覺，試圖冷靜下來，卻沒有什麼效果。

『今天先休息吧，在遺跡也累積了不少疲勞。在這裡呆站到冷靜下來也只是徒增他人的注意。』

「說、說的也是。我知道了。」

阿基拉恢復冷靜到能小聲回答的程度，但還是以慌張的模樣往平常睡覺的巷弄走去。然而阿爾法一臉嚴肅地制止他。

『不行。不是那邊。』

「咦？睡覺的地方是這邊啊。」

『不是，要去住旅館。你不是有錢了嗎？』

「是、是沒錯啦……」

阿基拉因為早已習慣的金錢觀，猶豫是否要拿好不容易賺來的錢去住旅館。結果阿爾法像在糾正小孩一樣露出溫柔的微笑。

『要是一點小錢都捨不得花，反而容易死喔。這不是在浪費錢。既然努力賺了錢，就要正確且有效地使用。用錢的方法我也會好好教你……應該可以吧？你不是會相信我的輔助嗎？』

聽她這麼一說，阿基拉也沒辦法拒絕了。靠行動與結果來累積信賴——彼此這麼約定過了。他壓抑獲得鉅款後一直無法停止的悸動，以稍微下了決心的認真表情點點頭。

「……我知道了。」

『謝謝。那我們去旅館吧。由我選可以嗎？』

「嗯，交給妳了。」

『這邊。』

阿爾法笑著在前面幫阿基拉帶路。「住宿費不知道要多少錢」——阿基拉帶著這難以消除的不安跟在她身後。

以獵人為對象的旅館當然允許攜帶槍械等武器。對怪物用的武裝全都是強力的武器，要是用這些東西引起騷動，會給旅館以及住宿客造成莫大的損失，所以客人都被要求有禮貌的行動。只要遵守這一點，旅館基本上是來者不拒。

只不過，即使發生有人死亡的騷動，只要確實支付賠償金給旅館，那就算是守規矩的好客人。由於是貧民窟附近以獵人為對象的便宜旅館，這方面的規範相當鬆散。即使是貧民窟的孩子在武裝狀態下去要求住宿，只要有錢，旅館方面就不會拒絕。阿基拉也毫無問題地住了進去。

阿基拉在這間旅館是住普通價格的房間，房間還算寬敞。以獵人為對象的旅館為了讓客人保養裝備以及放帶回來的遺物，確保了較大的空間，還附有浴室、床跟裝了許多食物的冰箱。怎麼說都比外面安全多了，與巷弄裡的床相比可說有天壤之別。

阿基拉也十分了解其中的價值，但看起來依然沒有因為比平常的床豪華許多而感到雀躍，反而露出有點沉悶的複雜表情。

「一晚兩萬歐拉姆嗎……真不敢相信……」

了解其價值與毫不猶豫就支付費用是兩回事。支付住宿費時，阿基拉的手有點發抖。選擇房間的是阿爾法，如果是阿基拉自己選，就會選更便宜的房型。

輕嘆一口氣的阿基拉像是因為不得已的浪費而有點垂頭喪氣，這讓阿爾法微微露出苦笑。

『我想你應該有許多想法，不過要不要先去泡澡好好休息一下？』

「……泡澡？泡澡嗎！我要去！」

聽見泡澡的瞬間，阿基拉突然改變態度，一副高興的模樣。

貧民窟裡也有附浴室的房間，但是能利用該設備的人有限。若非占領該建築物的人或向他們支付費用的人，基本上沒有入浴的機會。像阿基拉這種睡在巷弄裡的小孩子，只能用不適合飲用的水弄濕破布然後擦擦身體。

阿基拉回想著記憶已經有些模糊的上一次入浴情形，很開心地前往浴室。

先在浴缸裡裝滿水，這段期間則仔細清洗身體。使用大量熱水，用準備的肥皂洗遍全身每一寸肌膚，盡情享受在巷弄裡不可能實現的奢侈設備。花了很長一段時間，沖走的熱水才不再混濁，肥皂也比較容易冒泡。

確實洗完全身後，確認這段時間浴缸裡已經裝滿熱水。阿基拉立刻進去，肩膀以下泡在熱水裡放鬆身子，全心享受溫水帶來的舒適感。表情立刻屈服於入浴的快樂而開始鬆弛，意識隨著疲勞一起溶解在浴缸裡，嘴巴也微微發出慵懶的聲音。

『水溫如何？』

阿基拉以遲緩許多的意識朝聲音的方向看去，結果看見阿爾法一起泡在浴缸中。一絲不掛的她坐在阿基拉身旁，肌膚因為水溫微微泛紅，水滴從肌膚上滑落，最後被胸前的山谷吸入。只有熱水的折射與飄盪的熱氣掩蓋她嬌艷美麗的身軀。

沒有實體的阿爾法當然不可能泡澡，只是在阿基拉的視野中顯示出自身泡澡的模樣。然而經由高度演算能力完成的繪圖太過完美，所以顯得十分自然。繪圖時甚至計算了熱水的晃動、透明度以及反射。只要不伸手去觸碰，看起來就像真實存在於該處。只有穿透迷人肉體的熱水波浪顯示如此貌美的主人其實並不存在。

阿基拉以朦朧的腦袋回答：

「……太棒了……妳為什麼裸體？」

阿爾法以有些發紅的臉龐微笑著說：

『不會穿著衣服泡澡吧？』

「……是沒錯啦。」

阿基拉像是能接受這種說法，微微點頭，然後就不再理會阿爾法。他將視線移回前方，繼續在朦朧的意識中泡在浴缸裡。

阿爾法表面上依然帶著微笑，對阿基拉的反應感到不滿。

『阿基拉，看到我現在的模樣，你沒有什麼話要說嗎？』

阿基拉感到不可思議般歪過頭，以大半意識都溶在熱水中的腦袋思考，然後斷斷續續地說著：

「……？……我記得……是靠電腦繪圖之類……創作出來的……對吧？」

『是沒錯。你的確說對了，但我不是問這個。像是對我現在這模樣的想法、對這個造型的感想，或者直接想到的事情，應該有這類想法吧？』

阿基拉再次歪頭看著阿爾法，然後在斷片的意識中思考，最後將結果說出口：

「……胸部……很大？」

阿爾法露出苦笑。

『我的確是想聽這種感想，像是對我身體的評價、喜好、興趣等，雖然想聽……不過現在時機似乎不對喔。』

儘管只是視覺上，青春期少年跟全裸美女一起入浴。即使如此，阿基拉的反應還是十分遲鈍。他似乎對阿爾法豐滿的胸部、濕透泛紅的肌膚，甚至是為了讓人欣賞而改變姿勢，在熱水波浪下晃動的

臀部都沒興趣。

泡在浴缸裡享受熱水觸感與溫度帶來的快樂，現在阿爾法的裸體根本完全不重要。阿基拉的眼神強烈表達這種訊息。

在阿基拉的意識完全溶在浴缸裡，整個人陷入深沉睡眠之前，阿爾法苦笑著提醒他：

『這樣睡著會溺死喔。』

「……哪能……死在這種地方……」

『不想死的話，就從浴缸裡出來，好好擦乾身體穿上衣服，然後到床上去睡。』

「……知道了。」

阿基拉搖搖晃晃地站起來，緩緩走出浴缸，然後直接離開浴室，擦乾身體後換上旅館準備的便服，接著倒到床上，結果立刻受到難以抵抗的睡魔侵襲。

『晚安。』

「晚……安……」

面對跟平常一樣帶著溫柔微笑的阿爾法，阿基拉以快被睡魔吞噬的意識好不容易回了一句話，接著便直接進入深沉的睡眠。

隔天，阿基拉在天亮後過了一陣子便睜開眼睛。以平常的生活為基準的話，已經完全睡過頭了。累積的疲勞及跟巷弄地面比起來柔軟許多的床所帶來的舒適感，讓阿基拉比平常晚起床。

醒來後也因為跟平常不太一樣的感覺而感到困惑，但還是因為太過舒適，發呆了一會兒。結果阿爾法笑著對他搭話：

『早安，阿基拉，看來你睡了一個好覺。』

「……早安，阿爾法……？等等！這裡是什麼地方？」

被搭話之後意識變清楚一些的瞬間，阿基拉就因為身處陌生的地方而驚訝地跳了起來，然後急忙環視周圍。在巷弄裡的話，如此遲緩的反應已足以致命。一想到就算喪命也沒什麼奇怪的，阿基拉就更加慌張了。

阿爾法像要讓阿基拉冷靜下來般，以溫柔的口氣回答：

『這裡是昨天住宿的旅館房間。你忘了嗎？』

阿基拉這才終於想起昨天的事情，解除警戒鬆了一口氣。

「……對喔，我昨天投宿旅館。」

阿爾法指著冰箱說：

『你先吃點早餐如何？今天不需要到配給處，可以慢慢來沒關係。』

裡面的食物也包含在住宿費中，就算剩下也不會退錢。不用排隊就能獲得的食物讓阿基拉開心地開始準備早餐。

以廚具加熱冷凍食品，飲用水相當冰涼。光是這樣就不是配給食物所能比的。在個室這種只屬於自己的空間，沒有被他人搶奪等危險的環境下享用這些食物。享受跟以往完全不同的用餐情形，讓阿基拉的臉龐自然放鬆下來。

（確實有兩萬歐拉姆的價值。）

阿爾法似乎看透阿基拉內心這樣的想法，得意地笑著對他說：

『來住好一點的地方是正確的選擇吧？』

「……嗯，真是太好了。」

阿基拉心中乖僻的部分讓他猶豫是否該老實回答，但因為想不出什麼反駁的話，而且也的確感謝對方，便反過來以大剌剌的態度確實地回答。

那模樣讓阿爾法臉上浮現滿足的笑。阿基拉莫名感到害羞，就這樣繼續用餐。

◆

久我間山都市因為周邊有許多遺跡，很多獵人都以這裡作為活動據點。低等區域也有許多以獵人為對象的店家。

其中有一間名為Cartridge Freak的雜貨店，主力商品是槍械與彈藥等，是一家從菜鳥到普通獵人都經常光顧的商店。雖然不至於門可羅雀，但生意又沒好到可以開第二家分店。從經營狀態來看也是一家很普通的商店。

Cartridge Freak是由老闆靜香獨自經營。因為經營方針是盡力給予適切的裝備建議，第一次在此購買裝備的新入行獵人當中有許多都直接變成這裡的常客。

然後有一部分的人一陣子後就再也沒來過，主要理由有二，可能是作為獵人有所成長，這家店的商品項目已經無法滿足他們，為了追求更高性能的裝備，愛店變成了其他高級店家；或者被荒野吞噬而喪命。只不過大多數人都屬於後者。

靜香是面貌姣好的美人，也知道有人是因為自己才到店裡，經常可以聽到昨天剛搭訕她的男人隔天就死在遺跡裡。這是經商無可避免的事情，她也看開這一點，持續做生意。只不過，她下定決心絕不跟獵人談戀愛。

她今天也跟平常一樣，在櫃檯裡看著店內，等待顧客上門。結果一張生面孔進店裡。那是個小孩子，看起來裝備了像是獵人的武裝，但服裝只比貧民窟居民乾淨一些，似乎不是什麼太厲害的角色。只從外表判斷的話，會讓人猶豫該不該把他當成正常的客人對待。

小孩子以好奇的眼光環視店內。靜香小心翼翼地觀察他的模樣一陣子，判斷他至少不是來偷展示品的小混混後，就解除戒心露出和藹的表情。

小孩正是阿基拉。阿基拉進店裡之後，看了一陣子陳列品也沒有因為是貧民窟小孩就被趕出去，他因而放下心，隨即開始到處仔細看商品。

店內細心地排列著各式各樣的槍械，價格標籤旁也記載了簡單易懂的官方規格。然而不要說相關的基本知識了，說起來阿基拉根本是文盲，只能看懂數字，內容對他來說根本像天書一樣。

「……這邊跟這邊的有什麼差別？只是價格不同嗎？」

阿基拉比較著外行人看起來外型相同，但是價格差了將近一倍的槍械，以混雜著不安的納悶表情低聲這麼說。要以賭命賺來的錢購買接下來要保護自己生命的槍械，這時要是不小心選了奇怪的武器，除了會對今後的獵人工作造成莫大阻礙，心情上也會感到難受。

阿爾法以溫柔的微笑讓阿基拉冷靜下來。

『有很多不同喔。我是可以為你仔細說明，不過這部分之後再說吧。就算你不懂，我也會好好選擇，你放心吧。』

「拜託了。」

阿基拉以連本人都不知道能否聽見的細微聲音說話。即使是如此細微的聲音，原本就不是聽聲音的阿爾法還是能正確了解內容。託這種能力的福，阿基拉才免於在店內被當成對空氣說話的怪人，不過視線在無意識間還是會朝阿爾法看去。

注意到阿基拉這種狀況的靜香感到奇怪。

（……看著沒有任何人的地方。有誰在嗎？光學迷彩？但在我的店內應該會無效化……是我想太多嗎？只是在移動目光而已嗎？）

店內設置了由簽了防盜契約的私人警備公司出

借的各種保全機材，熱光學迷彩的阻礙裝置也是其中之一。慎重起見，靜香還是確認了那邊的紀錄，但是沒有出現該種反應的紀錄，靜香也就不再注意這件事了。

阿基拉來到櫃檯時，靜香以親切的笑容開始接待客人。

「歡迎光臨，你是第一次來店裡的客人吧？歡迎來到Cartridge Freak，我是老闆靜香。今天要找什麼呢？」

「請給我一組ＡＡＨ突擊槍與彈藥還有保養工具。另外也要賣東西。」

阿基拉按照阿爾法所說的回答完，就把槍放到櫃檯上。那是在遺跡裡襲擊阿基拉的雙人組所留下的裝備品。

靜香調查完這些裝備的狀態，就順便進行確認以便給客戶建議。

「你要販賣的物品裡也有ＡＡＨ突擊槍，那還要購買新品嗎？保養狀態確實不太好，但不必特地買新的，只要保養修理就還能用喔。而且這邊這把槍性能比ＡＡＨ突擊槍高，真的要把它賣掉嗎？」

默默地讓顧客購買新品對商店的營業額比較有幫助。靜香即使知道，還是因為自己的個性而提出建議。

阿爾法補充說明：

『不要緊，買新的吧。因為跟槍械本身的性能比起來，還是你能順利使用比較重要。至於ＡＡＨ突擊槍，因為接下來訓練時也要大量使用，跟被別人用慣的比起來，還是買新的比較好。』

「沒關係，我要買新的。」

「好的。那麼……扣掉收購的費用，總共是十萬歐拉姆。」

阿基拉付完帳，看著信封內剩下的錢，內心浮現複雜的感情。收到時足以讓手顫抖的鉅款已經減少到只剩六萬歐拉姆了。二十萬歐拉姆只是一筆小錢——親身體會到這個意思後，阿基拉忍不住露出苦笑。

靜香把顧客購買的商品放到櫃檯上，對阿基拉露出包含了面對顧客時的親切以及對自家商品的自信的笑容。

「這邊是你購買的商品。不嫌棄的話要不要聽聽商品的說明？其實有很多人都是帶著半吊子的知識在使用它，聽聽不會有損失。剛好有時間的話，我可以仔細說明給你聽。」

就算是招攬顧客用，難得感受到對自身的好意，阿基拉搞不懂理由與自覺而有些不知所措。然後他無意識地在內心對自己找藉口：「我對這話題確實感興趣。」便決定接受對方的好意。

「嗯，那就拜託妳了。」

「好的。ＡＡＨ突擊槍是受到許多獵人愛用的傑出槍械。在東部買得到的槍械當中，它的歷史算是相當悠久……」

靜香帶著滿足的笑容開始說明。因為很閒，而且很喜歡這方面的話題，她有些得意地打開話匣子持續說明。

ＡＡＨ突擊槍是擁有約一百年歷史的名槍。以發售時被評價為傑作的設計為基礎，持續修改，目前在東部有許多地方都有製造與販賣。

附有切換半自動、全自動模式的機能，狙擊時的命中率也很高。以一百年的運用作為基礎的修改，幾乎完全去除設計上的問題，以對怪物用的槍械來說比較便宜，且在信賴、保養及耐用方面都很優秀，也很少故障，因此有許多愛用者。

有很多由製造企業獨自擴張過機能的製品，另外也有由愛用者改造到看不出原型的改造槍在市面上流通。現在包含這些衍生型在內，都稱為ＡＡＨ突擊槍。

即使是在以戰車、人型兵器或足以與其比肩的個人武器跟怪物戰鬥的獵人當中，不知為何也有人會為了拿來當作失去所有一般武器時的保險、作為護身符，先買一把放在身邊。擁有如此高評價且受到愛用的槍械就是這把ＡＡＨ突擊槍。

靜香滿意地結束自己的說明。即使是一般獵人大概都知道的內容，像阿基拉這樣興致勃勃地聽著，身為老闆就覺得沒有白費工夫。她很開心地繼續接待客人。

「其他還需要些什麼嗎？比如說回復藥之類。那是有再多都沒壞處的東西，雖然會增加行李但忍耐一下就好，我建議你還是盡量多帶一點。就算減少一些預備的彈藥也沒關係。」

阿基拉露出略感意外的表情。

「是這樣嗎？我還以為要盡量多帶點子彈。」

「如果要減少回復藥來增加預備子彈，那訂下早點回來的計畫還比較好。就算感覺只是輕傷，也可能因為那個傷勢喪命。跟『還不要緊』比起來，『已經很危險了』的想法才更重要喔。」

阿基拉考慮了一下。回復藥的話，在遺跡裡獲得的還剩一些。以其效果來推測價格，結論是手邊的錢應該買不起，這時腦袋裡就浮現自己買得起的必需品。

「這樣的話，有獵人用的服裝嗎？」

「防護服？強化服？抱歉，這種商品大多需要個人用的尺寸調整，基本上我的店裡沒有賣這種商品。如果你一定要買，是可以幫忙訂貨……」

在以獵人為客群的店裡提到衣服，基本上就代表戰鬥服的意思。像是擁有耐刃、耐壓、防彈等機能的防護服，或者以人工肌肉等提升身體機能的強化服。靜香看起來有些不好意思，讓阿基拉急忙搖頭說：

「啊，不是的。是耐穿又易於搬運貨物的服裝。還有如果有背包……」

「噢，是那個嗎……那個雖然不是小孩子的尺寸，調整一下應該就沒問題。你稍等一下。」

靜香說完就走進店內，拿著阿基拉想買的商品走回來。它們是衣服與背包。衣服應該是貼上簡易裝甲的那種防護服，目前卻完全沒貼裝甲，只是比較強韌的服裝。舊款服裝已經無法當作商品，和背包一起放在倉庫裡頭積灰塵。

靜香表示這些的費用就包含在剛才支付的金額裡面，也就是免費贈送。聽她這麼一說，阿基拉嚇了一跳。

「真的可以嗎？」

「可以喔，就算是贈品吧。如果你覺得不好意思，就變成這裡的常客，經常來貢獻營業額吧。」

「好的，非常感謝妳。」

看見露出親切溫柔微笑的靜香，阿基拉也微微綻放笑容，接著客氣地低下頭。

靜香笑著輕輕揮手目送阿基拉離開，等看不見他的身影後，臉色才因為有點擔心而沉了下來。

「小孩獵人嗎？他能夠存活到什麼時候呢？」

獵人這個工作特別容易死亡，小孩子的話就更不用說了。而且阿基拉應該連對怪物用的槍械都沒用過，靜香靠經驗看穿了這一點。

「可以的話，真的希望他能變成常客。」

服裝與背包是給隨時都有可能死掉的阿基拉最低限度的餞別禮。

回到旅館的阿基拉看著從靜香店裡買來的ＡＡＨ突擊槍，露出笑容。終於得到獵人用的裝備讓他很開心。

以跟怪物交戰為前提設計製造出的槍械比想像中重。它的重量讓阿基拉稍微有了今後將因為獵人工作而不斷與怪物戰鬥的真實感，接著露出嚴肅表情，感慨良多似的緊握住掌握自己生命的槍。

阿爾法看著這樣的阿基拉，帶著有些認真的表情提出完全沒有顧慮到對方心情的問題。

『你喜歡那種女性嗎？』

「那種女性是指？」

『賣給你那把槍的店家老闆啊，名字是叫靜香吧。阿基拉，你當時色瞇瞇的吧？』

阿基拉臉上浮現感到有些不可思議的表情。

「什麼色瞇瞇……我只是很正常地買裝備吧。她送我衣服和背包，我確實很高興就是了，不過也就那種程度吧。」

阿爾法有點像在責備似的繼續追問：

『不，不是那樣。我看得出來。』

「我不知道該怎麼回答妳。」

阿基拉並不是在找藉口。以感情來說，真的是平淡且毫無自覺，自己也搞不懂。因此他只是微微露出困惑般的表情就把事情帶過。

對阿爾法來說，阿基拉對女性的嗜好是相當重要的情報。但是她判斷現在追問下去也沒用，便結束這個話題。

『好吧。既然已經買到槍，就來談談關於今後的計畫吧，當然也包含槍械的訓練喔。基本上每週探索遺跡一次，其他時間全部用來訓練與學習。就算你想增加收集遺物的機會來賺錢，這部分我也絕對不會讓步。』

「我知道了。」

『哎呀，這麼乖啊。』

面對阿基拉跟剛才差很多的反應，阿爾法看起來有些意外。結果阿基拉露出認真的表情回答：

「因為已經決定這方面的事都要相信妳啊。」

相信。阿基拉沒想太多就說出了這兩個字，但這對阿爾法來說是具有重要意義的單字。

阿爾法露出非常認真的表情說：

『這樣啊。那麼，馬上開始接下來最重要的事吧。阿基拉，我現在要說很重要的事情，你要認真聽喔。』

阿基拉也以嚴肅的表情點點頭。過去阿爾法露出這個表情時，全都是自己面臨死亡危機的時候。一想到這裡，阿基拉就有點緊張起來，態度也自然變得嚴肅許多。

阿爾法也確實點了一下頭。下一刻，她的表情突然變得毫無感情。

阿基拉露出有些疑惑的模樣。

「阿爾法？」

阿爾法對這道呼喚沒有反應，只是以符合臉上表情的官腔開始說話。

『為了順利進行對你的更高等級輔助，可以對你實施無需事前說明與許可的各種操作嗎？裡面包含了在無需許可的情況下取得及活用等級5的個人資訊。可隨意取得關於說明內容的補充資訊。』

阿基拉對阿爾法的模樣和說話內容感到困惑。

「也就是說……是什麼意思？」

『口頭說明規則內容及掌握個別概要推定所需時間是１２０年左右。目前無法計算出了解詳細內容需要多少時間。優先提示項目的順位決定方法是以條例理解算出手法Ａ８８７所建構的偏向迴避法來規定。對應項目由口頭說明規則內容及掌握個別概要推定所需時間是……』

「……那個，我聽不懂意思，只要說聲『好』就可以了嗎？」

『對於不違反概要的詳細項目視為全部同意。這包含了狹義的思考誘導、廣義的自由意志干涉。對象者的生命及思想保護，基於自足自縛行動法２１３８７３條，視為與生命及思想的拘束同義。這包含了對非對應地域之特殊合作者的一切規定。同時……』

阿基拉完全無法理解說明的內容。即使如此，他還是試著理解，在有些混亂的情況下不斷插嘴提問。然而阿爾法不改官腔，只是回答更長更難懂的說明。結果就是阿基拉放棄理解說明的內容。

雖然聽不懂內容，阿爾法正在要求自己做出某種許可。違背阿爾法的指示，死亡的危險性就會大增。先前已經決定要相信阿爾法，逐漸累積信賴了。基於這些判斷、經驗及決心，阿基拉煩惱了一會兒後做出結論，臉上露出嚴肅的表情。

「對於最初的提問，我的答案是『好』。」

『再確認一次。為了順利進行對你的更高等級輔助，可以對你實施無需事前說明與許可的各種操作嗎？』

「好的。」

阿基拉堅定地說完，阿爾法那種擺官腔的態度就消失了。接著她露出開心的笑容對他說：

『謝謝你。不要緊，我不會害你，放心吧。』

阿基拉對阿爾法恢復原狀感到安心，之後露出有些不滿的樣子。

「打從一開始就這麼說不就得了？」

『有很多麻煩的事情，為了說明必須像剛才那樣進行。需要麻煩的流程以避免麻煩，這個世界就是這樣喔。倒是阿基拉，關於昨天洗澡時的事，你覺得我的胸部如何？』

阿爾法帶著意味深長的微笑提出的唐突問題，讓阿基拉感到有些慌張。

「為、為什麼突然問這種事？」

『因為昨天問你對我的裸體有何感想，你回答胸部很大啊。』

「……我說過那種話嗎？」

『說了喔，只是在回答我的問題。感覺是那樣啦，不過在那麼朦朧的狀態下那樣回答，就表示你還是對我的胸部有興趣吧。要不要摸摸看？』

阿爾法開心似的露出有些挑釁的微笑。那帶著某種調侃意味的態度，讓阿基拉開始鬧彆扭。實在不想老實回答，但是從累積與阿爾法之間的信賴這個層面來看又不想說謊，便做出模稜兩可的回答。

「……呃，應該辦不到吧？」

『現在是沒辦法，不過你想的話，攻略完我指定的遺跡之後就辦得到喔。怎麼樣？有興趣了嗎？想摸摸看嗎？』

「攻略遺跡後為什麼就摸得到啊？」

『這部分的說明很複雜。倒是怎麼樣啊？要摸摸看嗎？』

面對阿爾法有些纏人的態度，阿基拉也一臉疑惑。

「……從剛才就一直在胡說些什麼啊？」

阿爾法高興地微笑。

『藉由提出簡單易懂的成果報酬來長期提升你的幹勁啊。』

「也就是色誘嗎？」

『正是如此。不過訴諸視覺似乎對你的效果不大，所以才想改為訴諸觸覺。近距離看見我的裸體還只是有點害羞，這樣實在太遲鈍了喔。』

對浮現的疑問做出的愚蠢回答，讓阿基拉大大地嘆了一口氣。

「這種事等我長大一點再說吧。長大之後會盡情地看、盡情地摸，這樣可以了嗎？」

『說的也是。我預定會陪在你身邊很長一段時間，到時候記得要好好享受喲。』

阿爾法以自信滿滿的態度這麼回答。這個話題告一段落，阿基拉也不再注意這件事，話題就這樣被帶過去了。

因此，阿基拉對剛才那種官腔式對話內容產生懷疑的契機，就在阿爾法刻意轉移注意力的情況下消失了。

阿爾法像要轉換心情，露出嚴肅的表情。

『那麼，麻煩的事情也結束了，我們開始訓練吧。準備好了嗎？』

阿基拉也立刻打起精神，以認真的態度點了點頭。

「沒問題。」

阿爾法也滿足地點點頭。

『首先要讓你學會念話。』

「念話？」

『就先把它想成「不用出聲也能對話」吧。我們從這裡依序進行下去。快速且正確傳達情報在戰鬥中也很重要喔。而且學成後，你就不會再被當成跟空氣說話的怪人了，還是快點學會比較好喲。』

阿基拉本來就打算不論什麼訓練都要二話不說就答應，但還是因為出乎意料的內容而感到困惑。

「說是這麼說，具體該怎麼做才好呢？」

『用口頭說明具體方法太困難了，而且每個人的差異也很大。不是用耳朵聽、用嘴巴說，而是用腦聽、用腦說。只能靠自己抓住這種感覺了。』

阿基拉越來越糊塗了。這時阿爾法先提出了一個方法。

『首先，試著在心中對我搭話如何？隨便找個話題就可以了。像是向右轉之類，做出簡單的指示也可以。我也會有所回應，就靠這樣來確認是否傳達給我了。開始吧。』

阿基拉感到不知所措，仍按照對方所說的展開訓練。

毫無成果的狀態持續了好一陣子。無意識地發出細微的聲音，被告誡這樣就沒意義，就這樣持續在腦袋裡面反覆試驗。

集中意識全力想著某件事；一邊凝視對方一邊在腦袋裡向對方提出訴求；閉上眼睛默默地呼喚。

阿基拉認真地不斷進行這些，但阿爾法沒有任何反應。即使如此，阿基拉還是繼續認真挑戰方針模糊的訓練。

然後過了一個小時左右，契機誕生了。拚命持續呼喚「往右看」的阿基拉眼前，阿爾法把頭轉向右邊。阿基拉嚇了一跳，阿爾法則是笑了起來。

『對對對，就是這種感覺，繼續吧。』

『啊、嗯。』

阿基拉沒注意到自己無意識間以念話回答了對方，就這樣繼續訓練下去。成功一次之後，重現就變得比較容易了。再來就是反覆進行念話，藉此提升成功率。

『變得很不錯了喲。你也開始可以確實聽見我的念話了。這樣不論在什麼樣的轟然巨響下，都不會再聽不見我的聲音了。經由聽覺的話，無論如何都會混入外在的聲音，戰鬥中也有槍聲過於激烈而聽不見的時候，現在不必擔心這種事了。』

阿基拉也以念話回答：

『噢，原來如此。這確實很方便。』

『對吧？這也是戰鬥訓練的一環喔。』

『但是這在外面練習也沒關係吧？』

當阿基拉露出有點疑惑的表情，阿爾法就若有深意地開心微笑。

『沒必要刻意讓人看見拚命對著空氣呼喚的怪異模樣吧？』

『……確實是這樣。』

阿基拉想像自己以往恐怕露出那種樣子無數次了，也只能回以苦笑。

過了一段時間，一般對話已經可以毫無問題地用念話來進行。這時阿爾法的念話訓練就進入下一個階段。

『口頭等級的言語通訊已經夠了。接下來是意圖、意志、印象等模糊的概念，也要能夠確實傳達給我。』

再次聽見抽象的話讓阿基拉稍微繃起臉，但阿爾法沒加以理會，只是繼續表示：

『所謂百聞不如一見。如果使用念話，把口頭難以傳達的印象迅速且正確地傳達出來，戰鬥中瞬時的意見溝通也會變得容易。把它當成戰鬥訓練之一，好好加油吧。』

「我知道了，但要如何確認已經正確傳達給妳了呢？」

『一開始先想像我的各種服裝，然後試著把那個印象傳遞給我。我就照你傳遞過來的內容換裝。打扮正如你所想像的就成功了，試試看吧。』

阿基拉按照指示想像阿爾法的服裝，然後用念話傳達出去。結果阿爾法的服裝產生變化，但是那套服裝就像是把各種破布隨便縫起來的恐怖成品。

阿基拉看到後皺起臉的瞬間，服裝就更為扭曲，然後直接消失。

在慌了手腳的阿基拉面前，阿爾法一絲不掛並調侃似的笑了。

『失敗了，服裝的印象沒有確實傳遞過來。還是說，你想看我的裸體？』

「不、不是的！快點穿上衣服吧！」

『不行，這也是訓練喲。想要我穿衣服的話，就努力傳遞確實的印象過來吧。』

阿基拉急忙試著想像並再次傳送，阿爾法的裸體又覆上難以定義的服裝般的布料。阿基拉一慌，精密度就降低，立刻又變回全裸。

阿基拉不斷反覆練習；阿爾法重複著穿上莫名其妙的服裝以及一絲不掛的過程。首先只要想些簡單的內衣褲就能防止全裸了，但是慌了手腳的阿基拉沒注意到這一點，知道的阿爾法也刻意不說。

阿基拉之後也不斷失敗。在吃過已經延遲的晚餐後，阿爾法才成功穿上沒有任何裝飾的單調全白服裝。

『今天先到此為止吧。以第一天來說成績算不錯了。』

「感覺好累喔……」

『這樣的話，洗完澡後就好好休息吧。』

「好……」

精神上感到疲勞，但不至於像昨天那麼累。阿基拉好好泡澡充分休息了一下，然後從浴室出來就直接躺到床上，任由睡魔侵襲，進入夢鄉。

今天阿爾法要求許可，阿基拉在不清楚內容的情況下就相信她而做出許可。

阿爾法沒有說謊。訓練能提升阿基拉的實力，許可則能大幅增加阿基拉生存的機率。為了讓他攻略自身指定的遺跡，這是能夠實現更高等輔助的手段。然而不只是這樣而已。

自己許可了什麼呢？累得睡著的阿基拉腦袋裡根本沒有浮現這個問題。

◆

隔天，窩在旅館裡結束念話訓練後，終於開始在荒野的訓練。

阿基拉穿戴著從靜香的店買來的裝備。穿上算是防護服的服裝，拿著對怪物用AAH突擊槍的模樣，跟一隻手拿著手槍就來到荒野時相比可說有天壤之別，整個人也自然打起精神。

阿爾法站到阿基拉面前，笑著宣告開始訓練。

『那麼，我們開始射擊訓練吧。阿基拉，你先把槍架起來。』

阿基拉舉起槍。雖然是極為認真的舉槍姿勢，但因為沒接受過射擊訓練，不清楚正確的用槍方式，做出的只是根據模糊記憶模仿的姿勢，一看就知道是外行人。

阿爾法微笑著糾正：

『嗯，完全不行。要確實用身體固定住槍，像這樣。』

阿爾法在手上顯示出只有影像的AAH突擊槍，然後示範如何舉槍。

阿基拉有些驚訝地想著：「連服裝之外的東西也能顯示嗎？」但又重新認為既然連樣子都能隨心所欲改變，這也不是什麼不可思議的事，於是按照示範重新架好槍。

之後又好幾次被指出舉槍姿勢細節的錯誤。從調整手臂與腳的位置開始，到依全身使力方式改變的重心細微調整等，慢慢進行細部動作的指示，最後甚至指示雙腳拇指微妙的力道增減。

明明從外表應該看不出灌注了多少力道，她為什麼能做出如此詳細正確的指摘？專注於訓練的阿基拉沒有注意到這一點。

光是舉槍姿勢的訓練就進行了一個小時，阿基拉連一發子彈都還沒射擊就覺得累了。但是多虧疲勞的訓練與阿爾法確切的指導，阿基拉的舉槍姿勢在短時間內有了驚人的進步。

看見阿基拉不再像菜鳥的舉槍動作，阿爾法滿足地點了點頭。

『很好，就是這樣，要記住現在這種姿勢的感覺。那麼開始射擊那邊的小石頭吧。』

阿爾法指著阿基拉的前方。阿基拉凝視那個方向，皺起臉。阿爾法準確地指著一百公尺前方的小石頭，但是阿基拉根本看不出來。

「那顆小石頭……是哪顆啊？」

面對以抗議的語氣與視線這麼表示的阿基拉，阿爾法露出傲慢的微笑。

『你馬上就會知道了。現在讓你再次感受我的輔助有多厲害，準備大吃一驚吧。再看一次我指的前方。』

阿基拉有些納悶，還是照指示把視線移過去。結果視野裡出現長方形框線，綠色框線裡顯示出同樣的綠色圓形。他不禁注視那個部分後，就像高性能雙筒望遠鏡的自動擴大機能，凝視點周邊就擴大顯示出來。阿基拉嚇一跳停止凝視後，擴大顯示就消失了。

「阿爾法？我的視野好像變得怪怪的，妳做了什麼？」

阿爾法對阿基拉的反應露出滿足的微笑。

『我的輔助幫你的視野追加了擴張機能，活用它來找出小石頭吧。』

阿基拉的視野裡出現紅點。注視那裡，就在再次部分擴大的視野當中找到了帶有紅色框線的小石頭，只不過看起來相當模糊。

『裸眼的話，擴大顯示還是有極限，這次使用槍的瞄準鏡吧。』

阿基拉透過槍的瞄準鏡尋找剛才的小石頭。但透過瞄準鏡的視野相當狹窄，而且小石頭在這個視野之外，所以要找到它十分困難。

結果視野右端就顯示出小石頭位置的標誌。將準星一點一點往那個方向移動，視野前方就出現剛才的小石頭，而且還從槍口延伸出一條藍線到小石頭上。

『那條藍線是我演算出的預測彈道。把那條線對準目標扣下扳機，就能以高命中率擊中目標。』

藍線不規則地持續搖晃。阿基拉好不容易才將它移動到目標小石頭上，並扣下扳機。槍聲響起，槍擊的後座力讓阿基拉失去平衡。迅速從槍口射出的子彈貫穿、撕裂大氣之後高速往前飛行。

然後通過跟目標小石頭不同的地方，消失在荒野另一邊。

「……失手了。」

『因為怎麼說都是預測，並不是預知喔。實際的彈道會因為計算外的現象影響產生很大的變化，主要原因是開槍時姿勢走樣了。注意維持我教你的姿勢，確實瞄準後才開槍。』

阿基拉集中精神持續瞄準目標，但還是無法命中，甚至透過瞄準鏡的景色完全沒有彈著的痕跡。這是誤差很大的證據。每當姿勢走樣就會受到阿爾法指謫，阿基拉便重整姿勢，繼續開槍。

『實戰時不是瞄準那種小石頭，而是怪物喔。準確命中目標的要害，必須盡可能令其立刻死亡，至少也要無法行動，否則就會遭受反擊而死。失手就是死，要帶著這樣的覺悟集中精神射擊。』

就這樣持續進行了一個小時左右，透過瞄準鏡的景色終於出現彈著的痕跡。然後累積的疲勞也開始讓阿基拉的專注力渙散，因為渙散而產生的疑問就這麼脫口而出：

「我說阿爾法，我突然想到，現在出現的視野的擴張、念話等，更早之前沒辦法做到嗎？」

對阿基拉來說只是突然從雜念裡浮現的無聊問題。但阿爾法判斷會因為回答內容產生不必要的懷疑，便帶著微笑暗自慎選用字遣詞。

『簡單說明，大概就是做得到的話早就做了，這麼做比較好的話也早就做了。首先若以受到雙人組襲擊時舉例，就是還沒得到你的許可，所以辦不到喔。』

「跟我說一聲，我應該就許可嘍。就是那個，是否可以自行提供輔助的問題對吧？」

『說起來，根本沒有可以得到那個許可的許可啊。當時的我甚至沒有被許可提出那個問題，因為規則長到口頭說明的話時間完全不夠用。』

「這樣啊。嗯～～還真麻煩。」

『而且就算獲得許可，我也不會這麼做。戰鬥中視野突然改變的話，你絕對會產生混亂而無法好好行動。因此我應該也是刻意選擇不使用。』

「啊～～的確是這樣啦。」

阿基拉接受這個說法，點了點頭。阿爾法確認他的反應後，就根據這一點繼續討論這個話題。

『今後如果我刻意不做乍看之下很容易辦到的事，大概就是因為這個理由。不是因為物理上、技術上、規則上辦不到，就是執行的話會讓狀況惡化，總之就是其中一種。』

這時阿爾法為了加深印象，便微笑著說：

『我也不是什麼都辦得到。如果什麼都辦得

到，我就不會拜託你攻略遺跡，早就自己來了。就是因為受到各種制約，辦不到才會委託你啊。』

雖然搞不太懂，總之就是很厲害的人物——原本給人這種感覺的阿爾法說出像是藉口的發言，讓阿基拉有些意外。

「妳似乎也有許多苦衷。嗯，我也是這樣才能遇見妳。雖然對妳不好意思，但我可需要感謝那些苦衷。」

阿基拉隨口說完就有些慌了，覺得自己是不是失言了。結果阿爾法就像找到調侃的理由，露出惡作劇般的微笑把臉湊近，發出像在引誘他的聲音。

『可以盡量感謝我，甚至用具體的行動來報答我喔。比如說，盡量提升命中率，不然就是對我的色誘有更多反應吧？』

「……我會努力提升命中率。」

阿基拉扣下扳機，子彈卻完全錯失目標。

訓練一直持續到快要日落。阿基拉的射擊技術也有了一定的水準，在阿爾法的輔助下，確實瞄準一百公尺前方還算大的石頭，命中率提升到百發一中左右。

結束今天的訓練，趁著夜色回到都市，投宿跟之前一樣的旅館。支付完住宿費，再次體認到瞬間減少許多的存款真的只是一筆小錢，然後先把這樣的思考放到一邊，走進浴室。將累積的疲勞全丟到浴缸裡，再以滿滿睡意填補空缺。當他從浴室出來就癱倒似的躺到床上，直接就寢。

隔天，阿基拉一直在旅館保養ＡＡＨ突擊槍。這也是訓練。由於他不清楚槍械的正確保養方法，在阿爾法詳細的指示下慎重地進行作業。

『目前這把槍就是你的生命線，疏於保養就等於輕忽你的生命。記住這個觀念，好好保養吧。』

「我知道。」

他被多次叮嚀，就艱苦奮鬥，一臉認真地持續作業。將槍械全部分解，然後仔細保養所有零件。接著再將拆解開的零件重新組合成槍械，結果卻有零件多出來了。阿基拉急忙重新分解並再次重組，剛才多出來的零件確實組裝回去了，但這次又多出其他零件。

面對看著多出來的零件發出沉吟的阿基拉，阿爾法微笑著提醒他：

『不建議你在這種狀態下使用這把槍喔。』

「我、我知道啦。」

阿基拉再次分解槍械，重新組合。這次雖然沒有多出零件，但能不能正確擊發又是另一回事，當然也被阿爾法指謫。之後重複艱苦的奮戰，好不容易完成槍械的保養時，已經過了半天。

「照這個樣子，要是得到預備的槍械，光是保養就要花一整天了。」

『關於這個，只能靠訓練學會迅速有效率的保養，也沒有錢可以送去請人保養。好了，今天的訓練結束了。』

阿基拉感到有些疑惑。

「妳說結束，接下來不是要訓練射擊嗎？」

『遇見我之後，你的生活就只有探索遺跡和訓練，偶爾也需要放鬆一下喲。你有什麼想做的事情嗎？』

「想做的事情嗎？」

阿基拉思考了一下，但是想不出任何點子。在貧民窟生活時會收集破銅爛鐵之類的來換錢，如果是現在，掙錢方法應該會變成探索遺跡吧。

至今為止，阿基拉的時間全部用來求生存，休閒這種概念可說極為稀薄。因此阿基拉的腦袋不斷空轉，無論怎麼思考都只能發出沉吟。

阿爾法什麼都沒問就掌握了阿基拉的想法以及造成這種結果的原因。

『這樣的話，就把多餘的時間拿來學習讀寫吧。不論是娛樂還是學習方面的情報收集，沒辦法讀寫的話效率實在太差。為了享受各種事物，就盡快把它學會吧。』

在旅館的生活雜貨店購買數本筆記本與書寫用具，當作教材來跟阿爾法學習讀寫。阿爾法的教法非常有效率，阿基拉一陣子後馬上就能讀寫自己的名字了。

他突然想起自己的獵人證上登記的名字出了錯，於是取出獵人證，盯著標記在上面的名字。阿吉拉——上面是這麼寫的。

阿基拉終於能自己辨識出登記在證件上的名字出錯了。

「……稍微變聰明了嗎？」

阿基拉露出帶著些許諷刺，又像是有點開心的笑容。

◆

阿基拉今天也在荒野進行射擊訓練。

意識著正確姿勢確實架起槍，以認真的表情盯著瞄準鏡，將準星對準目標小石頭。在阿爾法的輔助下，視野當中擴張顯示的藍色彈道預測線，現在也持續受到呼吸造成的些許身體搖晃影響。

阿基拉大大吸了口氣後停止呼吸，集中精神，僅有一瞬間藍線停止晃動。這時阿基拉扣下扳機。

射出去的子彈一直線飛過天空命中目標。小石頭因為中彈的衝擊，粉碎並被轟飛。

「喔！感覺很不錯嘛。」

由於三次連續命中，阿基拉實際體認到自己

的射擊技術有進步，開心地笑了。目前依然全是靠阿爾法的輔助，距離獨力狙擊成功還有很長的路要走。但是跟以前那種和菜鳥一樣的射擊技術相比，已經有了大幅成長。

阿爾法也很開心似的笑了。

『看來已經從菜鳥階段畢業了。狀況很不錯喔，確實很了不起。』

原本總是不斷糾正自己的對象誇獎自己進步了，就算是性格乖張的阿基拉也會感到開心。他露出有點得意的微笑看向阿爾法。

結果阿爾法朝向阿基拉的笑容從原本的開心轉變成帶有某種深意。

『就維持這個狀態繼續努力吧，既然命中率提高了，訓練內容也要有所變更。接下來要換一下標的，就跟以往一樣，我之前也說過，要帶著失手就會被幹掉的覺悟瞄準。』

阿爾法指著接下來的標的。阿基拉有些不祥的預感，把視線移向該處。當他看見目標的瞬間，就因為恐懼而繃起整張臉。站在那裡的是前幾天差點殺掉阿基拉的武器犬。

整個扭曲的臉；從巨軀背上長出的大砲；以及支撐這些重量的八隻不對稱大腳。那是深深刻劃在腦袋裡頭，想忘也忘不掉的恐怖模樣。阿基拉有自信，只要它出現在附近，自己絕對會發現。說起來，這副巨大身軀應該無法悄悄靠近到附近，然而自己完全沒發現。

阿基拉過於驚訝而停止動作，回過神就準備逃走。但在那之前，阿爾法已經笑著說出真相。

『放心吧，那跟我一樣，只是影像。』

阿基拉忍不住看向阿爾法，然後因為她表示沒有危險的微笑而稍微恢復冷靜。阿基拉感覺自己心臟強烈跳動，一臉疑惑地看著武器犬。那怎麼看都像是真正的怪物。

但是它的巨軀完全沒有動靜。從它的視線方向來看，應該要看見阿基拉了。然而阿基拉注意到對方沒有任何反應，從那種不自然的狀況才終於理解它並非真實存在。阿基拉放心地鬆了口氣。

「別嚇人好嗎？」

看見阿基拉一臉不滿地投來責難的視線，阿爾法完全沒有愧疚感，只是笑著回答：

『接下來將和這種怪物進行難以數計的戰鬥，顧慮到突然遭遇時的對應、反應、心理準備，必須現在先習慣才行。依你那種驚慌的狀態，實戰的時候早就死了喔。』

阿爾法以手勢催促阿基拉開始訓練。阿基拉雖然無法完全接受對方的說法，還是重新架好槍。

『弱點是對方的眉間。一發解決掉它。』

阿基拉透過瞄準鏡看著武器犬。標的被紅色框

線圍起來，眉間有顯示為弱點的標記。阿基拉試圖冷靜地把彈道預測線對準目標的眉間，但是無法順利完成。雙手的顫抖傳遞到槍上，使得藍色線持續晃動。

（……冷靜下來，那是影像。只是標靶，就跟瞄準小石頭一樣……）

就算知道真相，害怕的東西還是害怕。那是差點殺掉自己的敵人，除了不會動，看起來就像真貨。而且既然要瞄準，就必須直視它的外表，要保持平靜可說相當困難。

即使如此，阿基拉還是反覆大大地深呼吸，一點一點調整身心。貫注力量到發抖的手臂來壓抑藍色彈道預測線的晃動，盡可能保持平靜，停止呼吸並集中精神，然後帶著嚴肅的表情扣下扳機。

阿基拉已經竭盡所能，但射出去的子彈不要說擊中武器犬的眉間了，就連身體都沒打中，直接射

到附近的地面。

下一瞬間，武器犬突然動了起來，發出巨大咆哮後巨軀迅速行動，把背上的大砲朝向阿基拉。接著符合大砲口徑的巨大砲彈轟出，擊中阿基拉的附近，爆炸之後冒出劇烈的爆炸火焰。

阿基拉嚇得僵住了。他的視線前方，武器犬再度發出咆哮，擺出準備發射大砲的動作，但是砲彈沒有被發射。結果它再次咆哮之後，就快速朝阿基拉跑來。

看見迫近的巨軀後，阿基拉終於有所反應，他拿著槍朝武器犬亂射。然而因為恐懼與混亂，他的姿勢與瞄準都瓦解了，結果一發都沒有命中。

武器犬那八隻不對稱的腳趁隙發揮出難以想像的速度，急遽縮短距離。與對手的距離縮短後，總是會開始有幾發子彈命中。但是在怪物異常的生命力面前，僅僅幾發子彈根本沒有意義。怪物無視中彈繼續突進，張開大嘴想直接咬死阿基拉。

阿基拉感受到必死的命運而僵在現場。在臨死前所見到的那個時間流動緩慢的世界，武器犬的大嘴裡無數扭曲而強韌的牙齒逼近。對能咬碎瓦礫、撕裂金屬的牙齒而言，要吃下比這些東西柔軟許多的肉當然不費吹灰之力。

在從大嘴飛濺出的口水緩慢得可以用眼睛看清的世界，阿基拉根本無計可施，只能被迫理解在眼前合上的大嘴將與自身的死亡連動。然後大嘴終於閉上了。

武器犬帶著衝向阿基拉的速度，就這樣穿透他的身體。

「…………咦？」

僵了一陣子後終於回過神的阿基拉發出虛脫的聲音，接著回過頭，結果到處都看不見武器犬的身影了。

這時阿爾法笑著宣告：

『不是早就跟你說過那只是影像？』

這不是訓練的話，就會像剛才的光景那樣遭到反擊與殺害。阿爾法為了教會他這一點，便映出狙擊失敗時的光景。阿基拉的理解力終於追上事情的發展。

砲彈爆炸也是影像，中彈的地方完全看不到痕跡。這時阿基拉又回想起沒有感覺到爆炸時的強風。他好不容易撐住從恐懼與緊張解放後就要癱軟的身體，連要把責備的意思灌注到視線都快沒有力氣，將臉轉向阿爾法。

「先說清楚好嗎……」

阿爾法笑著指向地面。阿基拉看向那裡，皺起臉來。那裡有一顆頭顱，是影像中被武器犬咬死的阿基拉最後的下場。

『沒有確實瞄準目標的弱點令其立刻死亡或至少給予喪失戰鬥能力的傷害，就會遭到反擊，變成這樣。失手就會被殺，我不是說過瞄準時要帶著這樣的覺悟？為了不在實戰時淪落至此，要好好接受訓練。』

頭顱以憤恨的視線望著阿基拉。阿基拉僵著臉看向頭顱，突然想起以前作過的惡夢，接著便正色開口表示：

「……說的對。我知道了，我做就是了。了解了，阿爾法！繼續吧！」

阿爾法露出有些意外的表情後，隨即開心地笑著說：

『幹勁十足呢。那就繼續吧。』

阿爾法手指的前方再次顯示出武器犬的影像。阿基拉一臉殺氣騰騰，架起了槍。

剛才阿基拉的發言與其說是對阿爾法，更像是對只剩頭顱的自己以及惡夢中的自己所說的話。那是給責備自己的視線所做的回答。

瞄準目標並扣下扳機；失手；目標開始行動，發出咆哮展開襲擊。到這裡都跟上次一樣。

但是阿基拉之後也確實直視標的，抑制恐懼維持舉槍的姿勢，瞄準凶惡的臉，再次扣下扳機。再次失手。除了手臂顫抖，標的轉換成移動目標後，狙擊難度大幅上升，沒那麼簡單就能命中。

就算這樣，阿基拉還是確實持續盯著目標。到最後都沒能好好命中，結果還是遭到襲擊，影像構成的頭顱又增加了一顆。不過到最後一刻，他都能確實地直視敵人。

「再來！」

同樣的過程又重複了一遍，在地上的頭顱不斷增加。即使如此，阿基拉還是繼續。

「再來！」

接著在不知道第幾次之後，調整呼吸、集中精神，以覺悟壓碎恐懼的一發命中目標的頭。雖然不完全是弱點，卻是足以讓敵人動作變遲緩的一擊。

衝過來的武器犬速度減慢，阿基拉持續瞄準它的頭部。然後頭被無數子彈擊中的武器犬終於在殺掉阿基拉前就先嚥下最後一口氣。

阿爾法笑著稱讚阿基拉。

『成功了。這樣終於……』

「再來！」

阿基拉維持嚴肅的表情催促阿爾法繼續練習。阿爾法先是露出有些意外的表情，然後換成傲慢的笑容。

『很好，就繼續下去吧。』

武器犬的影像再次出現。這一天，阿基拉一直持續這個訓練。

◆

當天晚上，阿基拉作了夢。夢裡阿基拉跟以前一樣被武器犬追著。

配合時機回頭開槍。感覺某個人做出這樣的指示，但不清楚究竟是誰。然而開槍的信號一直沒有出現，阿基拉只能拚命逃亡。

他先是突然露出發現什麼的表情，接著又轉變成嚴肅的模樣，把槍口對準武器犬，槍也變成了AAH突擊槍。

跟訓練時一樣，確實看著對手的身影，冷靜地把準星對準頭部，然後帶著堅強的意志扣下扳機。子彈迅速從對怪物用槍械AAH突擊槍射出。

頭部遭無數子彈擊中的武器犬，原本就扭曲的頭變得更加難以辨認，最後在阿基拉面前死掉。

這時阿基拉醒了過來。地點是在旅館的床上，目前仍是夜晚。

「……呵。」

阿基拉輕笑了一聲，閉上眼睛，然後很快又進入夢鄉。

即使再作同樣的夢，也不會是惡夢了。

第7話　艾蕾娜與莎拉

在大地的水分不斷被高掛的艷陽奪走時，兩名女獵人搭越野車，在四處飛舞的子彈及瘋狂怪物比乾燥更危險致命的荒野，朝崩原街遺跡前進。

她們的裝備性能完全不足以進入遺跡深處，但是探索外圍的話，性能又高得有點浪費。

撇除空手就能擊殺怪物者這種例外，獵人的實力大致上跟裝備的性能呈等比，因為那也證明了該名獵人具備能購買那種裝備並加以運用的實力。也就是說，她們的實力在前往崩原街遺跡的獵人業者當中屬於不上不下的程度。

駕駛座上的艾蕾娜對副駕駛座上的莎拉搭話：

「莎拉，差不多要到了。準備一下。」

莎拉看著遺跡的遠景，露出有些疑惑的表情。

「艾蕾娜，現在才問有點晚了，不過真的是這裡嗎？」

「這件事昨天說過了吧？小孩子能從久我間山都市徒步抵達的遺跡就只有這裡啊。」

「有沒有可能偷偷混在前往其他遺跡的定期班車？」

「有獵人辦公室定期班車經過的遺跡，難度大多比崩原街遺跡的外圍部高出許多。那個傳聞是因為有跟菜鳥一樣的小孩子拿了高價遺物到收購處才會傳開。說起來如果那個孩子看起來能在其他遺跡討生活，根本不會出現那種傳聞。」

「嗯，是沒錯啦。」

「若是崩原街遺跡的外圍部，貧民窟的小孩子出現在那裡也不會突兀，幸運找到高價遺物也不是什麼不可思議的事。就是這裡喔。」

都市附近的某個遺跡裡，連外行人小孩都能抵達的地方，還殘留著大量未調查的高價遺物。久我間山都市的獵人間最近流傳著這樣的傳聞。

低難度的遺跡生還率當然也比較高，因此無法對高難度遺跡出手的獵人們認為比跟強力怪物交戰要好多了，便花時間把遺跡內每個角落都翻遍了。

結果就是很可能殘留遺物的未調查部分立刻就被探索光了，都市周邊的低難度遺跡根本不存在未調查部分——許多獵人都這麼認為。

顛覆這個想法的傳聞稍微傳開，之後擴散的速度便相當快。

連像樣的武裝都沒有的小孩子拿了較高價的遺物進收購處，實際有人看見那個孩子了。如果只有一次也就算了，他好幾次都拿著遺物前往收購處。

貧民窟還因為那筆錢發生廝殺。跟在那個孩子後面的獵人發現未調查部分，結果賺了大錢。

臆測的內容經過渲染，最後傳聞開始發展出獨自的情節，結果造成許多獵人研究是否該再次調查低難度的遺跡。

艾蕾娜她們也是聽見傳聞，決定再去調查的獵人。以艾蕾娜她們的實力來說，崩原街遺跡的外圍部已經是遺物價值過低，收支無法平衡的地點。但是如果謠言為真，還是預期可以獲得不少利益，就算搞錯也不會太危險。艾蕾娜如此判斷後強烈提議再去調查，莎拉也同意她的看法。

只是，莎拉沒有像艾蕾娜抱持那麼大的期待。

「但是那一帶之前艾蕾娜妳就很仔細地調查過了吧？當時也沒有太大的收穫，老實說我沒有太多期待。」

面對莎拉聽起來偏慎重的發言，艾蕾娜刻意樂觀地回答：

「……哎呀，有什麼關係嘛，調查一下吧。在我們沒來的這段期間，說不定出現了什麼變化。」

莎拉有些誇張地笑了。

「……說的也是。一開始便不帶任何期待的話，就算前往遺跡也沒用！為了提升幹勁，我們就讓期待盡量膨脹吧！」

「對對對！就是要有這種氣概！」

這段對話不符合艾蕾娜她們原本的個性。以前的她們都是莎拉以樂觀思考來煽動期待，而艾蕾娜提出慎重的意見來相抵。

現在有隱情讓艾蕾娜兩人平常的個性錯亂。艾蕾娜把視線移到莎拉的胸部，露出有些擔心的陰沉表情。

「……還有，莎拉妳的奈米機械差不多該確實補給了吧。因為我們最近業績不怎麼樣，妳就減少了補給量對吧。這樣沒關係嗎？」

莎拉也把視線移到自己的胸部上。欠缺起伏的胸部看不見過去豐滿時的模樣，艾蕾娜與莎拉都很清楚這代表什麼意思。正因如此，莎拉才會為了不讓艾蕾娜擔心而開朗地笑著說：

「不要緊啦，還沒問題喔。妳真的是太愛擔心了。」

莎拉是消費型奈米機械類身體強化擴張者，而她的胸部同時有奈米機械補給庫的功能。

獵人這份工作一定得面臨與怪獸的戰鬥。敵人是舊世界製的生物兵器後裔，以及各種設施的防衛機械，全是光用肉體難以應付的傢伙。

為了對抗它們，大部分的獵人都會訴諸強化身體能力的手段。像是穿著強化服、義體化、人造人化等。東部的人們為了對抗舊世界的存在，便解析舊世界的技術，簡直像超越了物理，誕生出各式各樣的方法。

方法之一就是服用奈米機械。效果是藉由力場操作來強化肌力、細胞機能，以及包含基因改造的重新設計人體機能等。發展到極致時，甚至會將全身細胞換置成由奈米機械構成的機械細胞，其身體變為與高度人造人沒什麼兩樣的存在。

外表與一般肉體相同，但是不用穿強化服就能投擲汽車，甚至連子彈都能反彈。這種宛如變身成超人的技術擁有相當高的人氣，不過同時也得付出代價。

莎拉以前因為各種原因陷入瀕死狀態，於是開始服用奈米機械作為治療手段的一環。治療本身是成功了，免於喪命之外還得到了經過強化的身體能力，但代價就是必須靠奈米機械維持生命。

光是日常生活就會消耗奈米機械，從事獵人工作任意驅使身體的話，消費量更是飛躍性增加，因此也得付出一筆昂貴的補給費。

當然也可以接受奈米機械枯竭也不會死亡的治療，但那需要一筆龐大的資金。而且因為會失去強化過的身體能力而變得病弱，要治療病弱的身體又得再花一筆昂貴的治療費。一切全是用錢能夠解決的問題，然而就是因為沒有錢，莎拉才會一直維持現在的生活。

艾蕾娜會相信這次的傳聞，一部分也是因為擔心莎拉。如果是只有弱小怪物的地點，負責提供火力的莎拉也會減少許多負擔。身體的奈米機械消耗掉之後，預備的分量會從胸部補給到全身，胸部就會因此變小。如果知道她仍豐滿時，也就是維持充足預備分量時的大小，就會覺得現在的尺寸已經快到危險的地步了。

艾蕾娜以強烈的視線看著莎拉。

「……妳的身體狀況妳自己最清楚，所以我不打算多說什麼。不過這種狀態持續下去的話，就算賣掉我的裝備，也一定要幫妳補給。」

莎拉也對艾蕾娜回以強烈的視線。

「別這樣，這麼做就更賺不到錢了。妳知道為了買齊這些裝備，我們花了多少時間嗎？」

「妳的生命無可取代。到時也只能這麼做了。再一起從底層往上爬吧。這次的搜索順利的話，賺到的錢要先拿來補充妳的奈米機械。」

不准有異議——艾蕾娜在視線裡灌注了這樣的堅強意志。她們兩人認識很久了，從開始當獵人之前就認識了，也很清楚在這種狀況下誰應該讓步。

莎拉認輸後輕聲笑著說：

「我知道了。唉，真的是有錢並非萬能，但沒錢萬萬不能耶。」

艾蕾娜也笑著回答：

「事到如今還說這些做什麼？獵人不就是這樣嗎？」

「說的也是，已經太遲了。」

艾蕾娜兩人帶著種種問題，笑著進入崩原街遺跡。

莎拉用槍攻擊在崩原街遺跡外圍徘徊的怪物。讓人聯想到強韌肉食獸的生物類怪物被無數子彈擊中，乖乖倒下了。靠著艾蕾娜的搜敵，也沒有遭受奇襲，可說是輕鬆獲勝。

艾蕾娜看見搭檔的狀態就輕笑著說：

「照這樣看來，身體應該不要緊呢。」

莎拉也露出輕鬆的笑容回答：

「所以我不就說過不要緊了嗎？妳真的很愛擔心耶。」

莎拉這樣是為了讓艾蕾娜看見自己沒問題，稍微誇大了輕鬆的態度。不過艾蕾娜也發現這一點，扣除誇大的部分後判斷應該沒問題才放下心來。

本來應該在更高難度的遺跡賺錢的她們倆，目前安全地進行崩原街遺跡外圍部的搜索。

艾蕾娜她們的小隊分工相當明確。艾蕾娜負責收集情報，莎拉則負責提供火力，各自的裝備也偏重於負責的工作。

艾蕾娜的主裝備是收集情報的機器。將複合了動態探查機、回聲識別地圖、高機能望遠鏡等複雜機能的機器，廣泛使用在掌握遺跡內部構造與搜敵等情報收集上。身上雖然也攜帶了槍械，但跟莎拉的武裝比起來，只能算是備用的程度。

莎拉的主要裝備是強力槍械。靠著身體強化擴張者的身體能力，輕鬆使用本來需要穿著強化服才能承受重量與後座力的槍械。防護服是為了緊急時刻可以作為艾蕾娜的盾牌，穿了極為強韌的類型。

艾蕾娜發現敵人後由莎拉將其打倒，視情況而定，莎拉有時候會扛著艾蕾娜逃走。一直以來，艾蕾娜兩人就是這樣探索危險的遺跡。

莎拉想像自己平常的狀態，露出帶點挑釁意味的笑容。

「那麼，艾蕾娜，負責提供火力的我這麼努力了，負責收集情報的妳又如何呢？」

艾蕾娜輕笑著回答：

「正專心調查中呢。」

「說是如此，目前好像都沒成果耶。」

「誰都能立刻找到的話，早就被其他人發現了啦，不是嗎？」

「說的也是啦。」

艾蕾娜她們互相輕笑著確認完對方的狀態。

「所以，艾蕾娜，妳是在找什麼呢？」

「我在找小孩子的足跡。如果傳聞為真，是小孩發現遺跡的未調查部分，那麼小孩的足跡可能會一路通往遺跡。」

「真聰明，著眼點果然與眾不同。看來可以期待喔。」

莎拉有些誇張的讚賞讓艾蕾娜苦笑著回答：

「嗯，不過還沒發現那個小孩的足跡。大人的足跡要多少有多少就是了。」

艾蕾娜身為小隊的情報收集員，想盡力回應莎拉的期待。能夠從堆積堅硬瓦礫的些許凹凸不平的砂礫上找到他人足跡，並且辨別那並不屬於小孩，全是拜艾蕾娜高超的實力所賜。

不過沒有獲得滿意的結果，她便有點像要打馬虎眼，繼續說：

「啊，對了對了，趁現在先告訴妳，莎拉。無色霧變濃了，要多注意啊。」

「了解，影響變嚴重的話就撤退喔。撤退的時機就交給艾蕾娜妳來判斷吧。」

她們兩人打起精神提高警覺，繼續探索遺跡。

◆

今天阿基拉也繼續做將目標變更為影像怪物的射擊訓練。標的是就算以阿基拉目前的裝備，只要命中弱點就能打倒的怪物們。而憑阿基拉的實力不可能每發必中，所以受到各種方式反擊，結果就誕生了一座由他的屍體堆疊而成的殘酷小山。阿基拉看著那座屍體山，為了不讓真正的自己也加入那座山，拚命持續訓練。

多虧反覆堆疊起屍體山的大量練習，阿基拉也差不多習慣了。他保持平靜，瞄準目標，有了這樣一定能擊中的確信後便準備扣下扳機。但是在開槍前，怪物的身影就消失了。感到奇怪的阿基拉放下槍，自己的屍體堆成的山也一起消失了。

「阿爾法，今天到此結束了嗎？」

『阿基拉，有人朝這邊過來了。』

阿基拉露出疑惑的表情，拿出雙筒望遠鏡。靠著望遠鏡的性能與阿爾法的輔助，立刻就找到對象了。往這邊過來的是乘坐越野車在荒野中前進的艾蕾娜她們。

看見這一幕的瞬間，阿基拉便露出嚴肅的表情。由於前幾天才被獵人雙人組襲擊，無論如何都會先提高警覺。這次雖然是兩名女性獵人搭檔，但這不構成降低戒心的理由。

「……應該不是追著我過來的吧？」

『我想應該不是，大概單純是要前往崩原街遺跡。但是慎重起見，我們也到遺跡去吧。如果她們並非友善的存在，在這一帶被車追就逃不掉了。』

在荒野遇見其他獵人並不稀奇，對方並非善類也是常有的事，雙方因此互相警戒，結果因為特別火爆發展成無謂戰鬥的事例也很多。

阿基拉對對方抱持強烈的警戒，可以說其中一邊的火種已經點燃。對方看見這樣的阿基拉，會如何反應呢？阿爾法考慮到這一點，毫不猶豫就判斷要即時避難。

「知道了。那快走吧。」

阿基拉背起背包，迅速往崩原街遺跡前進。

之後阿基拉持續在遺跡外圍部移動。雖然心裡想著「既然都來到遺跡了，就順便收集遺物吧」，然而遺跡內除了阿基拉與艾蕾娜她們，還有許多獵人。為了避免遇到他們，必須不斷移動。

多虧阿爾法異常高度的搜敵能力，順利避開其他獵人與怪物。但這狀況無法進行射擊訓練或收集遺物，讓阿基拉有些生厭。

『阿基拉，又要移動了喔。』

「又要嗎？為什麼這麼多人？還是說遺跡裡本

來就如此容易遇到其他獵人？」

『大概每座遺跡情況都不一樣吧。不過這裡應該是門可羅雀才對。我和你相遇時，除了你之外就沒看到其他獵人了。今天不算的話，在這附近看見的其他獵人，只有之前被我們反殺的雙人組。』

阿基拉露出嚴肅的表情。

「……那麼我果然被跟蹤了嗎？那些傢伙是在找我嗎？」

把自己當成目標的理由跟之前一樣，但這次實行的人數未免太多了。阿基拉忍不住這麼想，稍微感到不安。

阿爾法笑著讓他冷靜下來。

『放心，就算這樣，只要有我在就沒問題。』

「嗯，這部分確實全靠妳了……」

『而且其他獵人應該沒有積極在找你本人，理由我大概心裡有底。所以沒問題，放心吧。』

阿爾法對阿基拉說明了理由。跟艾蕾娜她們一樣的其他獵人大概已經聽說的傳聞內容及其根據；聽到傳聞的人應該會採取的行動。阿基拉聽了這些，即使理解原因出在自己身上，還是露出有點嚴肅的表情。

「是這樣啊。事情變麻煩了呢。」

『不過，只是傳聞稍微傳開了，大部分的人都是半信半疑吧。找不到遺物的話馬上就會冷卻了，我認為不用太在意。我們走吧。』

阿基拉跟在阿爾法身後持續在遺跡中前進。他對那群因為自己的行動淪落到在尋找不存在的遺物的人抱持複雜的心情，但又認為自己沒有多餘的心思去在意這種事，於是立刻轉換了心情。

阿基拉為了避開其他獵人，進入廢棄的大樓。現在他在廢棄大樓中一邊休息一邊以雙筒望遠鏡看著外面的狀況。

每當透過望遠鏡看到其他獵人的身影，就會希望他們快點回去，並且隨意看向外面。這時阿爾法對他說：

『阿基拉，這是個好機會，我先跟你說明一下無色霧吧。』

「無色霧？」

『沒錯。剛剛開始變濃了許多，你看對面。』

透過望遠鏡的視野裡出現阿爾法的身影，接著她用手指著前方的景色。

『你比較對面兩邊，然後找出差異。』

「沒有什麼不同，都一樣啊。」

『真的嗎？』

面對阿爾法提醒般面露微笑的態度，阿基拉再次小心翼翼地比對。然而兩邊都是廢棄大樓並排的遺跡光景，看起來完全相同。阿爾法一副期待著答案的模樣，讓阿基拉無論如何都想找出不同之處。

「……真要說的話，大概就是右側看起來比較模糊吧。」

阿爾法笑著有些用力地點點頭。

『答對了。右側周邊的無色霧比較濃喔。』

「…………就這樣？」

『接下來才是重點。東部的獵人不知道這個的話會有生命危險，仔細聽好了。』

阿爾法面對有些困惑的阿基拉，叮嚀似的笑著開始說明。

無色霧——在東部有被稱作這個名字的現象。跟一般的霧不同，不會因為光的散射呈現白色。肉眼看到現象時，能夠從視野的景色模糊程度辨別濃度與範圍。

在無色霧的影響下，周圍的景色看起來比較模糊。這確實是個問題，但如果只是這樣，也不過就是視野變差一點，只要活用高性能情報收集機器就能解決。然而霧要是變成高濃度，事情就沒那麼簡單了，到時候還會出現各種原因不明的現象。

不只是電波、通訊，甚至連聲音與氣味等，不論是生物還是機械都難以取得掌握周圍狀況所需的情報。附近一帶的狀態會像是受到各種非常強力的妨礙裝置影響。熱光學迷彩的性能也會明顯下降，迷彩效果幾乎失去效果。光學式等各種鎖定機能幾乎無法使用，無線通訊也變得很不安定，有時甚至連有線都會受到影響。

而且各種槍械也會受到不良影響。威力降低，射程縮短，彈道移位的情況增加，命中率也會下降。根據霧的濃度，槍擊後將能以肉眼確認彈道。

另外無色霧雖然有程度上的差異，不過基本上總是覆蓋整個東部。平常只是無傷大雅的低濃度，然而一旦因為莫名理由變濃，影響就會加劇。這些現象會對東部的獵人在活動時帶來很大的影響。

阿爾法教了阿基拉有關無色霧的知識。但是獵人資歷尚淺的他即使聽過這些說明，也無法正確理解其危險性。

「我現在理解那種無色霧變濃的話，狀況會很嚴重了。」

阿爾法從阿基拉的表情察覺他尚未真正了解，就帶著嚴厲的表情搖搖頭。

『你並沒有理解。如果沒有無色霧，就連在地平線盡頭的怪物都能掌握目前待在這裡的你。舊世界技術製造出來的兵器，搜敵能力強大到你難以置信的地步喔。無色霧的影響就是如此巨大。』

先不管這個知識的重要程度，阿基拉還是懂得不讓敵人發現究竟有多重要。他信服般輕輕點頭。

「這樣啊，原來如此。確實很重要。」

『還有另一個重點。無色霧非常濃時，不論是人、怪物還是機械的各種搜敵能力都會下降。我的搜敵能力也會大幅降低。』

阿基拉的表情變得嚴肅了一些。

『最糟糕的情況是，怪物可能先發現你，而不是我。所以這陣子只要無色霧變濃，就要躲在都市裡。霧突然變非常濃的時候，很可惜，只能放棄前往遺跡了。』

終於理解其危險性的阿基拉臉色越來越難看。

「……意思是在無色霧很濃的時候，就算有妳的輔助，遭遇怪物的機率還是會大幅上升吧？」

『沒錯。』

「……現在的我遇到怪物的話，妳覺得有多少勝率？」

『如果是在連我的輔助都無法幫上忙的高濃度無色霧影響下遇見，距離一定非常近吧。嗯，生存率是絕望地低。』

「……妳剛才說霧變濃了是吧？」

『沒錯。』

阿基拉默默架起雙筒望遠鏡，開始搜索周圍的敵人。說起來，霧變得這麼濃是很少見的情況。阿爾法知道這一點，卻微笑著保持沉默。

◆

持續探索遺跡的艾蕾娜兩人終於發現可能是傳聞中的小孩所留下的足跡。她們因為朝發現傳聞中的未調查部分前進了一步而感到高興，便追著那道足跡往遺跡內移動。

之所以能發現一吹就可能消失的些許痕跡，全是靠艾蕾娜高超的能力與毅力。而那個足跡也確實是阿基拉所留下。

但是之後就沒有任何成果。追著那個朝向廢棄大樓的足跡調查大樓內部，不過完全找不到高價的遺物。

然而怎麼說都找到足跡了，所以探索便一直持續下去。這段期間，附近的無色霧也不斷變濃。

然後過了一陣子，莎拉因為遠方景色的朦朧程度，開始擔心霧的濃度，保險起見便確認：

「艾蕾娜，無色霧變濃許多，不要緊嗎？」

艾蕾娜必須經過莎拉不會發現的短暫沉默才能回答。

「……不要緊喔。的確會對情報收集機器帶來影響，但這種程度的霧還不到需要撤退的地步。」

「是嗎？那就好。」

這次換成艾蕾娜有些納悶地回問：

「我才想問，妳還可以嗎？如果無色霧已經對妳的奈米機械帶來不良影響，現在就要立刻撤退。身體狀況惡化的話要老實說喔。」

「沒問題。雖然不是完全沒影響，不過這種程度的話還不礙事。」

「那就好，千萬不要逞強啊。」

莎拉為了趕走替自己擔心的艾蕾娜心中的不安，故意露出調侃的笑容。

「都說沒問題了。真有危險的時候，我會扛著妳逃走，我還留著很多力氣呢。」

艾蕾娜則面露傲慢的微笑反擊：

「哎呀，妳是想說我有那麼重嗎？」

「當然是在說裝備的重量啊，沒有別的意思。真的喔，我是說真的啦。」

艾蕾娜和莎拉笑著互相調侃。雙方藉此判斷：

「至少對方應該沒問題，不用擔心了。」

艾蕾娜並沒有說謊。情報收集機器確實還沒有受到那麼大的干擾，但是無色霧的濃度繼續增加的話就有危險了。然後以現狀來看，這樣的可能性相當高。本來考慮到這種時候的危險性，早就會做出撤退的判斷了。

然而沒有收穫就撤退便賺不到錢。如果兩人的資金更加拮据，莎拉恐怕會讓自身的奈米機械補給延後到更接近極限的地步，那就等於讓莎拉極度靠近死亡。必須避免這種事發生。艾蕾娜這麼想著，無意識地盡可能延長了探索的時間。

莎拉並沒有說謊。不過她的身體也跟艾蕾娜的情報收集機器一樣，處於無色霧的濃度繼續增加就會陷入危險的狀態。

然而這種程度的影響就提議中斷搜索的話，艾蕾娜可能會過度反應，搞不好會不帶負責攻擊與防禦的自己，獨自朝遺跡前進並死在那裡。必須避免這種事發生。莎拉這麼想著，稍微勉強自己以免艾蕾娜擔心。

艾蕾娜她們在獵人這條路上已經開始走下坡。以前是在更危險且能賺更多錢的遺跡活動，但是賺不到錢的時期持續了好一陣子，結果陷入資金周轉困難。因此為探索遺跡做準備的資金就減少，效率也跟著變低，然後就更賺不到錢。兩人就是陷入如此的負循環當中，莎拉也因為這樣縮減了奈米機械的補給。

就是在這樣的困境中聽見了這次的傳聞。

走下坡的獵人想要從負循環回到好循環，不是靠某種好運，就是得在某個時候硬著頭皮賭一把。若是硬撐著賭贏了，就能重返賺錢的獵人行列，但要是硬撐又賭輸了，就會陷入更加悲慘的狀況。

艾蕾娜她們想靠這次的傳聞獲得幸運。為了脫離現在的困境，無意識地把傳聞當作救命繩的時間點就已經有自身察覺不到的急躁。把自己所剩無多的未來賭在沒有經過證實的傳聞上就是證據。

艾蕾娜她們已經逞強地做出過去的兩人應該會停手的賭注。

除了艾蕾娜她們，還有許多聽見傳聞後來到崩原街遺跡的獵人，但是大部分都早早就放棄，回去了。無色霧這時已經變濃許多，仍持續探索的人也差不多該死心了。

然而還是有一部分的人固執地持續搜索。那是走下坡而深信傳聞的人們。對這次危險性較低，又有可能一次逆轉的傳聞有所期待，執著於搜索。

他們都因為不論怎麼探索都找不到傳聞中的遺物而感到煩躁，然而那種東西從一開始就不存在，因此只是不斷累積不滿與惱怒。

最後這些累積的負面情緒到達極限，也無法忍受空手回到都市時，他們就會選擇獲得其他成果。並非不確定是否存在的傳聞中的遺物，而是更簡單易懂的其他獵物。

◆

負責周邊情報收集與警戒的艾蕾娜發現自身的失誤後，嚴肅地皺起臉。

籠罩遺跡的無色霧以超乎想像的速度變濃，對於情報收集機器的影響早已來到危險的領域。搜敵範圍也縮小許多，遭敵人突襲的可能性大幅提升。

（……這下糟了。竟然在這麼短的時間內受到如此大的影響，真是失策。）

艾蕾娜為太慢做出判斷感到後悔，如此宣告：

「莎拉，不行了，撤退吧。」

「知道了。」

「抱歉，現在搜敵範圍變很小，應該更早一點撤退才對。」

「沒關係。外圍部的怪物應該也比較少，小心回去就可以了。」

看見露出自責表情的艾蕾娜，莎拉回以完全感覺不到責怪之意的笑容。艾蕾娜也輕笑起來，認為光是懊悔也沒用，於是立刻重新打起精神。

艾蕾娜她們慎重地撤退，在周邊往停在遺跡邊緣的車子前進。跟一般遺跡相比，外圍部本來是比較安全的地點，但現在因為籠罩在高濃度無色霧當中，恢復了原本的威脅性。

對利用槍械的遠距離攻擊這個優勢戰鬥的獵人來說，遇敵時的距離直接關係到生存的難度。搜敵因為霧的影響而變困難的話，在極近距離遇見怪物的機率也大幅提升。這是被迫與具備強韌生命力的怪物進行近身戰的極危險狀況。

在遺跡中慎重地前進時傳出槍聲。考慮到聲音會因為無色霧減弱，可以知道開槍的位置非常近。兩人躲在附近的瓦礫後面窺探槍聲來源的情況。莎拉保持警戒握緊了槍，艾蕾娜操作情報收集機器加強對象方向的搜敵準確度。

「艾蕾娜，知道什麼了嗎？」

「等一下……槍聲的方向有反應了。應該是八名獵人跟一隻怪物。往這邊過來了。」

產生反應的方向有一群獵人正被大型怪物追著，有時朝後面開槍一邊奔跑，但完全沒有能打倒怪物的跡象。

艾蕾娜解析狀況後對莎拉做出指示。

「從他們的模樣看來，怪物似乎沒有遠距離攻擊能力。再來就是怪物強大得無法用他們的武裝打倒。放著不管的話會牽連我們，就算逃跑也會被追上。沒辦法了，幫他們打倒怪物吧。」

「了解。」

莎拉將大型槍械朝向怪物。艾蕾娜對往這邊跑過來的獵人們大叫：

「快讓開！」

聽見艾蕾娜聲音的獵人們移開，把射線讓給莎拉，然後停止對怪物射擊，持續往艾蕾娜她們的方向跑。

這時怪物跟艾蕾娜她們已經近得即使在無色霧的影響下也能清楚看見。那是從厚厚的毛皮也能輕易確認其發達肌肉的大型肉食獸，正張開長了尖牙的大嘴想咬死獵人們。

瞄準怪物的莎拉覺得有點不對勁。透過瞄準鏡看到的怪物沒受什麼傷。

獵人們邊逃邊對怪物開了許多槍，但怪物憑藉強韌的生命力，不理會中彈，只是繼續攻擊獵人。莎拉無意識地如此認為，但是她的預測錯了。

（……是毛皮擋掉子彈了嗎？還是他們只有火力很弱的槍？又或者是因為邊逃邊開槍，無法順利擊中……算了。解決它吧。）

莎拉先把疑問丟在一邊，扣下了扳機。由大型槍械發射出的子彈漂亮命中怪物的頭，鮮血從頭部濺出，巨軀倒在地面。這段期間，獵人們完全不在意背後的怪物，只是不斷奔跑。

艾蕾娜從他們的表情感覺到有些奇怪。他們應該是拚了命奔跑，但是他們臉上不想死的拚命，以及遇到出手幫忙的人的開心都少了點什麼。

然而已經沒有時間導出這種不對勁的感覺是從何而來。因為無色霧，讓怪物以及其他獵人接近到身邊了。再加上以對怪物的警覺為優先，所以對那些獵人的對應自然就慢了一些。

他們沒有道謝就跑過艾蕾娜兩人身邊，然後其中一個人對艾蕾娜她們腳下丟了某種東西。

看見那是什麼的艾蕾娜與莎拉立刻露出驚愕的

表情。那是手榴彈之類的武器。莎拉理解這一點的瞬間就抓住艾蕾娜，準備全力脫離，結果還是晚了一步，手榴彈爆炸後把艾蕾娜她們轟飛了。

莎拉順利從爆炸的衝擊保護了艾蕾娜的安全，但因為被轟飛出去的力道而放開了艾蕾娜，直接被拋到地面。之後陷入短暫的混亂當中，一注意到自己毫無防備地躺在地上，就反射性爬起來躲到附近的瓦礫後面。

接著立刻確認艾蕾娜的安危。她發現艾蕾娜不在視野當中便皺起臉，立刻準備開口呼喚艾蕾娜。

但是在那之前，稍遠處就傳來男人的聲音。

「另一個傢伙！不希望這傢伙被殺掉就丟掉武器走出來！」

艾蕾娜的聲音從同一個地方傳出。

「莎拉！不要管我，看是要逃走還是攻擊都沒關係！」

掌握狀況的莎拉臉上浮現悲痛的表情。艾蕾娜被那群男人抓住了。

東部每天都有許多獵人前往遺跡追求有價值的遺物，然後賭命與棲息在遺跡裡的怪物戰鬥。結果就是也有許多獵人在遺跡喪命，當然死掉的獵人們裝備就會放置在遺跡裡面。

基本上這些裝備的所有權會屬於發現它們的獵人。有時死掉的獵人會留下遺書，以自身持有物作為委託費，拜託發現的人幫忙埋葬或把遺物寄給親屬，除此之外依慣例是屬於發現者所有。

但是惡劣的獵人裡面，有人會在遺跡中變身成為強盜。不是拿走死者的遺物，而是殺害還活著的獵人來搶奪其持有物。他們大多會成為通緝犯，變成其他獵人的獵物並結束生命。

襲擊艾蕾娜她們的就是這樣的一群人，他們看上了艾蕾娜兩人的裝備。他們是今天剛從獵人轉職為強盜，只能說艾蕾娜她們太倒霉了。剛剛像是被怪物追趕也是為了讓艾蕾娜她們放下戒心的演技，只是故意不打倒怪物罷了。

被人從後面用槍抵住的艾蕾娜像要瞪視身後的男人般皺著臉，但是從後腦杓傳來的槍口感觸讓她沒有輕舉妄動。

男人更用力把槍口抵在她的頭。

「妳給我安靜，想死嗎？」

但是艾蕾娜毫不膽怯，反而惡狠狠地說：

「快開槍吧。那樣你們也完了。莎拉！絕對不能聽他們的話喔！」

「不是要妳閉嘴了嗎！」

背後的男人拿槍用力敲打艾蕾娜的頭。艾蕾娜忍不住發出痛苦的聲音。

躲在瓦礫後的莎拉帶著悲痛的表情咬緊牙關。

如果按照艾蕾娜所說的捨棄她，光靠自己就可能把那些男人全部幹掉。但是相對地，幾乎可以確定艾蕾娜會被殺掉。

照男人所說丟掉武器走出去的話，眼前艾蕾娜或許可以活命，但是狀況絕對會惡化，會變成男人們洩慾的對象，之後能否活命更是毫無保證。

莎拉無法做出選擇。

其他男人為了讓莎拉聽見，大聲說道：

「夠了！把這個女的殺了！然後所有人一起把另一個幹掉！」

「等等！」

莎拉忍不住發出近似慘叫的聲音，同時被對方的行為催促而做出決定。她丟掉武器，舉起雙手從瓦礫堆後面走了出來。

艾蕾娜用力搖著頭，但是莎拉對艾蕾娜露出帶著某種悲痛的笑容後，以認真的表情緩緩靠近男人們，避免刺激他們。

男人看著空手走過來的莎拉，臉上露出下流的笑容。看見莎拉遵照吩咐的模樣，有幾個人解除戒心放下朝著她的槍口。不過抵在艾蕾娜後腦杓的槍還是沒有移動。

莎拉測量著與對方的距離並緩緩靠近。

（……沒問題。那些傢伙鬆懈了……還太遠了……不用擔心。憑我的身體能力，只要能縮短距離，空手也足以應付。）

若無視奈米機械的消費量把身體的力量輸出提升到上限，身體能力就能急速上升。即使是並非擅長格鬥戰的莎拉，光是靠她的身體能力就能擊退這群男人。但最糟的情況是在此用光體內剩餘的奈米機械，也就是死亡。就算沒有死，剩餘的時間也會減少許多。

無視艾蕾娜的生命，以槍壓制敵人的話，就能在消耗最少奈米機械的狀態下解決事情。艾蕾娜希望莎拉這麼做，也以悲痛的表情傳遞出訊息，但是莎拉沒有選擇這麼做。

下定決心的莎拉繼續前進，然後靠近男人到再走幾步就能看見勝算的距離。

「在那裡停下來！停下腳步，脫掉強化服！」

怒吼的男人看著按照指示停下腳步的莎拉，笑著說：

「就算沒有槍，我也不想被人用強化服的身體能力打死。雖然降低了威力以免損壞妳們的裝備品，但是妳們沒有昏倒，還能在幾乎毫髮無傷的情況下行動，看來妳們的裝備很不錯嘛。那些裝備就由我們有效活用吧。聽好了，慢慢脫掉。」

「……知道了。」

莎拉按照指示，把手放到自己的衣服，也就是防護服上。她為了誘使對方鬆懈，以混了些許膽怯的表情瞪著男人們並把防護服脫下，露出只穿內衣褲的模樣。男人下流的臉因為扭曲的笑容變得更加醜陋。

莎拉忍受他們的視線，尋找勝算。

（如果把我的防護服誤認為強化服，那應該沒注意到我是身體強化擴張者。沒問題，能成功。）

莎拉狠狠瞪著男人們。

「……脫掉了喔。」

「這樣啊。」

下一瞬間，莎拉兩邊大腿就被槍擊中，當場軟倒。艾蕾娜發出慘叫，忘了自己被槍抵住，直接跑向莎拉。

對莎拉開槍的是男人的首領，名叫布巴哈。布巴哈看著莎拉倒地的模樣確認過安全後，就指著莎拉對夥伴說：

「這傢伙是奈米機械類的擴張者，光是肉體的身體能力就跟穿著強化服的人差不多了。脫掉的不是強化服，而是防護服。不想身體各個部位被扭斷的話，勸你們還是不要對她出手比較好。」

其中一個男人疑惑般對布巴哈問道：

「你怎麼會知道？」

布巴哈有些瞧不起人的模樣，做出略感傻眼的回答：

「看動作和裝備就能知道了吧。連這種事都看不出來的話，你們根本沒辦法出人頭地啦。身體強化類的奈米機械基本上在受傷時大概都會以治療傷勢為優先，在傷勢獲得一定程度的治療前行動應該會變遲緩，但還是比一般人強。想玩的話就找那邊的女人。」

布巴哈指著艾蕾娜。男人的興趣全聚集到艾蕾娜身上。

跑過去的艾蕾娜緊抱住倒在地上痛苦掙扎的莎拉。

莎拉露出軟弱的笑容。體內的奈米機械正以治療外傷與維持生命為優先運作中，實在不是能夠戰鬥的狀態。不可能靠自身力量改變現狀了。

「……抱歉，我搞砸了。」

「為什麼不逃走呢……」

如此一來，妳自己就能獲救了啊——艾蕾娜口中說出不要求回答的問題。

「……抱歉。」

莎拉做出跟艾蕾娜的問題毫無關係，蘊含各種意義的回答。

艾蕾娜與莎拉把視線從邊笑邊靠近的男人身上移開。

下一瞬間，布巴哈的眉間遭狙擊，立刻死亡。

槍聲不斷響起。因突發狀況而吃驚的其他男人依序採取警戒、搜敵然後反擊的行動前，就持續響起十幾聲槍聲。腹部與右腳中彈的男人倒地發出痛苦的聲音；手臂、肩膀、胸部中彈的男人慘叫著倒地。幸運地沒有中彈的男人大叫：

「妳們兩個！還有其他同伴……？」

這個極為幸運而平安無事的男人，因為問艾蕾娜她們是否有其他同伴這個無謂的行動而浪費了自己的幸運，眉間遭艾蕾娜打穿後死了。

艾蕾娜兩人也因為突發狀況而感到吃驚。然而艾蕾娜迅速恢復平靜後，隨即從倒在附近的男人那裡搶走武器，開槍射擊尚未失去戰鬥力的男人們。接著又對仍活著的男人頭部開了兩槍，確實奪走其生命。

男人們即使陷入混亂，仍想對付艾蕾娜她們。不過因為持續瞄準他們的槍擊而無法有所作為，只能在混亂中躲到附近的瓦礫後面與巷弄，先逃離敵

人的射線。

這段期間，艾蕾娜拖著莎拉準備一起逃走。

「莎拉！還能走嗎？」

莎拉連站都站不起來了。她以嚴肅的表情撿起附近的槍，首先要艾蕾娜自己逃走。

「不行！艾蕾娜！不要管我了，妳快逃吧！」

「不要！別開玩笑了！」

其中一些男人試著對艾蕾娜她們開槍，但全遭到某個人的槍擊阻止。

艾蕾娜急忙拖著莎拉進入附近的大樓。這段期間槍聲依然不絕於耳。

艾蕾娜她們好不容易逃進附近的廢棄大樓。莎拉撐起上半身，警戒著把槍口朝向大樓內外。

「……艾蕾娜，妳覺得到底發生了什麼事？」

艾蕾娜也盡可能開始搜敵。

「我也不知道。某個不是那些傢伙夥伴的人對那些傢伙發動了襲擊。現在只知道這麼多了。雖然很想認為是為了救我們，但也有可能是要搶奪我們這兩個獵物。莎拉，傷勢狀況如何？」

「……大概要花一個小時才能自己行走。」

「這樣啊。現在不要亂動，專心消耗奈米機械來治療傷口。我們先在這裡觀察情況……還不能確定已經得救了。」

艾蕾娜與莎拉依然帶著嚴肅表情躲在大樓裡。

第8話 殺人的理由

艾蕾娜她們中了把她們當成獵物的男人設下的計謀，被逼入一時之間失去戰意的絕境。當男人們成功讓艾蕾娜她們無力化而鬆懈時，偷偷觀察這種情況的阿基拉就對那群男人發動了奇襲。

他躲在遺跡瓦礫後面對那群男人開槍。考慮到無色霧的影響，來自絕妙位置的槍擊，讓男人們完全無法掌握阿基拉的所在地。因鬆懈而延遲對應緊急事態，淪為單方面被槍擊的男人們不停慘叫。

「阿爾法，還有幾個人？」

『死了三個，還剩下五個人喔。順帶一提，你只幹掉一個人，其他兩個是她們殺死的。』

「在那種狀況下，還能自己想辦法解決兩個人嗎？太厲害了。」

『是啊。』

阿爾法的反應讓阿基拉的臉有些僵硬。阿爾法毫不隱藏不高興的態度，以符合這種態度的表情及口氣說話。

「……那個，妳就那麼不願意幫助她們嗎？」

為了讓阿爾法不要繼續不高興，阿基拉難得擺出有些謙卑的態度。看見他這樣，阿爾法就微笑著像要繞圈子責備阿基拉，以稍微鬧彆扭的表情與口氣回答：

『沒這回事喔。我也認為幫助別人是好事。只不過，接受我委託的你明明沒什麼實力，更重要的是在尚未完成我的委託前不能喪命，卻為了沒見過也沒聊過的陌生人賭上自己的性命。我只是覺得，非得這麼做嗎？你死掉的話我會很困擾。沒錯，我應該說過好幾遍了吧？』

阿爾法的輔助並非免費，這是阿爾法委託的預付報酬。自己要是因為與委託無關的事情死掉，對阿爾法來說就像是拿了預付的費用便逃走了。這應該就是她不高興的理由吧。如此判斷的阿基拉有些愧疚地慌了，結果有點急著找藉口。

「沒有啦，那是因為有妳的超強輔助才能那麼輕鬆，只要把它想成是非常信任妳的輔助品質之類的證據……」

『你能如此信任我的輔助，實在太令人開心了。我是說真的喔。』

阿基拉從阿爾法強勢的微笑感覺到壓迫感，便露出些許驚慌的模樣，要蒙混過去般微微笑了。

◆

當被男人們誘導的怪物還在很遠的地方時，阿爾法就察覺到它的存在，另外也掌握了阿基拉無法處理那隻怪物。因此為了事情有什麼萬一的時候把怪物推給艾蕾娜她們處理，阿爾法便要阿基拉與她們保持一定的距離。

然後也告訴阿基拉這個狀況。藉由事前傳達，當戰鬥發生時就讓阿基拉迅速移動以免被牽連。

但這時阿基拉卻做出阿爾法沒有料到的行動。不要說提早避難了，他甚至縮短與艾蕾娜兩人的距離，開始觀察她們的情況。

然後當艾蕾娜她們的狀況惡化到快致命時，阿基拉就一副很不高興的樣子，帶著鑽牛角尖的表情對阿爾法說出更出乎意料的話。

「阿爾法，在妳的輔助下，我有可能幹掉那群傢伙嗎？」

『你想救那兩個女生嗎？』

「辦不到嗎？」

可能的話就加以實行。阿爾法看出他的意圖，以有些懷疑的口氣回答：

『要說辦不辦得到，是可以喔。但那依然是很危險的事情，我覺得沒必要去蹚這個渾水。』

「即使有妳的超強輔助，我還是有很高的機率會遭到殺害嗎？」

『那也得看狀況啦，如果以你的生存為優先來行動，危險性會變很低。但最安全的還是別去蹚渾水喔。』

「也就是，應該有辦法解決吧？」

要是做出否定的回答，輔助的品質將會遭到質疑，這會造成不好的影響，所以只能表示肯定。阿爾法如此判斷後，因為無法推測阿基拉這麼執著的理由，便露出懷疑的表情反問：

『有辦法。但是可以告訴我這麼做的理由嗎？我需要按照那個理由來做出具體的行動方針。』

阿基拉靜了下來。他在猶豫是否要說出理由。

阿爾法從他的表情看出不高興、焦躁、不快、厭惡以及憤怒，但是無法推測理由。

而且那些負面情緒比以前阿基拉在遺跡裡被攻擊時還要強烈。不像上次那樣是阿基拉本身遭到襲擊，被襲擊者也不是熟人。即使如此，他還是抱持更強烈的負面情緒。

也可能是因為以前實力與裝備都相當貧乏，光要活下去就夠累了，根本沒有多餘的心思來產生這樣的情緒。現在比較安全，而且裝備與實力都提升了，或許是這樣的從容誘發他現在的情感。到這裡阿爾法都還能推測出來。

但是，作為誘發如此強烈負面情緒的理由還是太薄弱了。阿爾法做出這樣的結論。

沉默依然持續。阿基拉認為這是不回答就不幫忙的意思，思考了一下就說出所謂的理由。

「……那種傢伙待在遺跡的話，可能又會攻擊我吧。接下來還會來這裡好幾次，像那樣的傢伙，還是現在先把他們幹掉比較好。」

阿基拉想了一下，又補充：

「……而且，妳不是說我已經把運氣用光了？救她們的話運氣可能會變好一點。運氣這種東西，會因為平時行善變好對吧？這樣不是剛好嗎？」

阿爾法聽了他的回答，開始思考。

阿基拉說的理由全是表面話。他只是以把所有男人幹掉為前提，說出為了加以實行的理由。他找的不是拯救兩名女性，而是殺掉那些男人的理由。他不是為了救人而殺掉那群男人，是為了殺人而救那兩名女性。

阿基拉心中應該存在某種連自己都不是很清楚的基準，然後以那個基準判斷的結果，把他們分類為該殺的人。阿爾法推測到這裡，但還是推測不出那個基準。

兩個人又沉默了一會兒，阿基拉的表情開始帶著近似失望的感情。

「如果連有妳的超強輔助都很困難，那也只能放棄了……」

雖然只有一絲可能性，但繼續問答下去的話，現在阿基拉內心抱持的感情有可能也會波及自己，而且也有對自己的輔助大幅失去信心的危險性——阿爾法如此判斷。

對阿爾法來說，男人們的性命一點都不重要。為了討阿基拉歡心，阿爾法決定讓他們付出生命。表面上完全看不出她內心做了冷酷的判斷，只像是對阿基拉的言論有些賭氣而做出反駁似的回答：

『你在說什麼啊？有我的輔助就能輕輕鬆鬆搞定啊，很簡單啦。』

「這樣啊。那就拜託妳了。」

『好，那就盡快把事情解決吧。首先要移動，往這邊。』

阿爾法接受了阿基拉的請託。就這樣，在原本跟艾蕾娜她們及布巴哈等人毫無關係的地方，布巴哈他們的命運走向了終點。

之後，阿基拉在阿爾法充分的輔助下對布巴哈等人發動奇襲。從安全的狙擊位置將預測彈道的藍線對準布巴哈眉間，毫不猶豫地扣下扳機。

之後持續開槍幫助艾蕾娜她們逃離現場。確認艾蕾娜她們逃進大樓之後，也沒有任何放心的情緒，只是想著已經達成表面上的理由了。

『阿基拉，要移動了。』

「了解。」

按照指示穿越遺跡的巷弄、穿越大樓、躲在瓦礫後面移動至下一個狙擊位置。接著對並非襲擊自己的男人們架起槍，對準頭部，在冷淡表情加入些許不快，然後扣下扳機。看著狙擊對象的阿基拉眼裡充滿比起憎惡，更接近厭惡的感情。

發射出去的子彈命中男人的頭。為了打倒具備強韌生命力的怪物所製造出來的子彈，殘忍地破壞了比怪物脆弱的人類頭部。

『阿基拉，移動了。』

「了解。」

阿基拉就在其他男人推敲出自身位置之前不斷移動到下一個狙擊位置。阿爾法的指示極為巧妙，男人們根本掌握不到阿基拉的所在位置。阿基拉在移動時，隨口提出突然浮現的疑問。

「……話說回來，明明是從頗近的距離瞄準，竟然都不會被發現耶。」

『因為是從難以發現的地點狙擊啊。能不斷正確選擇占優勢的地理位置，這就不是什麼難事。而且現在因為無色霧的影響，他們很難發現你。』

「如果是因為無色霧，我們不是也在同樣的條件下嗎？」

『完全不一樣喔。我在崩原街遺跡裡的搜敵能力，跟他們那些便宜的情報收集機器有天壤之別。就像只有對方是矇著眼睛作戰那樣。沒有這麼大的差距的話，憑你的實力不可能贏過他們。』

阿爾法這時以有些嚴肅的表情叮嚀：

『所以你別錯以為這種狀況是靠自己的實力喔。他們其實不弱，絕對不要有面對那種程度的對手，自己可以輕鬆獲勝的錯覺。』

「我知道。」

阿爾法強勢地微笑，繼續提醒：

『那就好……真的不要搞錯喔。』

「我、我知道。」

阿基拉有些焦急地回答。他心想明明是認真的回答，但可能被認為是得意忘形了，於是打起精神繼續趕路。

而阿爾法其實是在充分理解阿基拉心情的情況下再次叮嚀他。

之後就持續一面倒的戰鬥，只有阿基拉能正確掌握敵人的位置，而且在阿爾法確切的指示下反覆由安全位置進行狙擊。男人們束手無策，不斷遭到殺害。

剩下最後一個人時，那個男人就投降，乞求阿基拉饒他一命。但阿基拉完全不予理會，跟剛才一樣開槍解決了他。

把男人全部殺光時，無色霧也逐漸散去。但就算霧氣再早一點散去，早已陷入恐慌狀態的男人們也沒有勝算。

阿基拉、艾蕾娜她們以及布巴哈等人。倒霉的人、想往上爬的人、為了顛覆身處的苦境，逞強賭上性命的人全都聚集在這個地方。

然後輸掉賭注、逞強遭到反噬、做出最糟選擇的人們付出了所有人的賭注、逞強及選擇錯誤的代價。男人們散落在遺跡裡的屍體成為東部不斷重現的光景之一，也是典型的平凡無奇的結果。

◆

艾蕾娜她們躲在大樓裡一陣子後，零星響起的槍聲停了。又過了一會兒也沒有再次響起。

莎拉稍微放鬆警戒。

「結束了……嗎？」

艾蕾娜確認情報收集機器的反應。

「周邊的反應幾乎消失了。除了我們，剩餘的反應只有一個。大概是來自跟那些傢伙戰鬥的某個人吧。」

情報收集機器大致已經從無色霧的影響下恢復了。這種狀態的話，不會錯認襲擊她們的那群人以及除此之外的反應。不過剩下來的反應不保證是站在她們這邊的人。

「艾蕾娜，那個人的反應感覺會到這裡嗎？」

「看起來不像是會過來……妳覺得到底是怎麼回事？」

「樂觀來看，是剛好在附近的某人救了我們。即使是八對三，不對，扣除我們是八對一，也毫不在乎。可說是個大好人……如果是這樣就好了。」

莎拉說出樂觀的推測，至於擔心的推測則是藏在心裡沒有說出口。

（就算人再好也有其限度。雖然很感謝對方救了我們，但不知道會要求什麼回報。如果對方是男性，又要求我們以身體來報答，艾蕾娜應該會反對吧。不知道能不能讓對方接受只由我一個人來。）

艾蕾娜在確認情報收集機器顯示的某個人的反應，然後發現那個反應正在遠離。

（不打算來這裡嗎……如果想要求救命的報酬，應該馬上會來這裡。之所以不準備確認拯救的對象狀況如何，是為了避免無謂的爭執，還是單純失去興趣，又或者是以獲得那群傢伙的持有物為優先呢……）

在她思考期間，反應依然逐漸遠去。艾蕾娜有些猶豫，但還是決定去追那個反應。

「我過去一下，莎拉妳在這裡等我。」

「沒問題嗎？」

「無色霧已經散去一大半，反應也不像敵人，沒問題的。我不會亂來。人家救了我們，至少也要去跟他說聲謝謝。」

艾蕾娜對似乎有些擔心的莎拉笑了一下，讓她放心，然後迅速完成準備，獨自離開大樓。她已經用情報收集機器完成搜敵，由於沒有敵人，她便跑著去追阿基拉。

艾蕾娜靠近阿基拉到一定程度後，顯示在情報收集機器的反應的移動速度突然開始加快。阿基拉正急著要離開現場。

艾蕾娜已經掌握了阿基拉的位置。那個位置就在掩蔽物後方，可以聽見聲音但看不見身影。於是她急忙出聲叫住對方。

「等一下！你是救了我們的人吧？我想跟你道謝，也有事情想跟你談！可以過來這邊嗎？」

結果有某種東西從阿基拉的方向飛過來。那是揉成一團的紙，在空中劃出拋物線後掉落在艾蕾娜腳邊。

艾蕾娜撿起紙攤開，裡面放了一顆子彈。紙上以潦草的字跡簡單寫著「別過來」這幾個字。

包在紙裡的子彈純粹是為了讓紙容易投擲嗎？還是兼具警告的意思呢？艾蕾娜無法判斷。目前可以知道的是，雖然理由不明，救命恩人不希望自己靠近。如此判斷之後，她便不再靠近。相對地，她提高呼喚的音量。

「我的夥伴中彈了，無法行動！我們的車子停在外圍部附近，想拜託你幫忙搬運及護衛我的夥伴到那邊！除了剛才的謝禮，我願意另外付報酬！我也知道已經獲得幫助了還提出要求很厚臉皮，但能不能請你再幫我們一次呢！」

說起來，艾蕾娜根本不知道該如何付報酬，尤其是金錢方面更是困窘。她們原本就是為了賺錢才會來到這裡，也需要錢購買莎拉的奈米機械。包含要付出什麼作為報酬，也得跟對方交涉。艾蕾娜這麼想著，同時做出一定程度的覺悟，願意把自己的身體作為報酬。

結果又有某樣東西飛過來。這次是某種盒子。撿起來確認，盒子上夾著一張紙。從盒子表面的印刷內容可以知道是回復藥，紙上則用潦草的字跡寫著使用方法。

用這些回復藥治療同伴吧──艾蕾娜判斷對方應該是這個意思，也理解對方沒有意願護衛我方。

艾蕾娜決定回到莎拉身邊。在撤退之前，她在紙上多寫了一些字並且放在地上。

「我知道了！謝謝你的回復藥！我回去了！我在紙上寫了我的獵人編號，不介意的話就跟我聯絡吧！」

艾蕾娜朝阿基拉的方向輕輕低下頭，然後回到莎拉身邊。

過了一會兒，阿基拉才現身。阿基拉等艾蕾娜離開足夠距離後，才過來撿她留下的紙條。
紙上追加了艾蕾娜的獵人編號，但說起來阿基拉根本不知道獵人編號是什麼。看見那串文字，他的臉上浮現有些疑惑的表情。
「阿爾法，獵人編號是什麼？」
『在你帶著資訊終端機之前，那跟你沒有關係喔。現在只要知道有了對方的獵人編號，獵人之間要取得聯絡時會方便許多。』
「還有這種東西啊。那我也有編號嗎？」
『沒有喔。我記得是要買資訊終端機後到獵人辦公室去申請才能獲得。倒是阿基拉，這樣真的沒關係嗎？』
「嗯，沒關係。也不是一定得跟對方見面吧。我們快點回去吧。」
『不把那群人的持有物帶回去嗎？』
「放著吧，因為那些人也不是來襲擊我的。」

『這樣啊。』
阿基拉確實將之前襲擊他的二人組身上的東西帶回去了。阿爾法搞不懂上次那兩個人與這次這群人之間有什麼差異，不過判斷阿基拉應該有自己的基準。
沒有報酬就甘冒危險助人，甚至送了貴重的回復藥，但是似乎對之後的事全無興趣，拒絕擔任護衛，也不願跟幫助的對象見面。到底是依照什麼樣的行動原理，才會有這樣的行動呢？為了今後要管理、誘導阿基拉的行動，阿爾法持續推測。從決定要救艾蕾娜她們時的反應就能理解，就算問他本人也沒用。因此阿爾法現在什麼都沒問。
阿基拉他們就這樣快步離開遺跡。

◆

從回來的艾蕾娜口中聽了事情經過的莎拉露出含糊的笑容。

「毫無關係卻出手相救，不但是救命恩人，還送了回復藥，也不求報酬，沒有報姓名就離開了。光看好的部分，很想說就算愛上他也不奇怪……」

到此為止都給人相當良好的印象。莎拉心裡這麼想，但臉上浮現的含糊笑容隨即變成苦笑。

「……不過不露臉、不出聲、不讓人靠近，寫的字也很潦草。是因為不想讓人查出筆跡，故意寫得如此潦草嗎……感覺突然就變成一個怪人了。」

立刻變得可疑的印象讓艾蕾娜也露出苦笑。

「那不要用拿回來的回復藥了吧？過一陣子就會回復不是嗎？」

艾蕾娜不願意把救命恩人當成壞人，但實際使用的人是莎拉，艾蕾娜不想強迫她。

莎拉輕輕搖搖頭。

「不，我要用。因為繼續處於負傷狀態絕對不會有好事。」

實際使用的是自己，而不是艾蕾娜。莎拉嘴上沒說，心裡卻是這麼想，最後還是決定使用。從回復藥的盒子裡拿出膠囊放在手掌上。一般使用方法是直接服用。

莎拉盯著手掌上的膠囊，腦袋浮現紙上寫的使用方法內容。那不是附在盒子裡的說明書，而是用潦草的字跡寫在便宜紙上的使用方法。

緊急的時候，又或者需要即時效能時，不是服用，而是將內容物直接撒在患部。需注意劇痛。紙上以潦草的字跡寫著這樣的內容。

那的確不是原本的使用方法。最糟糕的情況，別說治療了，甚至有傷口惡化的危險性。莎拉相當煩惱，最後還是採取寫在紙上的使用方法。

打開複數的膠囊，直接把內容物撒在雙腿的傷口上。果然如同事前的警告，一陣劇痛襲擊莎拉。某種東西正強行修復傷口的感覺隨著疼痛一起傳過來。艾蕾娜擔心地看著露出痛苦表情的莎拉。

疼痛逐漸退去。經過一分鐘左右，疼痛幾乎消失了。準備站起來時感受到些許疼痛，但還是順利站起身。看見這種情況的艾蕾娜感到有些驚訝。

「莎拉，妳可以站起來了嗎？」

「沒問題了。似乎很有效呢，已經治癒到隨時可以戰鬥的程度。妳要不要也用一點？」

莎拉將追加的回復藥含進嘴裡。由於現在並非遇到緊急狀況或需要即時效能，便選擇了正式的使用方法。

艾蕾娜照莎拉的建議，同樣使用了回復藥。艾蕾娜雖然沒有重傷，但也受傷了，而且相當疲勞。她跟莎拉一樣需要調理身體狀況。

艾蕾娜服用回復藥後過了一陣子，感覺頭部的疼痛急速消退。從自身的獵人工作經驗可以知道這不是單純的鎮痛作用，而是頭部的傷勢實際快速地痊癒中。

靠著回復藥的效果，艾蕾娜她們對阿基拉的評價從救了自己的可疑人士提升為有某些隱情的救命恩人。她們面面相覷，對於雖說有必要但還是懷疑了救命恩人一事露出苦笑。

莎拉像是要轉換心情般笑著說：

「至少知道幫助我們的是個很了不起的人了。雖然不清楚是哪個地方製造的回復藥，既然如此有效，應該很貴吧？受到如此的照顧，卻連聲謝謝都無法說，實在太不像話了。」

「我在紙上寫了獵人編號，只是根本不清楚對方會不會看，也不知道想不想聯絡我們……」

「那就只能看對方的意願了，接下來我們要好好努力，等人家聯絡我們時才能夠報恩。」

艾蕾娜也像想打起精神般笑著說：

「說的也是。現在就算在意也沒用。那麼，為了事先為報恩做準備，也為了今後能繼續努力，我們快點把那些傢伙的裝備脫下來吧。我們的恩人似乎對那些傢伙身上的東西沒興趣，我們就把那些裝備賣掉作為補充妳的奈米機械的費用吧。」

「真是的，今天真的受到那位無名氏很多照顧呢。」

「一點都沒錯。」

艾蕾娜與沙拉這麼說完就一起笑了。

之後艾蕾娜她們把男人們的持有物全部回收，然後順利回到都市。這次的遺跡探索是根據不明確的傳聞前往遺跡的賭注，是因為一個不小心，差點就要失去生命以及更重要事物的賭注。但是賣掉男人們的裝備所賺到的錢，已經足夠讓走下坡的艾蕾娜她們重新振作。

艾蕾娜她們贏了這場賭注。

阿基拉跟以前一樣，過著不斷訓練以及收集遺物的日子。在濃濃無色霧籠罩的遺跡裡即使稍微惹阿爾法不高興，還是殺了從獵人變成強盜的男人們來救艾蕾娜兩人這件事，沒有給阿基拉的生活帶來任何變化。

在連小孩都能去的遺跡裡存在大量未調查遺物的傳聞已經沉靜下來。因為阿爾法掌握一定程度的遺物行情後，調整了拿到收購處的遺物的質與量。

而阿基拉也算是備齊了裝備，所以看起來不再像沒有武裝的外行人小孩拿著遺物到收購處。實際上也沒有出現找到未調查部分的人，傳聞因此很快就沉靜下來，也沒有因為傳聞而前往崩原街遺跡的獵人了。

多虧這種情況，阿基拉收集遺物變得很順利。但是這樣的順利反而讓資金籌措惡化。為了不讓傳聞死灰復燃，發現的遺物大半不是拿到收購處，而是藏在其他地方。

為了應對資金調度惡化，阿基拉把住宿費從一晚兩萬歐拉姆一口氣調降為一晚四千歐拉姆。最近都住在四張榻榻米大的狹窄空間，只有淋浴室的簡樸房間。

即使如此，跟睡在貧民窟的巷弄裡比起來還是豪華多了，不過對習慣泡澡的人來說，這確實是容易感到不滿的環境。一旦提升生活水準，要再次調降是件困難的事，阿基拉就抱怨著想快點回到能泡澡的生活。

阿爾法則是以不變的笑容來安撫這樣的阿基拉。只要擁有拿高價遺物去變賣也不會被懷疑的實力，立刻就可以恢復能泡澡的生活。她如此激勵阿基拉。

依然不變的笑容背後，她一邊觀察阿基拉的一切，一邊跟平常一樣笑著。

這樣的日子是在阿基拉累計第十次到收購處完成收購手續時才有了變化。當他跟平常一樣收下費用準備回去，野島就叫住了他。

「等一下，今天把這個帶走吧。」

野島把紙地圖與塑膠製卡片交給阿基拉。地圖上畫的是都市的防壁周邊，上面還有顯示目的地的標記。

「在那裡有些手續要辦，把那張卡片拿給職員看就可以了。好好加油吧，阿吉拉。」

「……我的名字是阿基拉。」

阿吉拉是阿基拉被登錄錯誤的名字。野島看著有些不高興的阿基拉，忍不住噗哧一聲笑出來。

「資料庫裡是登記這個名字啊。登錄時弄錯了嗎？不知道是誰登錄的，工作態度真是太糟糕了。在辦手續時可以更正，你快點過去吧。」

野島只說了這些話，然後就不知為何很開心似的目送阿基拉離開。

環繞久我間山都市中部區塊的防壁向來以強固的防禦力為傲，即使因為怪物的大襲擊讓牆壁外側變成灰燼，內側也能夠毫髮無傷。在物理上、經濟上、社會上將牆壁內外加以區隔的厚重牆壁，充滿了讓從近處觀看者感到壓迫感的迫力。

久我間大樓是跟那面防壁一體化的巨大高樓。它是連結防壁內外都市經濟的中繼地點，也是都市機能的關鍵所在。

大樓內也有獵人辦公室的分部。那是跟阿基拉完成獵人登錄的荒涼分部完全不同的營業處，也是統管在久我間山都市附近活動的所有獵人的重要設施。

阿基拉抬頭看久我間大樓後露出驚慌的模樣。讓人輕易聯想到存在於該處的權力、財力以及武力的大樓外觀，要使在貧民窟長大的孩子產生畏懼可說是綽綽有餘。

地圖上的印記指出位於大樓內的獵人辦公室接待處。

『是這裡吧？』

『沒錯。進去吧。』

『啊、嗯。』

阿基拉跟在泰然入內的阿爾法身後，也慌張地進入久我間大樓。阿基拉一個人的話會因為無謂的恐懼而花上許多時間才能走進去，能夠縮短這段時間也算是阿爾法低調輔助的成果。

在設有獵人辦公室接待處的大樓一樓可以看到許多獵人。有的穿著高性能強化服；有的具備一看就知道是人造人的鋼鐵肌膚，全都是跟阿基拉這種只是完成獵人登錄的人有根本上差異的實力者。

那種大規模的接待處、裝潢及獵人們的氛圍，全都讓阿基拉震驚不已。

『阿基拉，他們不是敵人，你也沒有被襲擊，所以快冷靜下來。』

『我、我知道啦。』

『靜靜站在那裡也沒用，快點把手續辦好吧。你知道該如何辦理手續嗎？』

『不、不知道。』

『這邊喔。』

在貧民窟長大的阿基拉不清楚在接待處櫃檯的基本應對，但靠著阿爾法的輔助順利通過了。

面對兼具取號機功能的無人接待機器，以從野島那裡拿到的卡片完成取號登記，然後在不會妨礙別人的地方靜靜等待，接著前往對應窗口，向窗口的女性職員出示號碼牌與卡片。

「有人叫我拿這個來這裡……」

露出工作用親切笑容的女性職員看見那張卡片後，就因為驚訝而表情微微一變。不過她立刻想起自己的職務，恢復親切的表情。

然後用手邊的機器讀取接過來的卡片。

「完成確認。您是阿吉拉先生本人沒錯吧？」

阿基拉緊張地回答：

「啊，是的。不，不對。我叫阿基拉，那個，我當初沒有報錯，卻被登錄成錯誤的名字。」

職員恭敬地低下頭道歉。

「真的很抱歉。那麼再次跟您說聲，阿基拉先生，恭喜您的獵人等級晉升到第10級。那麼就為您重新發行獵人證並確認登錄資訊。需要說明重新發行獵人證的手續及相關事項嗎？」

「咦，啊，好的。麻煩妳了。」

「好的。」

職員從阿基拉的態度判斷他應該還沒搞懂究竟是怎麼回事，但還是忠實地執行職務，露出客氣親切的微笑，開始詳細說明這次的登錄程序。

獵人辦公室對獵人設定了名為獵人等級的評價基準，最低等級是1，基本上等級越高的獵人就會被認為越優秀。

要提升獵人等級，除了拿遺物到獵人辦公室的收購處或合作商店販賣，還有承接獵人辦公室以及合作企業的委託等各種方法。基本上對東部統治企業聯盟，通稱統企聯的貢獻度越高，等級就會跟著評價往上升。

高等級的獵人將受到統企聯的信賴，也能得到獵人辨公室的優厚待遇。比如進入都市高等區塊的許可，也是越高等級的獵人越容易得到批准。

另外，如果是高等級的獵人，也能獲得特別許可進入實質上專屬於大企業，設有入內限制的遺跡進行調查及收集遺物。等待叫號時的優先順位也是以高等級的獵人為優先。

對於獲得高性能裝備也有影響。在價值、數量還有威力各方面，都有自行約束或禁止販賣給低等級獵人的槍械。

獵人辨公室以及其合作企業所提出的委託，也設下了獵人等級的限制。只有高等級的獵人才能承接高機密性的委託，說起來，低等級的獵人根本連有這樣的委託存在都不知道。

由於有這麼多優待，有許多人為了提升獵人等級與名譽而殺紅了眼。

阿基拉目前的獵人等級是10。這是擁有社員證與市民證等有效身分證明者帶著一定程度的裝備登錄為獵人時的初期等級。也就是說，以一般獵人來看就是菜鳥的等級。

貧民窟的居民等沒有身分證的人進行獵人登錄的話，將會被登記為等級1的獵人。這個時候就只是名字記載在紙片上的存在。

之後要是累積規定次數，將規定金額以上的遺物帶到收購處等實績，就會被認定為具備認真從事獵人工作的意志與能力，然後會被當成比較有前景的存在，獵人等級也會經由內部處理上升。

等到達等級10，才終於會被獵人辨公室當成一名像樣的獵人。

野島在收購處交給阿基拉的卡片顯示他是從等級1往上爬到這個程度的人。基本上這樣的人很少見，因為大部分不是途中就放棄，不然就是死了。

從等級1往上爬的少數人會被認為是較有前途

的獵人，也會受到一定程度的優待。比如首次重新發行獵人證時可以免除手續費。

職員結束大致的說明後，交給阿基拉一本小冊子。高級紙張做成的小冊子，封面印著統企聯與獵人辦公室的標誌，裡面統整了比剛才的說明更加詳細的內容還有獵人相關資訊。

職員開始幫阿基拉處理登錄。

「阿基拉先生，由於您希望修正登錄內容，我可以再次詢問您修正後想登錄的姓名嗎？」

「我叫阿基拉。」

阿基拉感到有些不可思議似的如此回答後，女性職員就以嚴肅的表情要求確認。

「阿基拉先生，本次的登錄處理算是由暫時登錄更新為正式登錄，關於資訊登錄，基本上只限追加不足的資訊。不過這次考慮到是因為我方的疏忽造成姓名登錄錯誤，才會接受變更登錄的申請。之後登錄內容的變更都需要審查，也必須提出變更理由，根據提出的理由，變更申請也可能遭到駁回。這一點請您有所理解。」

職員再次叮嚀阿基拉不要浪費這難得的機會。

「名字是獵人辦公室識別您的要素，也是說明、認知、確認您個人時的固有要素，有時也包含對象所屬的血緣、土地、國家、文化、階級等。在這樣的前提下，登錄名只有阿基拉真的可以嗎？」

阿基拉沒辦法立刻回答這個問題。

阿基拉不屬於任何勢力，沒有家人，也沒有相關記憶。有記憶時就已經在久我間山都市的貧民窟，對那裡也沒有任何留戀。只是因為無力脫離那裡才會一直待著，完全不認為自己屬於那個地方，也不是存在於貧民窟的無數幫派的手下。

他一直是單獨行動，以自身的稱呼來定義自己時，除了「阿基拉」之外就沒有其他構成要素了。

因此，想改變自身稱呼的話，這就是最好的機會了吧。稱呼突然改變也不會有任何不便，因為根本沒有人會叫這個名字。

除了最近出現的那個名為阿爾法的例外。

短暫的沉默後，阿基拉臉上浮現嚴肅的表情。

「阿基拉。我的名字叫阿基拉，請把它登錄上去。想變更的時候我再變更。如果那個時候不能變更，反而會覺得不應該換。」

「了解了。」

職員操作手邊的終端機，把新的獵人證交給阿基拉。

阿基拉一直看著領取的獵人證。跟之前便宜的紙片不同，是硬質塑膠製的卡片，上面帶著比材質由紙片變為硬質塑膠更加重大的意義。

「請特別注意不要遺失了。再次發行需要費用及審查，嚴重時甚至會失去至今為止的所有實績，待遇退回與新登錄的獵人相同。」

職員露出親切的微笑並且輕輕點頭。

「那麼登錄處理就算完成了。由衷希望阿基拉先生今後能有更加活躍的表現。」

講難聽一點是打官腔，講好聽一點就是認為阿基拉夠格接受一名正式獵人的對待。接著職員便微笑著目送阿基拉離開。

阿基拉在久我間大樓外面再三看著全新的獵人證。這時阿爾法很開心似的笑著祝福阿基拉。

『阿基拉，終於成為獵人了，恭喜你。』

『謝謝……那之前我都不算獵人嗎？』

『之前應該算是自稱獵人吧。要是對其他獵人拿出之前的紙片宣稱自己是獵人，很抱歉，你會被嘲笑喔。』

阿基拉一直看著新的獵人證，臉上露出感慨萬千的表情。

『確實如此。』

獵人證上正確地記載著阿基拉的名字。阿基拉看了，有些高興地笑著說：

「我也終於成為能夠說自己是一名獵人的身分了嗎……」

這張獵人證同時也是阿基拉的身分證。只不過就算拿它給附近的店家看，也只會被當成跟菜鳥沒兩樣的獵人，作為身分證的效力仍然有限。

然而這對阿基拉來說已經是很大的進步。至少從這個時候開始，他確實不再是連身分證都沒有的貧民窟居民了。

不斷累積獵人工作的實績，等到拿出這張獵人證時具有重要含意且有意義，阿基拉就能對自己與他人表示自己是一名成功的獵人。而今天他終於跨出了第一步。

面對放著不管可能會一直看著獵人證的阿基拉，阿爾法露出苦笑提醒：

『別站在那裡一直看，差不多該收起來了。這樣下去會被當成可疑人士喔。』

久我間大樓周邊即使是低等區域，也特別加強了治安維護。被警衛當成可疑人士要面臨的麻煩事可不是低等區域的其他地點所能比較。於是阿基拉有些慌張地把獵人證收起來。

『好了，現在你在登錄方面也終於算得上一名獵人了。為了讓裝備之類也符合獨當一面的獵人身分，我們立刻去買獵人的必需品吧。』

『必需品？要買什麼？』

『資訊終端機啊。』

阿基拉就這樣在阿爾法的帶領下，前往獵人辦公室附近的資訊終端機專賣店。

獵人們會經由網路交換、共享、買賣遺跡位置、內部構造及棲息其中的怪物等各式各樣有用的詳細情報。這些情報讓獵人工作更有效率，讓更多遺物從遺跡裡被帶去給企業，促進了東部整體的活性化。

促成建構起這種情報網的是在東部相當普遍的資訊終端機。多津森重工成功製造出能負荷獵人工作且便宜又高性能的產品，讓資訊終端機一口氣在獵人之間擴散開來。現在以獵人為對象的市場依然被多津森重工獨占，多津森重工以其為立足點，強化在東部的影響力，一躍成為統治企業。

此外，資訊終端機因為多津森重工的影響力，被設定為統企聯在東部攻略時的戰略製品。結果為了東部的整體利益，推展量產化與低價化，現在獲得的門檻已經低得連阿基拉這樣的人也買得起。

由於資訊終端機已經融入獵人們的生活，藉由資訊終端機接受企業與獵人辦公室委託的獵人也增加了，而現在甚至已經變成獵人的必需品。

阿基拉到了專賣店，在阿爾法的推薦下買了資訊終端機。資訊終端機的費用幾乎花光了阿基拉所有的錢。

順道在店裡完成資訊終端機的獵人用簡單初期設定。阿基拉也完全搞不懂設定內容與順序，幸好店員以熟練的操作幫忙完成了設定。

在設定作業途中，店員向他說明要進行獵人用的設定需要獵人證。阿基拉則因為馬上就有用到獵人證的機會而感到有些高興。

回到狹窄旅館的阿基拉露出有點嚴肅的表情。得到獵人證與資訊終端機的激昂感已經平靜下來。然後當他想著要作為一名合格的獵人，今後也得好好努力的瞬間，就浮現現實的擔心。

「阿爾法，我把所有錢都花在資訊終端機上，現在連明天的旅館錢都付不出來了……這樣沒問題嗎？」

阿爾法應該有什麼想法吧——阿基拉期待能聽見某些發言來消除擔心，結果阿爾法只是笑著如此斷言：

『當然有問題，所以明天也去遺跡吧。』

阿基拉以似乎有話想說的眼神看向阿爾法，阿爾法則是默默地回以微笑。兩人就這樣靜靜地互相凝視了一會兒，最後這樣的凝視在阿基拉輕聲嘆息下結束了。

他知道就算跟阿爾法吵架也吵不贏，也認為雖然把錢都用在資訊終端機上，但這就代表它具備了如此重大的意義與價值吧。也能想像持續詳細地詢問理由的話，最後一定還是會同意的自己。

最重要的是，已經因為探索遺跡感到疲憊，如果明天也要去遺跡，還是不要因為無謂的口角浪費體力，早點休息比較好。這麼想的阿基拉即使還有許多想法，還是放棄繼續問下去。

『彈藥有存貨，所以這方面沒問題。』

「……說的也是。」

『明天探索遺跡時要開始活用資訊終端機了。現在要設定資訊終端機，你好好幫忙吧。』

「嗯？剛剛在店內已經完成了吧？」

『那是一般獵人用的設定，現在要做的是你的設定。為了讓你更容易接受我的輔助，我要改寫所有內容。但是現在的我無法操作資訊終端機，所以只能請你代勞了。』

「也就是要讓資訊終端機更容易使用吧。我知道了。」

『最快也要到夜裡才能結束，好好加油吧。』

「咦！」

阿基拉驚訝地看向阿爾法，然後從阿爾法跟平常一樣的微笑理解她並非開玩笑，就被遽增的疲勞感拖累，臉有點僵掉。

阿基拉按照阿爾法的指示，持續進行資訊終端機的設定。具體的作業內容是觸碰資訊終端機操作部分兼顯示面的硬質面板，不斷選擇與輸入設定資訊。只不過阿基拉完全不懂內容。

輸入、選擇意義不明的圖形、記號及像是文字的東西後，又出現新的意義不明的圖形、記號及類似文字的東西。面對這樣的情況，阿基拉就只是像機械一樣按照阿爾法的指示輸入與選擇。這是操作意圖不明的一連串單調作業，阿基拉甚至懷疑是不是某種目的為奪走人類思考能力的連續極刑。

自己到底在做什麼？這真的是資訊終端機的設定作業嗎？不會是傳聞中的某種魔術或儀式吧？不會不知不覺間正在進行召喚出某種莫名物體的儀式吧？不清楚意義，只是不斷重複的單調操作誘導阿基拉的思緒往奇怪的方向發展。

正如事前的宣言，設定作業一直到夜晚也沒有結束，阿基拉只能放空並持續操作。然後作業終於結束了。

『阿基拉，已經可以了。』

「……終於結束了嗎？」

『正確來說，設定處理本身還沒結束，但已經沒有要勞煩你動手的作業了。再來就交給我，你好好休息吧。』

時間已經過了凌晨十二點。注意到這一點的阿基拉感覺更加疲憊，癱倒般躺到床上，隨手把資訊終端機放到附近的地板，接著毫不抵抗睡意直接進入夢鄉。

阿基拉睡眠期間，資訊終端機便獨自運作了一整個晚上。

隔天早上，阿基拉跟平常一樣因為阿爾法的聲音而睜開眼，但是視線往聲音的方向看去也沒看到阿爾法的身影。

「……阿爾法？」

「這邊這邊。」

阿基拉露出納悶的表情，同時視線往聽起來跟平時不太一樣的聲音來源移動。放在地板上的資訊終端機上映出阿爾法笑著揮手的身影。

阿爾法的聲音聽起來之所以跟平常不一樣，是因為那並非平常的念話，而是用耳朵聽見實際上由資訊終端機發出的聲音。資訊終端機在音質重現上還是有極限，才會造成聽起來不太一樣的感覺。

他拿起資訊終端機，與畫面上的阿爾法四目相對，阿爾法就得意地對他笑著說：

「怎麼樣？很厲害吧。我占領了這個資訊終端機！」

「……咦，啊，嗯。」

即使考慮到阿基拉才剛睡醒，這也是很冷淡的回應，阿爾法隨即露出不滿的表情。

「反應太冷淡了吧。你不覺得驚訝嗎？」

「跟看得見卻摸不到的女性一直待在身邊、視野一部分能夠擴大比起來，好像沒什麼大不了。話說，今後都要用這台資訊終端機跟妳溝通嗎？」

「你覺得這樣比較好的話就可以這麼做。你說呢？」

阿基拉思考了一下，裝出冷漠的模樣說：

「還是跟之前一樣吧。每次都要看資訊終端機太麻煩了。」

「知道了。」

阿爾法的身影從資訊終端機消失，像平常一樣出現在阿基拉身邊。然後以在資訊終端機裡的存在感根本無法比擬的身影與聲音，很開心似的露出淘氣的微笑，把臉靠近阿基拉，並發出誘人的聲音。

『跟資訊終端機的小螢幕比起來，還是像這樣待在你身邊比較好？』

「啊～～對對對，一點都沒錯。」

阿基拉移開視線，有些自暴自棄般這麼回答。

阿爾法看著臉有點紅的阿基拉，臉上露出滿足的笑容。

◆

再度前往崩原街遺跡收集遺物的阿基拉，在遺跡前面的荒野重新打起精神。之所以如此幹勁十足，並不是因為這是取得正式獵人證成為合格獵人後首次的遺跡探索，而是因為購買資訊終端機幾乎把手邊的錢用光了，甚至連今天的住宿費都不剩。

成為合格的獵人後，除了收集遺物也有其他賺錢的方法，因為可以承接都市經由獵人辦公室提出的委託。像是在都市周邊巡邏的警備工作等，如果是現在獵人等級升上10級的阿基拉，應該也不會遭到拒絕。

但是在阿爾法的指示下，目前還是過著訓練與收集遺物的日子。因為她判斷這是提升阿基拉的實力最有效率的方法，而阿基拉也接受了她的看法。

不過資金周轉困難無法獲得改善。在沒有收穫的情況下回去的話，將會再次退回住在貧民窟巷弄的生活。

這樣下去，過慣奢侈生活，連比巷弄好太多的狹窄旅館都無法感到滿足的阿基拉將淪落到再次回到巷弄生活的下場。這是他絕對想避免的事。

他再度深呼吸來提振精神，然後一臉嚴肅地準備朝遺跡前進。

「好，我們走吧。」

『等一下。』

「又怎麼了？」

氣勢受挫的阿基拉用不滿的表情看向阿爾法。

某方面來看，這種表情代表他態度頗為從容，但是聽見接下來的話之後，情況就改變了。

『射擊技術已經有一定水準，今天開始訓練內容的比重要調整了。具體來說，要讓你在沒有我幫忙搜敵的狀態下也能有一定程度的行動力。接下來要進入遺跡了，行動時要記得沒有我幫忙搜敵。』

阿基拉的表情出現極大的動搖。阿爾法的搜敵是阿基拉的生命線，沒有她的幫忙，不用想也知道會有什麼下場。

「……真、真的沒問題嗎？」

面對流露困惑與不安的阿基拉，阿爾法露出沉著的微笑。

『就是因為有問題才需要訓練啊。』

「是、是沒錯啦……」

不肯罷休的阿基拉因為驚訝而說不出話來，阿爾法則突然一臉認真。

『你作為獵人成長的話，到其他遺跡做獵人工作的機會也會增加。光靠崩原街遺跡來賺錢還是有極限。但很可惜的是，我的搜敵在崩原街遺跡以外的地方會降低不少準確度。』

「……具體來說，大概會下降多少呢？」

『最糟的情況是我的搜敵完全喪失功能。』

阿基拉忍不住皺起臉。對現在的他來說，那實在太過致命。

『當然在那種狀況下我還是會極力輔助你，不過效果有限，所以才希望你趁現在學會在遺跡內的行動方式。知道了嗎？』

「……知道了……現在既然是訓練，真的很危險的時候會告訴我吧？」

阿爾法的表情恢復成笑容，並且點點頭說：

『那是當然了。但你要忘了這一點，帶著緊張感行動，不然沒辦法當成訓練。』

「啊、嗯。」

『基本上你只要隨自己高興行動即可，如果那個行動具危險性，或者你沒有做到最好先完成的行動，我就會出聲告誡。那麼，開始吧。』

阿基拉開始深呼吸抑制緊張。雖說是訓練，實際上阿爾法的搜敵也沒有消失，但是意識到並想像是在沒有輔助的情況下看向遺跡，那裡看起來就突然變成了很危險的地點。

而事實上，遺跡也確實是比想像中更危險的場所，只是阿爾法這樣的存在讓阿基拉對遺跡的危機意識變遲鈍了。阿基拉自覺內心抱持的這種感覺不是習慣，而是倚賴，但還是下定決心邁開腳步前往遺跡。

『停下來。』

才走第一步，立刻就遭到指謫了。

「太快了吧。」

『首先從這裡用雙筒望遠鏡確認遺跡的狀況，像是有沒有怪物存在。如果有，是不是你能打倒的對象；是不是有更安全的路線；該不該撤退。這些全都要仔細思考才做出決定。』

阿基拉除了認為阿爾法說的有道理，也對自己連這種事都沒做就準備前進的菜鳥行徑露出苦笑。於是他拿出望遠鏡確認遺跡的狀況。沒有怪物的身影。可能只是躲起來了，不過總比完全沒確認的時候安全多了。

「看起來沒問題。」

『前進之前看一下資訊終端機。』

阿基拉看向戴在手臂的資訊終端機。已經以獵人用製品的附屬強韌皮帶牢牢地固定在容易看見的地方。資訊終端機的畫面上顯示改變外型的小阿爾法，現在正在畫面上用手指催促阿基拉操縱機器。他按照指示進行操作之後就顯示出地圖。

『那是崩原街遺跡的地圖。就算單純是收集遺物，也不能漫無目的亂找，事先決定好探索地點以及移動路線吧。』

地圖上顯示著崩原街遺跡外圍部的一部分。那是廣大遺跡當中的一小塊而已。

『找尋看起來有遺物的地點很重要，但是考慮到遇見怪物及戰鬥時的退路來決定移動路線更重要喔。仔細思考這些要素，跟著狀況隨機應變來前進吧。』

「就算要我仔細思考，該怎麼想才好呢？」

『思考這個問題也是訓練之一喔。』

阿基拉以嚴肅的表情凝視著地圖。地圖上記載著各種情報，但是分析這些情報、決定適宜的移動路線對阿基拉來說是件困難的事。即使如此，他還是自行努力思考，並且朝著遺跡前進。

◆

崩原街遺跡的外圍部是由廢棄大樓與瓦礫構成的世界。阿基拉記得過去已經有好幾次從容通過。他帶著跟記憶中明顯不同，認真許多的表情前進。

盡可能警戒周圍，慎重地緩緩前進。如此耗費精神的警戒，對提升阿基拉的生存率沒什麼太大的幫助。除了阿基拉包含搜敵在內的動作都太生疏，廢棄大樓的窗戶、瓦礫堆暗處等有敵人潛伏的危險地點實在太多了。

一旦懷疑是否有敵人存在就沒完沒了，但又沒有時間確認所有地點。然而發生實戰時，敵人要是躲藏在疏於確認的地點，阿基拉的人生就會因此結束。遺跡本來就是這麼危險的地方。

即使如此，每天還是有許多獵人賭命前往遺跡，他們不是獲得符合賭上性命的勝利，就是全盤皆輸而喪命。

訓練依然持續著。前進幾步，甚至是一步就傳來阿爾法的指謫。像是不發出腳步聲的步伐、如何分辨遭受奇襲機率較低的移動路線、選擇能夠迅速反擊的姿勢、在不穩定的立足點維持這種態勢的方法、環視周圍時應確認事項的優先順序。這一切阿基拉都經驗不足。

結果就是阿基拉花了整整一個小時才走過平常花幾分鐘就能走完的距離。雖然沒有遇到怪物，持續的過度緊張讓阿基拉產生相當程度的疲勞。

比阿基拉本人更了解其疲勞程度的阿爾法判斷繼續下去會發生危險，便停止了訓練。

『今天就到此為止吧。附近沒有敵人，可以放鬆警戒。』

從緊張當中解放的阿基拉因為疲憊，大大呼出一口氣，接著回頭確認自己前進的距離。往前一點的地方可以看見遺跡與荒野的界線。阿基拉隨即對自身感到失望而嘆氣。

「……才走了這麼一點距離，看來還有很長一段路要走。」

『累積經驗後就能走得更快了。而且備齊情報收集機器等高性能的裝備，搜敵也會變得更輕鬆。持續訓練然後備齊裝備，穩定地變強就可以了。一切交給我吧。』

看見阿爾法像是要安慰自己般溫柔開朗又充滿信心的笑容，阿基拉也重振逐漸低落的士氣。

「……說的也是，就算著急也沒用。」

『是啊。那麼，現在開始改成收集遺物，跟平常一樣由我來搜敵並引導你前進吧。我們走。』

阿基拉把搜敵完全交給阿爾法，專心往遺跡深處前進。短短幾分鐘就超越剛才花了一小時才走完的距離。

原本設計得相當具機能性的街道，因為大樓崩塌阻塞道路，現在變得有點跟迷宮一樣。

阿基拉邊走邊比對資訊終端機上的地圖與周邊，然後懷疑似的輕輕歪著頭說：

「阿爾法，這張地圖是不是有很多錯誤？」

『當然有錯了。』

看見阿爾法如此簡單就承認，阿基拉有些驚訝地反問：

「真的有錯啊？而且原本就是這樣嗎？」

『因為那張地圖是從網路上免費獲得的啊，準確度很低。如果需要更精準的地圖，就得拿出相符的金額在值得信賴的地方買。』

阿基拉看著地圖發出沉吟。

「……要付費嗎？嗯，也是啦。」

『話先說在前面，就算有那種昂貴的地圖，呈現的也是製作時的情報，無法保證跟現場完全一致。強大的怪物可能在遺跡內肆虐造成地形改變，獵人也可能為了方便收集遺物，打算爆破設施的牆壁，結果一個不小心就把整座設施弄倒了。』

阿基拉回想起以前被大型機械類怪物襲擊時的事情。巨大砲火讓周圍的大樓全部倒塌，附近一帶的光景產生很大的變化。

如果發生那樣的事情，即使事前獲得再詳細的地圖，那張地圖也沒有太大的用處。想到這裡，阿基拉就像可以接受般輕輕點點頭。

『其他還有許多會把實際地形改變成跟地圖完全不同的事態。在這樣的前提下，地圖到底有多少可信度？考慮到這一點來行動也是訓練之一喔。』

獵人裡面也有被稱為地圖販子的人。他們以各式各樣的手段製作遺跡的詳細地圖，然後靠販賣地圖來維持生計。

記載了危險遺跡的內部構造、棲息於內部的怪物種類與數量、過去發掘出來的遺物內容等多數有益資訊的地圖，有時會賣得比能在那座遺跡找到的遺物更昂貴的價錢。

阿基拉興致勃勃地聽著這些事。獵人就是利用從遺跡裡找出遺物或打倒怪物等等來賺錢。對於只有這種淺薄、狹隘認知的阿基拉，地圖販子這種賺錢方式造成很大的衝擊。

「也有這種賺錢方式嗎？需求多到足以當成一門生意嗎？」

『在沒有事前情報與計畫的情況下闖入遺跡，跟備齊足夠的情報並訂定縝密戰略後進入遺跡，生

還率有極大的差異。如果用錢可以買到安全，那麼即使需要費用，也有許多獵人會買吧。』

「事前獲得遺跡的情報也算是獵人的實力之一嗎？」

『正是如此。沒有任何情報就闖入崩原街遺跡的你有多麼魯莽，你自己應該深切體認到了吧？』

阿基拉回想起第一次遇見阿爾法時的事情，露出苦笑。

「是啦。那個時候要是沒有遇見妳，我一定已經死了，真的很危險。謝謝妳。」

阿爾法露出自信的微笑。

『確實用行動來表達你的感謝吧。具體來說，像是努力達成我的委託。雖然我不打算催你啦。』

「嗯，耐心等待吧。」

『期待你的表現嘍。』

阿基拉以輕鬆的口氣回答，但是他的發言與決

心無庸置疑。而對阿基拉回以微笑的阿爾法，發言與意志也是貨真價實。只不過，和內心的打算有多少程度一致就另當別論了。

◆

結束今日遺物收集的阿基拉開始確認帶回的遺物數量。

「阿爾法，今天的分量是不是比平常多啊？」

『你也成為合格的獵人了，所以增加了一些，之後也會一點一點增加。當然，是按照你的實力來增加數量喔。為了優質的裝備、彈藥、訓練、學習與休息，今後也要好好努力賺錢。你也想住附浴缸的房間吧？』

阿基拉用力點點頭。

「想住啊。這樣的話，帶回去的遺物數量還能再增加一些吧……」

面對把期待加諸視線的阿基拉，阿爾法強勢地微笑。

『不行。』

「……遵命。」

阿基拉像是有些遺憾般垂下頭，阿爾法則開心地笑著。

從遺跡回來的阿基拉在貧民窟裡前進。背上的背包裝著比平時多的遺物。如果是識貨的人，從背包的膨脹程度就能輕易理解他是從遺跡獲得一定成果後回來的獵人。

都市的低等區域基本上是越靠近防壁治安就越好，越靠近荒野則越差。尤其是位居與荒野交界的貧民窟，治安更是非常糟糕。

想避免麻煩事的獵人會稍微繞路，不通過貧民窟來進入低等區域。因為貧民窟存在一定數量被遺物價值蒙蔽雙眼而做出壞事的蠢貨。

躺在貧民窟裡的眾多屍體有一部分就是這種蠢貨的末路。然後末路變成簡單易懂的具體例子，顯示在荒野裡跟怪物戰鬥的人以及不這麼做的人之間的差異。

阿基拉毫不在意地通過貧民窟。要前往收購處的話，穿越貧民窟比較快。因為在貧民窟長大的他習慣其惡劣的治安環境，而且成為獵人後數次通過也都平安無事。

但這次情況不同了。阿爾法提醒阿基拉要提高警覺。

『阿基拉，你被包圍了。』

阿基拉停下腳步確認周圍，但是看不出自己有被包圍的跡象。周圍的人比平時多一些，但也就這樣而已。不過他不懷疑阿爾法的搜敵能力，直接提高警覺。

『……能贏嗎？』

即使遭到包圍，其原因與目的還是有許多可能性。像是單純被人找碴；輕微的恐嚇；對周邊的某個其他對象進行包圍，自己只是被牽連等等。但是阿基拉已經認為對方的目的是要襲擊自己，也以積極應戰作為前提思考作戰計畫。

阿爾法回想起阿基拉在崩原街遺跡裡的言行舉止，以及幫助艾蕾娜她們時毫不猶豫就幹掉所有男人的判斷基準與行動原理，嘴裡同時問道：

『你想戰鬥嗎？這次想做到什麼程度？』

『無法獲勝的話就會逃走。接下來的方針就得看對方了。』

找來一大群人包圍與威脅，即使如此，如果不屈服於他們的威脅，他們覺得這樣不划算就會乖乖離開。阿基拉也認為這樣的話就好，只不過到了那種時候，就算只是少量，他也不打算把遺物交給交涉的對象。

自己已經成為獵人了，已經不願意像以前還是個到處可見的貧民窟孩子時那樣，丟棄拚命收集的金錢、交出去，然後趁機逃走，或只求對方讓自己逃走。

因此接下來是否要幹掉所有人，一切只能由對方的反應來決定。阿基拉已經決定只要自己能辦到就要加以實行。

阿爾法開始思索。即使阿基拉之前殺掉所有沒有襲擊他的對象，這次還是展現出與襲擊他的人有溝通餘地的態度。阿爾法無法理解他的行動原理，但還是判斷這樣不影響勝率。

『如果你想這麼做，我不會阻止。不過我判斷有危險時，要好好遵從我的指示喔。』

『知道了，因為我也不想死啊。』

阿基拉提高警覺停下腳步的期間，包圍網已經完成了。背後以及附近的小徑等逃生路線被貧民窟居民擋住了。

然後有三名男子從包圍網來到阿基拉面前。男人們的模樣與其他人明顯不同。對方身穿有些髒汙與缺陷的防護服，手上的槍械也不是手槍，而是對怪物用的武器。這是一群被稱為落魄獵人的傢伙。

阿基拉立刻就知道他們是周圍眾人的頭領。為了顯示即使被包圍也不害怕，他主動以毅然的聲音搭話：

「抱歉，我窮到沒辦法付過路費了。可不可以去找其他人？」

男人們發出嘲笑聲，待在中心的那個叫西貝亞的男人則輕輕搖了搖頭。

「別說謊了。你背上揹了一堆東西吧？雖然不知道你是從哪裡拿來的，但是去那裡的話應該有更多吧？」

阿基拉更加提高警戒，臉上露出相符的表情。

看見他這種模樣，西貝亞像是覺得料中般發出更開心的笑聲。

西貝亞以阿基拉為目標並非全是偶然。他從以前就張開情報網收集獵物的情報了。

貧民窟裡存在無數由居民構成的幫派，裡面有不少是由所謂的落魄獵人當頭領。沒有在荒野賺錢的實力，但是能力與裝備足以在貧民窟以暴力作威作福。這種人會召集手下，或者被推舉而形成一個集團。

西貝亞也是這樣的人。雖然規模不是太大，但他率領了一個在貧民窟算是有不少據點，勢力也不算小的幫派。而他手下的情報網盯上了阿基拉。

西貝亞想像阿基拉背包裡的東西，以嘲笑的口氣對他說：

「你也是貧民窟的人吧？那就得互相幫忙。你看，我的幫派有這麼多人，生活過得很辛苦啊。」

西貝亞以視線對阿基拉示意周圍全是自己的手下，暗示他已經無路可逃。

「別擔心，把你全部的錢、持有物以及知道的情報都交出來就可以了。我不會要你的命。」

站在西貝亞兩邊的男人對阿基拉舉起槍。對方比自己弱小，且無處可逃，我方不論是人數還是實力都占優勢——他們臉上的笑容顯示如此的從容。只有西貝亞注意到阿基拉的表情沒有畏懼之意，於是稍微起了戒心。

阿基拉以有些嚴肅的表情看著西貝亞等人。

「……我不願意的話就要殺了我嗎？殺了我就無法獲得情報了喔。」

「那就要看你了。只要你死前老實說出來就可以嘍。」

西貝亞他們完全沒有尊重阿基拉生命的意思。這點事情阿基拉也看得出來。

阿基拉大大地嘆了口氣，接著微微低下頭。他的模樣讓西貝亞等人以為他放棄掙扎了，於是發出輕笑，放鬆了戒心。

阿基拉對西貝亞等人裝出有些膽怯的表情，內心則是有所覺悟。

「……知道了。我也不想死。」

阿基拉的話讓西貝亞他們的意識更加鬆懈，不知不覺手指離開扳機，放下槍口。

『阿爾法。』

『隨時都可以喔。』

經由這簡短的念話，西貝亞等人的命運就此確定。

阿基拉突然轉向側面。西貝亞等人被阿基拉的動作吸引，視線從他身上移開。下一瞬間，阿基拉沒有確認對方是否受到吸引，直接把ＡＡＨ突擊槍對準西貝亞等人，沒怎麼瞄準就開始掃射，同時全力朝阿爾法指示的地點衝刺。

被子彈打中的倒霉鬼發出慘叫，因鬆懈而放下槍口的人們急忙開始反擊，但是驚慌延遲了他們的反應。包圍阿基拉的陣型讓同伴待在射線前方，結果因為害怕誤射同伴，遲遲無法開槍，想先瞄準就造成反應更加延遲。

也有反射性試著對阿基拉開槍的人，但也無法命中目標。阿爾法事先從敵人位置計算出中彈機率最低的移動方向與地點，配合阿基拉的動作引導他前往該處。她的計算相當正確，在阿基拉逃到那裡之前對著他射出的少數子彈全都無法命中他。

阿基拉按照指示衝進巷弄裡的小徑，堵在那裡的男人們也因突發狀況而吃驚、慌亂，反應因此大幅延遲。阿基拉就趁隙毫無顧忌地從極近距離對男人們開槍。不是防護服的普通衣物根本無從抵擋對抗怪物的子彈，所有子彈輕鬆貫穿男人們的身體。

巷弄瞬間就出現屍體倒在血泊中的光景。阿基拉毫不在意悽慘的現場，看都不看被自己殺害的敵人就衝了過去。

他離開後，附近是一片怒吼與慘叫交錯。西貝亞等人大多認為只要威脅一個小孩就能解決事情，根本沒想到會發展成槍戰。為了威脅對方而帶過來湊數的手下懼怕死亡，便開始逃走。

西貝亞等三人因為穿著防護服，只受到輕傷。雖然中了幾槍但不影響戰鬥，不過中彈相當疼痛，臉上因此露出痛苦的表情。西貝亞把疼痛轉換成憤怒並大叫：

「小鬼竟敢瞧不起我！你們直接去追那個小鬼！我從後面繞過去！還有你們幾個！別在那裡發呆，快點去追小鬼，把他包圍起來！」

西貝亞身邊的兩人立刻按照指示去追阿基拉，但其他人都因為恐懼，裹足不前。

西貝亞焦躁地咂嘴，然後把槍口朝向沒有動作的手下。

「快去！」

西貝亞看見剩下的人急忙開始動作後，再次咂了嘴，接著從其他巷弄追趕阿基拉。

◆

阿基拉在巷弄轉角往前一點的地方停下腳步，對著來時的路舉起槍。由於轉角變成遮蔽物，原本是看不見前方。

但是阿基拉透過牆壁正確地看見從前方逼近的敵人。是阿爾法把搜敵結果擴增顯示在阿基拉的視野當中。為了讓他輕鬆識別敵人位置，還在其身影加上紅色框線。

西貝亞的眾手下是西貝亞用槍威脅他們快追才被迫有所行動，加上他們認為逃走的人現在正全力遠離現場，因此沒有注意到消除氣息以非常安靜的狀態等待敵人的阿基拉。於是他們沒有確認通道轉角前方就直接衝出。

面對毫無防備就衝出來的一班人，阿基拉冷酷地賞他們子彈。前面的傢伙正面中彈且不斷倒下，自身血肉弄髒了通道。待在前頭稍微往後的傢伙因為中彈的疼痛，發出痛苦的聲音，後面跟上來的人則發出慘叫。

『阿爾法，還剩多少人？』

『包圍你的人開始漸漸逃走了，把頭領跟他的幹部解決就結束了。所以最少還要三個人。躲到那邊。』

阿基拉藏身在巷弄的小徑。等了一會兒，殘存的敵人從通道轉角進行牽制射擊後，慎重地窺探前方的狀況。

阿基拉沒有中彈，也沒被敵人發現。阿爾法明確地指示他到中彈率低的地方了。

加上阿基拉長年的巷弄生活，讓他擅長不被人發現的藏身技術。以從轉角稍微探出頭來確認的找尋方式，想找出阿基拉極為困難。

判斷阿基拉應該不在附近的男人從轉角探出整個身體。這瞬間，眉間就被阿基拉擊中了。

『還有兩個人喔。趁現在換彈匣吧。』

『了解。』

阿基拉聽著敵人響徹現場的慘叫，同時冷靜地換彈匣。

◆

西貝亞從後方的巷子追趕阿基拉，任憑怒氣驅使前進了好一陣子。但是隨著時間經過，稍微恢復

冷靜後，臉上就轉變成蘊含困惑的表情。

「……你們幾個！那邊怎麼樣了？」

他試著用無線電跟幹部聯絡，但是完全沒有人接聽。為了掩飾內心的不安，原本臉上焦躁的表情開始參雜了虛張聲勢。

「……可惡！」

原本從遠處傳出槍聲，不久後就沒再聽見了。從這種狀況只能推測出兩種結果，不是殺掉阿基拉後戰鬥結束，就是完全相反的情況。

西貝亞當然希望是前者。無線電之所以無人接聽，可能是因為戰鬥造成機械故障，不然就只是因為受了點傷沒空理會。這些都是很可能發生的事。

但是並非如此的預測、那個預測成真時的光景、自己置身於那個光景的模樣，已經開始浮現在他的腦海裡。

（……那個小鬼是何方神聖？不是普通的小鬼

嗎？）

西貝亞原本認為阿基拉只是運氣比較好的小孩子。根據傳聞，貧民窟與附近的荒野存在藏有死掉的獵人遺物的場所，結果有小孩子偶然發現了這個地方。

如果是這樣，那麼即使是沒有實力到達遺跡的人，也可以拿昂貴的遺物到收購處。這也符合多數獵人以傳聞為根據，不論怎麼尋找都沒發現未調查部分的結果。

因為是外行人，不清楚遺物的價值就拿到收購處，賣得出乎意料的高價後甚至傳出奇怪的傳聞。嚇一跳的小孩應該是躲藏了一陣子等風頭過去吧。西貝亞首先如此推測。

然後又從這個結論繼續推測。如果隱藏地點還殘留著遺物，為了不像上次那樣引起騷動，應該會以第一次賺得的錢備齊外表的裝備，等傳聞沉靜下來後再次前往販賣遺物。差不多是時候了。如此思考的西貝亞命令部下找出符合這種條件的人。

結果看見真的找到的小孩子，西貝亞就確信自己的判斷沒錯。那個小孩看起來很軟弱，外表實在不像能從連自己都裹足不前的遺跡以及荒野生還的實力者。

但是確信瓦解了。西貝亞終於停下腳步。感覺繼續前進的話會死，讓他沒辦法繼續走下去。

（……逃走比較好嗎？如果其他傢伙殺掉小鬼，之後再隨便找個理由把事情搪塞過去……）

西貝亞站在現場猶豫著該怎麼做，而這就是他最大的失策。無論是要交戰還是逃走，都必須迅速做出選擇，因為這樣決定交戰時就能創造迎擊的時間，決定逃走就能賺得奔跑的時間。浪費時間決定了西貝亞之後的命運。

槍聲連續響起，無數子彈直接擊中西貝亞。雖然防護服的強大防彈機能讓他避開了致命傷，但還是因為衝擊，使他的武器掉落，人也癱倒在地。

接著又有更多子彈飛向他。掉落的槍械遭到破壞，倒地的西貝亞因為受傷與疼痛，動作變遲緩，結果完全喪失戰鬥能力。

從附近巷弄現身的阿基拉皺著臉。原本想直接殺了西貝亞，所以確實瞄準了，結果他卻還活著。阿爾法有些傻眼地微笑著說：

『這次失手太誇張了，得更確實瞄準頭部。』

『……今後也會努力接受訓練。』

阿基拉也輕嘆了一口氣，然後直接朝西貝亞走去。這次為了確實殺掉對方，把槍口仔細對準對方的頭。

西貝亞非常慌張，好不容易才用還能動的手阻止阿基拉。

「……等、等等！我輸了！是我不對！錢我可以給你！我存了不少錢！先等一下！」

阿基拉以沉穩的聲音詢問：

「為什麼找我麻煩？」

「因、因為聽到有個小孩明明沒有很強，卻有一大筆錢的傳聞！那是天大的錯誤！你真的很強！拜託饒我一命吧！」

西貝亞拚命列舉饒了自己的好處。

「饒了我的話，我就把我的幫派讓給你！而且你也不願意再像這樣遭到襲擊了吧？我來幫你把事情擺平！我跟其他幫派也頗有交情！所以說，饒了我吧？」

阿基拉凝視著乞求饒命的西貝亞，阿爾法則微笑著觀察阿基拉的動靜。

「我知道了。我也不想死——」

聽見阿基拉這麼說，西貝亞臉上浮現撿回一條命的欣喜表情，但是臉龐立刻又變得蒼白。

「——我剛才是說到這裡嗎？現在接下去。所以換你去死吧。」

阿基拉扣下扳機。西貝亞頭部被子彈從極近距離擊中後立刻死亡。

『阿爾法，其他傢伙呢？』

『早就全部逃走了。辛苦嘍。』

阿基拉看著微笑的阿爾法，首次有了勝利的真實感。接著他放心地鬆了口氣，然後又嘆息，表情為之一沉。

『……感覺當上獵人之後只有不斷殺人。原本以為獵人是要跟怪物戰鬥啊。』

聽見阿基拉的嘆息，阿爾法笑著回答：

『從沒什麼大不了的理由就想殺了你這一點來看，我覺得他們跟怪物沒兩樣。你想跟怪物戰鬥的話，就得快點變更強。憑你現在的實力，還是勸你別跟怪物戰鬥比較好。』

『我也不是想跟怪物戰鬥。這些傢伙應該也一樣吧。跟怪物比起來，還是跟我打比較好。就是這麼想才會攻擊我吧。』

阿基拉大大地嘆了口氣。

『現在的我對這些傢伙來說，就像是掉在地上的錢包。不快點擺脫這種印象的話，就會一直遇到這種事嗎……真麻煩。』

『到收購處把遺物賣掉之後，你這個錢包的厚度就會增加了。要多加小心啊。』

阿基拉對阿爾法露出厭惡的表情。阿爾法毫不在意地繼續微笑。

強盜也不是隨便襲擊每個人。即使有人毫不猶豫就能以暴力搶奪金錢，一旦判斷會反過來被殺，就不會發動襲擊。為了在貧民窟持有金錢，至少需要手邊的錢不被人搶走的實力。

塞在錢包裡的錢越多、阿基拉擁有的錢越多，就會有更強的人過來撿拾、搶奪，直到襲擊阿基拉而死的人的屍體堆積成山，比較屍體山與阿基拉的錢後判斷這樣划不來為止。

阿基拉他們先離開現場，繞過貧民窟前往收購處。今天留在現場的屍體也成了蠢貨末路的實例之一，今後將成為讓人判斷「划不來」的一個例子。

◆

阿基拉遭受攻擊後過了幾天的巷弄裡，一名叫作謝麗爾的少女正為自己的前途感到茫然。

以貧民窟居民來說算乾淨的服裝、現在也保持光澤的頭髮與肌膚，都顯示出謝麗爾持續在貧民窟過著相當不錯的生活，但現在已經開始產生陰霾了。那是因為這幾天都在巷弄裡生活。不過這時浮現在她姣好容貌上的沉悶表情讓人產生更加陰暗的印象。

謝麗爾原本隸屬於西貝亞的幫派，然而那個幫派因為西貝亞的死，瞬間瓦解。許多存活下來的成員都被其他幫派吸收了。

只是也有無法順利轉移幫派的人，也就是參與襲擊阿基拉的成員。說是參與，其實大部分的人都只是站在那裡當阻擋阿基拉去路的人牆，並非實際攻擊了阿基拉。順利說明阿基拉根本沒看到自己的人就得以加入其他幫派。

但是謝麗爾辦不到。謝麗爾仍是個孩子，卻擁有出眾的容貌。雖說貧民窟的生活讓她天生的美貌扣了一些分，還是保持著引人矚目的外型，將來應該會變成更漂亮的美人吧。由於許多人都這麼認為，講好聽一點是受到西貝亞照顧，講難聽一點就是被他看上了。所以發動襲擊時她也站在離西貝亞比較近，還算是安全的位置。

在貧民窟遭到攻擊的獵人會對攻擊者做出何種程度的報復是因人而異。阿基拉殺了西貝亞等人，讓他的幫派瓦解，但沒有人能保證事情就這樣結束了。考慮到要是被貧民窟居民瞧不起，將會危及性命，也有人為了自己的安全而固執地澈底擴大報復對象來進行報復。

不論是襲擊時站的位置或是幫派內的地位，謝麗爾都是待在比較靠近西貝亞等人的位置。要是讓謝麗爾加入自己的幫派，有可能會受到牽連，成為報復的對象。這麼想的其他幫派拒絕了謝麗爾。

謝麗爾無力地呢喃：

「今後該怎麼辦呢……」

貧民窟存活是很困難的事，但並非不

安一定程度的技術。

獨自活下去，她擅長的是隸屬於像是集團內外的人際關係、距離感、來往方式的掌握與調整都是她的專長。謝麗爾知道這個部分要是失敗就會被其他幫派襲擊，或是因為集團的利益被當成棄子。阿基拉可說就是這種極端的失敗例子。

再繼續這麼迷惘，情況也不會變好。這點小事謝麗爾很清楚，卻想不出改善狀況的手段。謝麗爾只能繼續走投無路。

最後太陽下山，夜晚降臨。這段期間持續思考著，卻沒有好點子。著急、睡意與焦躁混在一起，讓思緒漸漸變得奇怪。

以疲勞與睡眠不足而變遲鈍的腦袋持續思考平常不會想到，甚至一浮現就會立刻駁回的點子。思緒依舊有點奇怪，一直持續思考，不知不覺間就睡著了。

隔天早上，謝麗爾在貧民窟的巷弄一角醒了過來。經過充足睡眠，變清晰的腦袋重新浮現昨天的睡著前一直想著那個愚蠢的點子，所以已經出一定的可行性。

（……若說一點都不勉強就是在自欺欺人。成功的可能性不大，失敗的話最糟糕就是被殺。就算成功好了，我能平安無事到什麼時候？）

謝麗爾感到猶豫。換個方式來說，昨晚的愚蠢點子變成讓她猶豫是否該執行的有效選項了。作為是否值得一賭的選項，已經帶著現實感。

如果不賭這一把，就只能繼續現在這種漸漸對自己不利的狀況，束手無策地過著將有可能死亡的日子。

「……只有硬著頭皮上了。」

謝麗爾有所覺悟，然後帶著嚴肅的表情起身，開始走動尋找賭一把的對象。為了找到毀滅自己幫派的男人，賭上自身的明天與其交涉。

◆

阿基拉已經數次來到靜香的店，成為靜香店裡的常客。今天也為了補充彈藥來到店裡，結果看到靜香與另外兩名常客在櫃檯前面閒聊。

原本想跟靜香搭話的阿基拉看見那兩名常客的臉，就露出有點疑惑的表情。好像在哪裡看過那兩個人。結果阿爾法告知她們是阿基拉以前拯救過的對象，也就是艾蕾娜與莎拉。

阿基拉也因此回想起來，然後露出覺得有點麻煩的表情。

靜香一直在接待身為朋友也是常客的艾蕾娜兩人。

艾蕾娜在防護服上佩戴了固定情報收集機器用

的皮帶。雖然纖瘦，但可以看出女性性徵的身體上纏繞著必須支撐一定重量的皮帶，而且為了固定裝備，把皮帶綁得比較緊一些，結果就凸顯出各個部位的形狀，同時醞釀出肉感的魅力與機能美。

莎拉則是穿著以黑色為基調的防護服。配合因為消費型奈米機械類身體強化擴張者的影響，體格變化幅度相當大的身體，選擇了伸縮性十足的防護服。

而補充完奈米機械，恢復成以前體型的身軀由內側撐起高伸縮性防護服的結果，讓她玲瓏有緻的身體曲線更加醒目，也令人輕易就能想像服裝底下充滿魅力的肢體。

加上她的胸部尺寸明顯與身體不符。從胸前放棄完整收納豐滿的胸部，大大敞開的拉鍊可以看到乳溝，脖子上還掛了一個墜飾。飾品是加工成裝飾用的子彈，而那顆子彈有一半埋在乳溝裡。

靜香對莎拉露出面對客人兼朋友的笑容，同時以有氣無力的模樣說話。

「……這件事我很清楚了，還有被那個謎樣人物拯救、襲擊妳們的傢伙身上的東西都直接放著、妳們把他們剝光後帶回來這些事。然後把那些裝備賣掉獲得意想不到的一大筆錢，付完補充奈米機械的費用後還剩很多，這些我也明白了。因為我已經是第五次聽妳說這件事了。」

面對靜香暗示「不要再說那些事了」，莎拉絲毫不在意，只是微微歪著頭說：

「是這樣嗎？那我有說過當時拿到的回復藥的事嗎？考慮到這陣子的消費量，所以補充了比較多的奈米機械，但用了拿到的回復藥後，很不可思議地，連奈米機械的消費效率都變好了。據艾蕾娜所說，那很可能不是現代製，而是舊世界製。所以原本以為很快就會變小的胸部還是這麼大，男人們的視線都……」

莎拉似乎完全不打算關上話匣子。雖然靜香也算喜歡聊天，但實在不想聽已經知道的事好幾遍，尤其是近似戀愛故事的情節就更不用說了。

當靜香尋找該如何中斷或改變話題時，就發現來到店內的阿基拉。

「啊，有客人來了，這件事下次再聊吧。歡迎光臨，阿基拉。」

阿基拉來到櫃檯前面對著靜香低下頭。

「妳好，靜香小姐，要再買一些子彈了。」

「跟之前一樣就可以了嗎？」

「是的。還有，抱歉老是買同樣的子彈。要再等一陣子才能買新的槍了。」

「沒關係啦。消耗品的銷售額也可以積少成多啊。不要逞強想賺大錢，能活著回來最重要。」

靜香把阿基拉介紹給艾蕾娜她們認識。

「他是阿基拉，跟艾蕾娜妳們一樣是獵人喔。身為獵人的前輩，要不要給他一些建議？」

「幸會，我叫阿基拉，目前算是一名獵人。」

阿基拉裝成初次見面的樣子，對艾蕾娜她們輕輕低下頭。由於之前並沒有直接碰頭，也算是初次見面。

艾蕾娜她們認識靜香很久了，無論是作為朋友還是經常光顧的店家老闆，她們都很信賴靜香。由這樣的靜香介紹的話，對方應該不是什麼壞人。如此認為的兩人隨即對阿基拉露出笑容。

「我是艾蕾娜，她是莎拉。我們是這家店的常客，也跟你一樣是獵人，兩方面都算是你的前輩吧？雖然很想說別看我們這樣，我們也算是頗有實力且幹練的獵人……」

艾蕾娜露出苦笑，沒有繼續說下去，換成莎拉一邊苦笑一邊接著說：

「……但最近才剛搞砸，差點死掉，雖然運氣很好獲救了。你也要多小心啊，無論再怎麼謹慎，該死的時候還是會死。獵人就是這樣的工作。」

艾蕾娜她們的苦笑透出對於自己倒霉與失敗的想法。那確實是相當危險的事態。即使如此，苦笑看起來似乎帶有某種開心，那是因為就結果來說，當時的險境後來成為克服難關的契機。

阿基拉輕輕點頭。

「知道了。我會多小心。」

艾蕾娜對阿基拉直率的回答感到滿意般輕輕點頭後，就以開玩笑的語氣對靜香說：

「看來妳有客人來了，我們也該回去嘍。讓妳一直聽莎拉說故事也實在太可憐了。」

「妳都知道要這麼說了，就好好聽莎拉說故事啊。對常客的服務還是有限度的喔。」

靜香這番玩笑兼抱怨的發言，讓艾蕾娜也用開玩笑般的態度回答：

「我想莎拉對當事者傾訴也沒意思喔，而且我平常就在聽了。既然我們都來貢獻營業額了，偶爾代替我一下也沒關係吧。」

莎拉也加入，開起玩笑：

「哎呀，那回去之後就說給艾蕾娜聽吧。」

結果艾蕾娜露出玩笑成分大幅降低，看起來有點恐怖的笑容回答莎拉：

「好喔。為了讓妳不再幹出那種蠢事，我們就來好好聊聊吧。」

「靜香，再見嘍。」

莎拉像是要蒙混過去，笑了一下就快步離開。

靜香則苦笑著說：

「原來如此，難怪莎拉想要我聽她訴說啊。」

「只有話實在太長時才會用那種方法啦。那我們走嘍。」

「嗯。歡迎再次光臨。」

靜香輕輕揮手目送艾蕾娜她們離開之後，就轉換心情開始接待阿基拉這位客人。

「久等了。你要子彈對吧，我馬上準備。稍等一下喔。」

靜香從店內拿來阿基拉指定的子彈。阿基拉將子彈收進背包後，注意到靜香正以別有深意的眼神看著自己。

「……請問，怎麼了嗎？」

靜香隔了一陣子都沒回答阿基拉的問題，只是像在確認什麼般看著他，然後突然開口：

「阿基拉，你為什麼不說出是你救了艾蕾娜她們呢？」

阿基拉好不容易才沒有把口水噴出去。他盡可能裝出平靜的樣子說：

「……那個，我不是很清楚妳在說……」

「你自己也不是很有錢吧？聽艾蕾娜她們說，你打倒的那夥強盜身上的東西賣到了不少錢。既然是你打倒的，我覺得拿一些也是應該的喔。」

「……沒有啦，那個……」

「你也有什麼隱情吧？但是，如果你擔心的是不知道能否信任對方，那我可以保證艾蕾娜她們是值得信任的人。」

「……我是說……」

「獵人是很危險的職業，找到能彼此信任的獵人很重要喔。我覺得這是個很棒的機會。」

靜香露出教誨般溫柔的微笑。她這種態度讓阿基拉的表情變得有些僵硬，並且保持沉默。

靜香完全是以阿基拉救了艾蕾娜她們這個前提來跟阿基拉說話。但是只要阿基拉不說，對方也沒有物證，應該能夠混過去才對。阿基拉就是這麼想才保持沉默，然而這時靜香又繼續說：

「聽艾蕾娜她們說，你把一顆子彈交給她們了對吧？我店裡賣的子彈，彈殼上都有製造號碼。這是為了掌握彈藥的販賣通路，以及萬一出現瑕疵品時要聯絡製造商。那是我賣給你的子彈吧？」

對方直接就說出擁有的物證，阿基拉也就放棄掙扎了。

「……抱歉，可以請妳幫我保密嗎？」

「嗯。果然是你嗎？因為沒有確切的證據，才會試探你。真的很不好意思。」

阿基拉忍不住噴出口水，然後急忙反問：

「子、子彈的編號什麼的呢？」

「彈殼上確實有製造號碼喔，但是光憑那樣根本無法成為證據。」

靜香笑著這麼回答之後，就對受到輕微衝擊的阿基拉露出有些抱歉的表情。

「對不起。你應該有不能說的隱情吧。我保證不會把這件事情說出去。」

靜香接著又以教誨般的口氣說：

「但是呢，剛才也說過了，跟值得信賴的獵人有交情是很重要的事。因為也有把強盜當成副業的惡劣獵人，光是跟值得信賴的人聯手，生還的可能性就會提升喔……對我來說，你和艾蕾娜她們，所有獵人看起來都像趕著赴死一樣。」

接著她露出看起來有點寂寞的笑容。

「我不打算對獵人的生活方式說三道四，但是我想給朋友怎麼樣才能存活下來的建議。我說過好幾次了，我可以保證艾蕾娜她們是值得信賴的人。如果你改變心意，想跟艾蕾娜她們培養關係，記得跟我說。」

阿基拉對靜香沒有任何心機的親切感到高興，於是笑著低下頭說：

「我知道了。還有，謝謝妳替我擔心。」

靜香也露出跟平常一樣的笑容。這時阿基拉突然想到。

「但是，如果彈殼無法成為證據，妳為什麼會知道呢？」

「只是我的第六感，沒有什麼明確的證據。真要說的話，大概就是剛才提過的子彈吧。莎拉把它當成墜飾戴在身上吧？那是艾蕾娜從救了她們的某個人那裡獲得，莎拉將其加工後製作而成。她說要拿來當成護身符兼鑒戒，感覺那顆子彈是從我店裡賣出去的商品。」

要追加說明的話，就是莎拉拿那個子彈給靜香看過好幾次，所以留下了印象，不過靜香沒有提到這個部分。

「還有你遇見艾蕾娜她們時，好像刻意裝出初次見面的模樣。在聽到有關不清楚長相、聲音與姓名的恩人這件事時，附近有個裝成初次見面的人。這兩件事讓我覺得有點關聯，就這麼簡單喔。」

阿基拉抱住頭。沒想到光是這樣就被對方識破了。

之後靜香又像是有些難以啟齒地繼續說：

「啊～～還有喔，如果要跟她們兩個說，我覺得還是快一點比較好。然後，理由是因為……」

靜香說到這裡，開始有點猶豫，但還是帶著近似苦笑的表情繼續說：

「……或許是獲救感到很高興，莎拉對我說了好幾次那件事。然後她在說的時候，表情……變得跟戀愛中的少女一樣……」

一路靜靜聽到這裡的阿基拉也開始察覺話題往奇怪的方向發展，醞釀出一股危險的氣息。

「……每次聽她敘述經過，內容就開始漸漸有些微的變化。她開始用『他』來稱呼年齡、性別不明的某個人。這樣下去，她會不斷假設不明確的部分，最後……不對，這不過是我的預測，希望你不要想太多……」

靜香苦笑著強調：

「某個富豪家的公子因為興趣而當上獵人，在偶然的情況下拯救了莎拉她們。之所以為善不欲人知，是因為不想要女性為了金錢與身分來纏著自己。不要求金錢的回報，還有大方給予昂貴的回復藥，都是因為他手頭寬裕……像這樣的事情，不對，是我想太多了。」

雖然跟現實的阿基拉沒有任何共通點，但是情境卻說得通。阿基拉開始冒冷汗。

「我是貧民窟出身，所以身上完全沒錢，跟剛才的想像完全擦不上邊……還是請妳幫忙保密吧，拜託了。」

阿基拉與靜香一起露出含糊的笑容，就此結束這個話題。

第11話 阿基拉與謝麗爾

阿基拉一邊與阿爾法閒聊，一邊從靜香的店裡走回旅館。途中阿爾法以換個話題似的輕鬆態度告訴他：

『阿基拉，你又被跟蹤了。』

『又來了嗎？』

由於前幾天才剛被襲擊，阿基拉臉上露骨地表現出內心的不耐，但是這樣的表情逐漸變成疑惑。

『不對，等一下喔。對方難道打算在這種地方發動襲擊？』

都市的治安是否良好，與維持治安的組織擁有多少力量有很大的關係。防壁內側就不用說了，外側大部分是由民營警備公司承接區域的警備工作，主要是用武力對應擾亂治安的各種要因。

雖說是朝較接近貧民窟的旅館前進，但這一帶依然是治安比較好的區域。在這樣的地方引發前幾天那樣的騷動，等於跟維持治安來獲利者敵對的行為。安全在東部是具有極高價值的商品，對於降低其價值的存在當然會有相當嚴厲的制裁。

想引發爭執也有適合的時間與地點，這和在貧民窟引起強盜騷動完全不同。把跟蹤視為馬上會發動襲擊的阿基拉想法上已經很偏頗，結果又因為前幾天的襲擊，讓他更為偏頗。即使如此，阿基拉還是認為不可能有笨蛋為了錢在這裡襲擊自己。這就是如此超乎常軌的一件事。

當阿基拉的警戒與困惑同時增加時，阿爾法再次補充：

『看起來不像是要攻擊你，你可以放心了。對手也沒有武裝，雖然跟在後面，與其說目的是跟蹤，更像是猶豫著要不要跟你搭話。你也自己確認一下吧。』

阿基拉回頭尋找該名人物。在阿爾法的輔助下，擴增視野裡特別顯示出那個人，所以一下子就找到了。

跟阿基拉同年齡層的少女在該處露出形跡可疑的模樣。少女發現突然回頭的對象緊盯著自己，行跡也就越來越可疑了。這名少女就是謝麗爾。

阿基拉從謝麗爾的模樣判斷確實沒有危險性，並放鬆戒心。然後又覺得丟下對方不管或跑掉甩開對方也不是辦法，就先朝她的方向走去。

另一方面，謝麗爾看見朝自己靠近的阿基拉就越發緊張。她拚命以理性壓抑現在立刻就想逃走的自己。

（……冷靜下來！這樣省掉我主動去搭話的時間！要這麼想才對！事到如今也不能收手了吧？）

西貝亞等人雖是落魄獵人，還是具備率領一支小規模幫派的實力。現在獨自輕鬆幹掉他們的人正朝自己靠近，而且這個人還是在被敵人包圍的情況下毫不猶豫就選擇交戰的那種人。

如果對方早知道自己是之前的襲擊者之一，心想一看見當時的漏網之魚就要動手殺掉，那麼根本沒有交涉的機會就被殺也不奇怪。謝麗爾不認為他對動手殺人會有任何猶豫，緊握雙手承受著這樣的恐懼。

阿基拉不認識自己或不記得自己，這是謝麗爾孤注一擲的第一道難關。

阿基拉來到謝麗爾身邊。謝麗爾試著露出笑容，卻因為恐懼與緊張而整張臉扭曲。

「找我有什麼事嗎？」

從近處看見阿基拉身上的裝備後，謝麗爾更加緊張了。造成前幾天那種慘劇的ＡＡＨ突擊槍。雖然是便宜貨，但那是威力跟手槍那種對人用的武器完全不同的對怪物用槍械。

被那把槍擊中的話，像自己這樣的女孩能不能保留原本的模樣都不知道。想到這裡的謝麗爾忍不住回想起當時的槍戰，然後不由得想像自己也加入那座屍體堆成的山，只能斷斷續續地說：

「有、有話想……」

「有話？什麼話？」

阿基拉以納悶的表情等待她繼續說下去。然而謝麗爾因為劇烈的動搖，無法順利把話說完。不過她還是為了避免對方不開心，好不容易讓急促的呼吸靜下來，努力想把話說下去。

但在那之前，阿爾法就先插嘴了：

『阿基拉，還是先告訴你吧，她是之前襲擊你的其中一人，混在當時包圍你的人群中。不過槍戰一開始就馬上逃走了。』

「是這樣嗎？這樣的人找我有什麼話要說？』

『誰知道，這我就不清楚了。』

謝麗爾動搖的模樣原本讓阿基拉降低了不少戒心，但聽見阿爾法的話之後又恢復原狀。而且怎麼說都是跟襲擊者有關的人，所以先產生了敵意與不快。而這些情緒又顯露在阿基拉的表情與口氣。

「想殺我的傢伙之一，找我有什麼話要說？」

這句話讓謝麗爾的腦袋一片空白。頭腦拒絕理解現狀，視野產生嚴重扭曲，全身開始抖得即使當場攤軟也不奇怪。內心充滿恐懼，然後想像阿基拉之後會採取的行動。

他會拔槍，把槍口塞到自己的喉嚨，毫不猶豫就扣下扳機。自己的頭被轟飛，肉片四處飛散。這樣的想像閃過腦袋，讓謝麗爾抖得更厲害了。

這時她受到由恐懼與緊張造成的反胃感襲擊，但是胃裡沒有東西，能吐的就只有胃酸。更嚴重的是，謝麗爾現在根本連吐都做不到。

另一方面，阿基拉的怒氣因為謝麗爾的這種模樣而消散。對方恐懼到了極點，不但淚腺潰堤，甚至還流著鼻水。表情就像面臨行刑的死刑犯，根本不是能說話的狀態。那過於誇張的模樣讓敵意與不快從阿基拉臉上消失，取而代之的是強烈的困惑。

阿基拉慌了手腳的模樣讓阿爾法笑著鼓譟：

『啊～～糟糕了。』

『是、是我不對嗎？』

『誰知道呢？就算我知道整件事，也不想理會雖然不是主動但想過要殺你的對象到底怎麼了。不過周圍的人怎麼想，我就不知道了喔。』

正如阿爾法所說，在旁人眼中看來，怎麼樣都像是阿基拉在威脅謝麗爾。如果有不知道來龍去脈又充滿正義感的人士在場，這絕對是會讓人奮力解救謝麗爾的光景。要是引起周邊負責維持治安的警備人員不必要的誤會，阿基拉就會麻煩纏身。

注意到這一點的阿基拉急忙想讓謝麗爾先冷靜下來。

「啊～～別這樣，妳先冷靜一下吧。我沒有要對妳下手的意思，妳應該也一樣吧？冷靜下來談一談吧。妳有話要說不是嗎？好了，深呼吸然後冷靜，可以嗎？」

阿基拉的努力白費，謝麗爾持續無聲的哭泣。

（……為什麼會變成這樣？）

阿基拉暗自詛咒這個世界。

好不容易回到旅館房間的阿基拉把謝麗爾也一起帶過來了。之所以沒有採取丟下謝麗爾逃跑的手段，是因為在意她即使如此懼怕還是想對自己搭話的內容是什麼。

謝麗爾沒有抵抗拉著自己手的阿基拉。雖然抵達房間，還是處於因為害怕而強烈動搖的狀態，不過稍微恢復冷靜了。臉上殘留清楚的淚痕，但已不再哭泣。

目前阿基拉不認為謝麗爾是敵人。把她當成敵人的話，會以更冷淡殘酷的態度來應對。就算謝麗爾以因為害怕而扭曲的臉哭著求饒，他還是會毫不遲疑地射殺謝麗爾。

但是並非敵人的少女露出極度恐懼的模樣待在自己身邊，而且還是因為害怕自己而發抖，這樣的狀況已經大幅超出阿基拉的對應能力了。因此慌了手腳的他，只能對謝麗爾提出這樣的建議以求改善情況。

「妳、妳先去洗個澡如何？這樣應該可以冷靜下來喔。」

謝麗爾微微點頭，朝浴室走去。有些陷入混亂的阿基拉所做出的建議很可能造成許多誤會，但謝麗爾沒有多餘心思注意到這一點，就算注意到了也沒有抵抗的氣力。

謝麗爾的身影消失在浴室裡，阿基拉就像要吐出擔心般深深嘆了口氣。

『阿爾法，妳覺得是什麼事？』

『雖然可以做出各種預測，你還是直接問她比較快。今天的訓練就先中止，等她從浴室出來再好好聽她要說什麼吧。』

『說的也是。』

自己也先恢復平靜吧。這麼想的阿基拉等待謝麗爾從浴室出來。

◆

謝麗爾茫然泡在浴缸裡。自身賭注的第一道難關馬上就無法突破時，還以為一切都完了，但現在已經一點一點冷靜下來了。

緩緩泡在熱水裡，恐懼、緊張、焦慮等多餘的情緒就跟疲勞一起溶解。這對許久沒有入浴的謝麗爾在穩定精神方面產生很大的作用。

（……預想的賭注雖然輸了，但我還活著……真不知道運氣是好還是壞。不，應該要認為是幸運。多虧露出那樣的醜態，對方大概不會不由分說就殺了我。被帶到旅館嘛，嗯，這算是在預想的範圍內。雖然不是很願意，不過就加以活用吧……也要有效果才行啦。）

事前應該有所覺悟了，但實際挑戰之後才發現只是半吊子的覺悟，導致自己露出那樣的醜態。

不過以得到休息後取回思考能力的腦回想，就理解是那樣的醜態大幅降低了阿基拉的警戒，因此救了自己一命。蹩腳的演技應該會造成反效果。包含這些事在內，自己可以算很幸運了。

洗好澡就必須對阿基拉提出當初預定的請託。不清楚他是否會接受那個提案，得趁現在努力提升可能性。

謝麗爾看著自己映在水面的模樣。那是容貌足以讓男人疼愛的少女身影，真要說有什麼缺點，大概就是胸部的豐滿度有點不足。

謝麗爾很清楚自己的容貌相當優秀。以身體作為交易條件，應該能獲得頗高的評價。只是，阿基拉要她先洗澡時，感覺不到他有那方面的需求就是了。不過他很有可能改變心意。

雖然不是很願意，如果對方有需求就得付出。

對身無長物的自己來說，能提供的也只有這個了。如此一來就要盡量提高價值，能利用的東西就要全力利用。謝麗爾如此判斷，就仔細地清洗身體與頭髮，盡可能讓自己看起來更加美麗。

◆

阿基拉在等待謝麗爾的期間開始用餐。他從冰箱拿出冷凍食品，放進調理器具完成加熱。當他馬上要開始吃的時候，洗完澡的謝麗爾剛好從浴室走了出來。

看到食物後，謝麗爾的肚子叫了，比本人更加強調空無一物的主張。阿基拉與謝麗爾四目相對。幾秒鐘的凝視後，阿基拉默默把原本要吃的食物拿給謝麗爾，然後開始解凍別的冷凍食品。

沉默當中，冷凍食品持續加熱。這段期間，謝麗爾沒有吃，而是默默等待著。

阿基拉拿著加熱好的料理坐到謝麗爾正面，然後確認對方的樣子，判斷她已經冷靜下來後就先鬆了一口氣。這樣應該能溝通了吧。這麼想的阿基拉開口表示：

「嗯，邊吃邊談吧……」

謝麗爾的肚子再次叫了起來。對兩人來說都很尷尬的沉默籠罩現場。

「……那就吃完再聊吧。」

阿基拉與謝麗爾就這樣開始用餐。

吃完，當兩人的胃裝進不至於妨礙對話的食物後，阿基拉就打起精神準備聽謝麗爾要說些什麼。

「嗯，先自我介紹一下，我是阿基拉。」

「我的名字是謝麗爾，直接叫我謝麗爾就可以了，阿基拉先生。謝謝您的浴室與餐點。還有，抱歉剛才一時亂了分寸，給您添麻煩了。」

謝麗爾恭敬地低下頭。面對這樣的她，阿基拉以於好於壞都不怎麼在意的態度直接回答：

「叫我阿基拉就可以了……那麼，妳想跟我說什麼？」

阿基拉稍微露出嚴肅的表情。謝麗爾也下定決心，以認真的表情回答：

「那我就開門見山說了。其實我是希望由你來當我們的老大。」

出乎意料的內容讓阿基拉不由得露出納悶的表情。他的模樣讓謝麗爾緊張地開始詳細說明。

許多貧民窟的居民為了度過嚴酷的生活，組成幫派。以組織確保安全的睡覺的地方、取得定期食物、協助籌款等等的好處，基本上高於因為集團行動所帶來的壞處。就算只是最底層的嘍囉，作為集團一員與集團互相利用的時候，大概都會比嚴酷的獨自活動輕鬆許多。

在貧民窟裡，數量就是力量。幫派的營運上軌道的話，希望加入幫派靠其力量獲得庇護與利益的人就會增加。繼續擴大勢力開始對周邊的治安產生影響力時，其中心人物就能過著相當舒適的生活。然後有更多人為了追求舒適生活而聚集，最後發展成大規模的幫派。

大規模幫派的老大也有可能並非貧民窟的居民，其中有人做黑市生意，有人從事在治安良好的地區無法營業的買賣，總之就是有各種見不得光的背景。這些人大致上都擁有鉅款與強大武力，幫派規模當然也會變大。

由獵人與落魄獵人率領的幫派也很常見。在荒野狩獵怪物的武力，在貧民窟也很有用。光是知道成員當中有當過獵人的人加入，就能保障手下的安全。如果是跟收購處等商店關係不錯的人，即使只是在貧民窟或附近的荒野收集廢鐵及物品來販賣，也不會被認為只是貧民窟的居民而被瞧不起。

因為這些優點，即使某些獵人在人格等方面有缺陷，在幫派內還是大多能被允許有較高的地位。

獵人會因為各種理由，與貧民窟的幫派扯上關係。像是放棄在荒野贏得功名，改為在貧民窟的黑市那樣的世界贏得地位；或者為了讓自身能夠在荒野獲得成功，希望找到地方提供死了也無所謂的人員；想確保作為祕密基地或倉庫的地點；想作為建構大規模組織的立足點。其他還有為數眾多的獵人會因為各種理由和利益，與貧民窟的幫派交流。

謝麗爾對阿基拉說明成為幫派老大的優點後，又繼續告訴他現在的話可以代替西貝亞坐上老大的位子。西貝亞等人並非靠統率能力，而是靠武力，或者可以說是以暴力作為後盾來管理幫派。而輕鬆就殺掉西貝亞等人的阿基拉很容易就能成為新任老大，為了報復襲擊，奪走西貝亞的幫派在義理上也說得過去。毫無問題，而且利益很多。謝麗爾如此熱衷說明。

但阿基拉擺出沒什麼興趣的態度。

「好像很麻煩，我沒興趣。抱歉，妳去找別人吧。」

「等、等一下！」

面對想結束話題的阿基拉，慌張的謝麗爾忍不住叫了出來，卻想不出接下來該說什麼。阿基拉明顯對這件事沒興趣，然而謝麗爾已經想不出比剛才的說明更能引起興趣的內容了。無謂地繼續對方沒興趣的話題，也只會惹對方不開心而已。

現在惹阿基拉不開心對自己非常不妙。自己已經被發現是屬於襲擊者那邊的人，目前處於對方姑且饒一命的狀態。這時要是惹對方不高興，對方的判斷會從「太麻煩了，饒她一命」切換成「太麻煩了，直接殺掉」也不奇怪。

害怕這一點的謝麗爾為了討好對方，主動說出可以的話不想提出的交換條件。

「……如果你答應這件事，現在開始我可以隨你處置。」

阿基拉的視線移到謝麗爾的身體，然後往胸部以及手腳挪動。

在謝麗爾眼裡看來，對方正在打量自己身體的價值。老實說那讓人不是很舒服，不過她已經有所覺悟可能會被殺了，這完全是在容許範圍內，甚至很想感謝自己讓對方感興趣的容貌。謝麗爾這麼對自己說。

評斷結束的阿基拉把視線移回謝麗爾的眼睛，然後還是不感興趣的樣子回答：

「說隨我處置，但妳看起來又不強，這麼說可能有點直接，只是為了當作誘餌或棄子就帶著妳根本是一種阻礙。當然妳也是賭命前往荒野，所以妳可能認為可以作為交換條件……」

謝麗爾短暫露出疑惑的表情後，理解兩人論點的差異及其理由，好半晌說不出話來。阿基拉在她身上完全找不到作為女性的價值。剛才打量般的視線只是從體格等方面評定她的體力以及是否具備戰鬥經驗，然後判斷她沒辦法派上用場罷了。謝麗爾理解這一點後，就因為阿基拉出乎意料的反應而大吃一驚。

阿爾法對阿基拉及謝麗爾雙方的樣子露出苦笑，同時幫忙追加說明：

『阿基拉，我想謝麗爾說的不是這種意思。』

『那是什麼意思？』

『就是那個啊，大概是性方面的意思。』

『……噢，是這樣啊。那就更不需要了。』

終於理解對方的意思後，阿基拉的判斷依然沒有改變，結果阿爾法就露出有些意外的表情。

『真的可以嗎？她滿可愛的，我想將來會是個美人喔，雖然比不上我就是了。真的比不上我就是了。實在比不上我就是了。』

『重複兩次就能傳達事情的重要性，不用重複三次。這方面只要有某個每次都找理由脫衣服強調全裸的人就夠了。』

阿爾法對阿基拉露出傲慢又得意忘形的笑容。

『也就是說，極力防止你中美人計的我努力終於沒有白費嗎？』

阿基拉顯露出像在說「糟糕，太多嘴了」的態度，然後立刻想把事情帶過。

『嗯，是啊。還有拿弱點來占別人便宜這種事也令人討厭。』

『我認為這樣是確保了雙方足夠的利益。你雖然是小孩子，想不到是浪漫主義者。不，應該說正因為是小孩子嗎？』

阿爾法露出調侃般的微笑，接著表情恢復成平時的模樣，開始對鬧彆扭的阿基拉如此提議：

『阿基拉，回到剛才的話題，先不管要不要對謝麗爾出手，你要不要幫她一把？』

『為什麼？』

『之前你不是說過？平常的行為可能會讓運氣變好。你不論是在都市還是遺跡都被人還有怪物襲擊，現在也變成這種狀況。果然是因為跟我相遇，把運氣用光了。』

阿基拉露出尷尬的表情。自己確實說過這種話。記得那是在幫助艾蕾娜她們時，正確來說是把襲擊艾蕾娜她們的男人全部殺掉時，對明顯沒有幹勁的阿爾法隨口說出的藉口。

她依然在意那個時候的事情嗎？為了不讓自己再做出那種事，繞了一大圈來叮嚀自己嗎？這麼想的阿基拉表情變得有些僵硬。

阿爾法又笑著繼續說：

『所以，幫助不幸必須在貧民窟生活的可憐美少女，藉由累積這樣的善行來恢復幸運如何呢？這正是個好機會吧？』

阿基拉被點出自己很倒霉這件事，因而感到猶豫。因為他確實有這種感覺。但就算這樣，依然不會產生「那就幫她一把吧」的想法。

『……呃，即使如此，要我就這樣照顧謝麗爾也有點……這和之前只在危機時出手幫忙又不一樣了吧？當時，妳應該是反對我這麼做吧？』

面對有些疑惑的阿基拉，阿爾法乾脆地回答：

『當時我只是因為事關你的性命才會反對喔。而且我也不是要你賭命幫助謝麗爾，或徹頭徹尾保護她，抑或是負起責任照顧她一輩子，只是稍微幫忙，提供一些助力，給她一點小幸運而已。事情就

這麼簡單。』

阿基拉產生些許迷惘，阿爾法又繼續說：

『就算謝麗爾因為沉溺於降臨的幸運而滅亡，那也是她的責任喔。你不用在意。反過來說，如果她因為這份幸運出人頭地，那就可以期待她報恩了吧。覺得礙事的話斬斷關係即可，就是這麼簡單的事情喔。』

聽見阿爾法流暢地說明自己甚至沒有發覺的擔心及對應方法後，阿基拉的表情有了些許變化。無意識地認為很麻煩累人的事情，變成了根本不足掛齒的簡單小事。總之阿基拉心中對於幫助謝麗爾這件事的意義與重要性都大幅降低了。

如此一來，「因為這麼一點小事，自己的運氣可能就會變好」，像這樣可以稱為願望或祈願的期待就相對地在阿基拉心中膨脹。

「……運氣嗎？」

阿基拉感慨良多地呢喃。不論是幸還是不幸，對阿基拉來說都是相當具有意義的名詞。

阿基拉與阿爾法進行念話的模樣，從旁人眼中看來就像保持沉默且不斷變換表情的可疑人士。但是謝麗爾根本連覺得可疑的多餘心思都沒有。

以自己的身體作為交涉材料也失敗了，想不到可以追加什麼東西說服對方，哭著求情恐怕也沒什麼用。老實說已經束手無策了。應不應該跪下來請對方大發慈悲呢？謝麗爾開始這麼煩惱時，就聽見阿基拉的呢喃。

（……運氣？）

她試著從呢喃的意義尋找突破現狀的線索，但還是搞不懂意思。在置身於焦躁與困惑當中的謝麗爾面前，阿基拉從口袋裡拿出一枚硬幣。那是從事獵人工作首次獲得的報酬，也就是三枚100歐拉姆硬幣的其中一枚。

阿基拉用手指彈起硬幣，硬幣一邊旋轉一邊飛上天空，然後直接落下。面對忍不住用視線追著硬幣的謝麗爾，阿基拉以雙手夾住硬幣。

「妳選正面還是反面？」

謝麗爾一臉驚訝地看著阿基拉。阿基拉只是默默看著謝麗爾。

應該是猜中硬幣正反面就答應自己的要求吧。該不該對用這種方式決定自己的命運感到可悲呢？還是該因為或許能以運氣顛覆曾被拒絕的事實感到高興呢？謝麗爾已經不知該如何反應了。

她煩惱了一陣子該選正面還是反面，然後發現這不是思考就能知道的事，於是一邊祈禱一邊做出決定。

「……正面。」

謝麗爾做出選擇並回答。

阿基拉不讓謝麗爾看見，偷偷確認硬幣。謝麗爾再次露出緊張的表情。阿基拉就這樣握住硬幣，把它收進懷裡。

「我願意在有附加條件的情況下幫助妳。我不會當幫派的老大，不過會提供妳一定程度的助力，之後就靠妳自己想辦法努力了。也就是說，由妳來當幫派的老大。要讓其他人當老大也是妳的自由，但我只幫妳一個人。就算老大換人，我也不會幫助那個人。如果這個條件可以，我就願意幫忙。妳認為呢？」

謝麗爾沒有拒絕的選項，於是高興地對阿基拉低下頭。

「我知道了。那就拜託你，真的很感謝。」

就這樣，謝麗爾得到了阿基拉這個後盾，同時也必須成為幫派的老大。

這樣真的好嗎？阿基拉沒有告訴謝麗爾硬幣的結果，也沒說是不是猜對了。謝麗爾有點不安，畏畏縮縮地對阿基拉問道：

「那、那個……」

「妳要問什麼都沒關係，但我說過『不要問』的事情，絕對不要問第二遍。」

「好、好的。」

阿基拉之所以把話說在前面，是為了防止謝麗爾在看到望著虛空改變表情的自己後，懷疑自己是否正常或有施打毒品而提出各種問題。

謝麗爾也不打算太深入了解阿基拉的私事而惹他不高興，便堅定地點點頭。

「那麼，是什麼事？」

「那個，是……正面沒錯吧？」

阿基拉立刻以剛才說過的話來回答。

「不要問。」

「……好的。」

某種東西籠罩了謝麗爾的心。自己贏得了賭注嗎？還是輸了？謝麗爾根本無從得知。

而即使是知道硬幣是正面還是反面的阿基拉，也不清楚這次賭注的結果。因為得到結果的時候是未來，並不是現在。

◆

阿爾法所說的全都是空話。她完全不覺得善舉能夠讓運氣變好，一切都是藉口，而且也不是為了幫助謝麗爾的藉口。

對於殺人毫無猶豫，但是基準不明確。為了澈底了解阿基拉的行動原理，為了讓謝麗爾提供這樣的機會，阿爾法才會想辦法增加她與阿基拉相處的機會。跟眾襲擊者同夥這種適合見死不救的人，阿基拉究竟能幫多少忙呢？謝麗爾剛好是適合觀察的對象。

一切都是為了阿爾法自己。事情就這麼簡單。

阿基拉在旅館跟謝麗爾講完事情後，就在謝麗爾的請託下跟她一起在貧民窟散步。

身上帶著一定程度武裝的少年，還有身穿以貧民窟基準來說算是高檔服裝的少女。其實以菜鳥獵人及其手下來看，這不是什麼稀奇的搭檔，但還是經常受到很感興趣般的視線注視。有些人從這幅光景發現了某種意義。

阿基拉在謝麗爾的帶領下，跟她一起在貧民窟到處參觀。重點式繞過原本是西貝亞地盤的場所，又把距離那些地點很遠的地方也加進範圍內。

貧民窟也算頗為遼闊，裡面交雜著大大小小各種幫派的地盤。這些地盤都依照各自的秩序運作，不知道這些秩序或不屬於這些秩序的人隨便遊蕩是很危險的事。

阿基拉原本生活的巷弄，說起來也是某個幫派的地盤。他之所以某種程度上遭到忽視，只是因為那裡不是必須一一排除擅自居住者的重要地點。

這種程度的知識阿基拉很清楚，也不會靠近不清楚秩序的地點，所以就算在貧民窟生活多年，還是有許多不知道的地方。

「我沒來過這裡，以貧民窟來說算乾淨了。」

周圍矗立著看起來較為堅固的建築物。攤販的數量也不少，可以看到沒有善加保養的手槍、一部分刀刃缺角的小刀，還有簡單的飾品等各式各樣出處不明的商品擺在攤子上。

顧客也不少，這是讓這個商業環境成形的經

濟、治安與秩序維持得很不錯的證據，也證明了以這裡為地盤的幫派頗有實力。

阿基拉以感興趣的視線看向陌生的地點，謝麗爾就笑著稍微為他說明。

「這一帶的建築物，聽說是都市為了擴張低等區域而一度重建的。但是之後計畫中斷就被丟著，然後統領這一帶的老大就占據了這裡。」

「這樣啊。」

阿基拉稍微對光是住在巷弄裡無法獲得的貧民窟小知識，以及知道這些知識的謝麗爾感到佩服，接著隨口對阿爾法問道：

『剛才的內容，妳也知道嗎？』

『不，我不知道喔。』

『是嗎？原來也有妳不知道的事情啊。』

不知道為什麼，就是有種阿爾法知道所有事情的感覺。原本這麼想的阿基拉似乎對「不知道」這個答案感到有些意外，而這樣的想法稍微表露在臉上。不過聽阿爾法繼續說下去後，他的表情又立刻變了。

『我當然也有不知道的事情。順帶一提，這一帶的開發會中斷，是因為原本就是這麼計劃的。都市方打從一開始就沒有要認真開發這裡的打算，但是由都市主導的話，強行開發很容易，所以應該是某個人出資造成這種情況吧。』

『……妳明明就知道嘛。』

『我不知道的是一般人是如何傳這件事的。表面上說是被某個人非法占據，背後不知道在做些什麼吧。當然也包含背地裡的壞事如果被發現，相關人員能夠順利卸責的工作。』

阿爾法為什麼會知道這些並非一般人所能得知的情報呢？阿基拉感到好奇，但還是決定不問，因為就算在意也沒用。

阿爾法絕對是異常的存在。除了只有自己能感知到她，還有許多稍微想一下就能發現的不明之處。但是自己已經刻意不去在意那些事了。

對阿基拉來說，重要的是阿爾法是自己的同伴。她確實是來歷不明的存在，但她是同伴這個要素重要多了。

沒有人會對身為貧民窟髒小孩的自己伸出援手，沒有人會幫助自己。阿基拉一直是這麼認為，現在也一樣。只是知道存在極其稀有的例外，這種程度的事不會改變他對這個世界的看法。

正因為這樣，阿基拉才不在意身為例外的阿爾法有多麼異常。與其在意這種事而失去阿爾法，他寧願選擇閉上眼睛。至少現在是這樣。

阿爾法突然露出有點淘氣的笑容。

『話說回來，你與謝麗爾並肩走在一起，就像約會一樣喔。』

阿基拉稍微噴出口水，忍不住把視線移向阿爾法。突然噴出口水又把視線移往沒有人的地方，這種人絕對是個可疑人士。

但是謝麗爾刻意不顯露反應，因為阿基拉對她說了「不要問」。如果忽視這個疑問就能獲得安寧的日子，要謝麗爾當啞巴都沒問題。

『妳說的約會，應該不是這樣吧？』

『不，就是這樣。你是可以反駁，但挑戰我是很愚蠢的事喔。』

阿爾法看見露出尷尬表情卻還是放棄反駁的阿基拉，便開心地笑了。

『因此，既然是約會，就買東西送給謝麗爾當禮物吧。』

『……知道了啦。要買什麼才好？』

阿基拉本來就不打算硬著頭皮反對她。這也不是什麼危險的事。即使不清楚阿爾法的意圖，只要花點手邊的錢就能滿足她的話，那就花錢吧。
最重要的是，如果賭氣隨便開口反駁，對方可能會開始嘮嘮叨叨說明送禮物給謝麗爾的優點。自己想避開那樣的麻煩事。這麼想的阿基拉朝附近的攤販走去，謝麗爾也一起跟了過去。
攤販前面雜亂地擺放著各式各樣的商品。擺在那裡的保養狀態相當可疑的槍械吸引了阿基拉的目光。在治安惡劣的貧民窟，槍械確實是重要且寶貴的物品。
（……不對，這不能當禮物吧。）
阿基拉輕輕搖頭。送這種槍械，要是事後爆炸就跟惡意騷擾一樣吧。況且那也不是該在約會時送給對方的禮物。改變想法的阿基拉開始尋找更合適的東西。
然而因為沒有送禮給別人的經驗，實在不清楚什麼東西才合適。他煩惱了一陣子後還是無法決定，於是向阿爾法求助。
『阿爾法，選哪個比較好？』
『自己思考。』
面對露出開心笑容如此回答的阿爾法，阿基拉以灌注了不滿的念話表示：
『……之前不是說如果有什麼不懂的事，只要提問就會告訴我嗎？』
『所以我回答了啊。送她你選擇的東西。這就是答案喔。』
『是嗎？是這麼回事嗎？是這種問題嗎？』
『就是這樣、就是這麼回事、就是這種問題。送奇怪的禮物得到尷尬的表情也是一種學習。好好努力吧。』
阿爾法開心似的微笑。阿基拉在內心嘆了一口氣，然後放棄掙扎，回去繼續物色攤販的商品。
「你在找什麼？」

謝麗爾只是以隨口丟出話題的感覺對阿基拉搭話。相對地，阿基拉露出嚴肅的表情，有點猶豫地回答：

「……這些東西裡面有什麼是妳想要的嗎？」

「咦？」

「啊～～就是昨天的說明裡，表示我袒護……不對，認識……也不對，是怎麼說的？」

「你是要說『熟識』嗎？」

「對，就是那個。需要證據顯示我跟妳很熟吧？表示妳可以從我這裡拿到不錯的東西。我送禮物給妳，就把它當成證明吧。雖然不知道有多少效果就是了。」

阿爾法要阿基拉自己選擇，但因為被送禮對象問相關的問題，阿基拉就趁勢以此作為藉口，決定乾脆詢問本人。可以的話，阿基拉希望避免送奇怪的禮物，讓對方露出尷尬的表情。

◆

謝麗爾相當驚訝，沒想到對方是在選要送給自己的禮物。她完全不認為他是如此貼心的人。

其實她頗有識人之明，阿基拉只是按照阿爾法所說的去做。當然謝麗爾無法識破這一點，因此她也感到特別驚訝。

「……那妳要選哪一個？」

謝麗爾因為對方催促而回過神來，然後有些誇張地露出欣喜的笑容。

「那個，如果是禮物，可以請你幫我選嗎？因為這樣比較有效果。」

老實說，是想回答「盡量選貴一點的東西」。東西的價格越高，就表示自己是能接受如此昂貴禮物的對象，作為雙方熟識的證明也更有效果，有必要的話之後還能拿來換錢。

但是憑兩人現在的關係，要是隨便要求高價物品也只會惹對方不高興。加上攤販的商品價格也有上限。考慮到這些的謝麗爾換了方向進攻。

你特別為我精心選擇，光是這樣就讓我很開心了。從口氣、表情、動作強烈散發出這樣的氣息，藉此提升阿基拉的好感度。

但是阿基拉根本無法理解這種纖細的機靈。即使秀麗少女對他投以帶有好感的聲音與表情，他別說是露出笑容了，甚至浮現更加煩惱的表情。

「……知道了。這樣的話，就算我選了奇怪的東西也不要抱怨喔。如果妳想自己選，現在還來得及喔。」

謝麗爾對於對方出乎預料的反應感到意外。阿基拉固執地做最後確認，謝麗爾從他展現的態度感覺不到一般都會獲得的反應及好感度上升的效果。

不過從阿基拉拚命的模樣還是能輕易察覺他想盡辦法要避免以自己的品味來選擇禮物。她隱藏起內心的疑惑，先是表現出思考般的模樣，然後笑著配合對方的反應。

「不論什麼東西我都不會抱怨。對了，那可以請你選擇飾品類嗎？這種東西比較像是證明。」

「這樣啊，我知道了。」

阿基拉明顯露出稍微鬆了口氣的態度。那是選項變少後，選擇失敗的恐懼減少所產生的安心感。於是表情稍微放鬆的他再次開始選禮物。假如謝麗爾沒有指定飾品類，阿基拉在煩惱許久後，會有一定的機率選擇槍械。

之後也猶豫了一段時間才選擇看起來不便宜的墜飾送給謝麗爾。選擇的基準是飾品類，拿到收購處的話或許可以賣得高價的商品。

「謝謝你。我會珍惜它的。」

「嗯。那就隨妳高興吧。」

謝麗爾盡可能露出欣喜的笑容道謝，但是感覺莫名疲憊的阿基拉只有微弱的反應。

之後又參觀了一下貧民窟，等太陽開始下山才解散。謝麗爾離開前對阿基拉深深低下頭。

「阿基拉，今天很謝謝你。還有今後也請多多指教。」

「嗯。妳回去時要多小心。」

「好的。你也要小心。」

謝麗爾一副依依不捨的模樣笑著跟阿基拉道別。雖然內心覺得幾乎沒提升阿基拉的好感度很可惜，但同時也對算是拿到表示友情的證明感到滿足。當謝麗爾背對阿基拉時，思考今後該怎麼辦的她露出嚴肅的表情。

阿基拉沉默了好一陣子目送謝麗爾離開。即使已經看不見她的身影，還是沒有回去。阿基拉這種舉動讓阿爾法以覺得奇怪的語氣詢問：

『阿基拉，你不回去嗎？』

『嗯？還有點事……反正順便，又是第一天，嗯，算是慎重起見吧。』

阿基拉只有這麼回答，接著就朝跟旅館相反的方向走去。

◆

西貝亞的幫派瓦解之後，他的地盤成為不屬於任何幫派的空白地帶。

其他幫派也不會做出突然嘗試武力鎮壓的行為。輕舉妄動只會招來幫派的抗爭，增加不必要的損害。首先要跟周邊的幫派交涉，完成分割空白地帶等利害調整。等到在交涉的場合發生劇烈爭執，才可能發生流血互相爭奪的事件。

作為西貝亞等人據點的建築物是在那塊空白地帶的中心點。據點聚集了西貝亞等人的金錢與物資，但是幫派殘存成員要加入其他幫派時，通常會帶走大半的資源作為伴手禮，剩下的些許東西沒有太大的價值。

但那棟建築物本身就留有足夠的價值，貧民窟居民占據的話將會獲得極大的利益。

現在卻呈現門可羅雀的狀況。如果有人隨便進去，周邊的幫派成員會判斷有其他人準備占領建築物，然後演變成鬥爭。不屬於任何幫派的人光是把這裡作為起居地就很危險了。

在這棟有一段時間沒人的建築物，謝麗爾正在等人。並非等待特定的某個人，也沒有事先聯絡，甚至可能沒有任何人會過來。但她判斷有人過來的可能性相當大，於是壓抑緊張，耐心等待。

等了一會兒，等待的人果然如同她的預測出現了。謝麗爾隱藏內心的不安與緊張，對他們露出傲慢又充滿自信的笑容。

「歡迎來到我的據點。」

他們是西貝亞幫派存活的手下。加入其他幫派的人也不是全都就此一帆風順，有人因為和過去的規矩不同而無法融入，地位上的待遇也比較差，甚至有人帶去的伴手禮被拿走後就被趕出來，也有根本無法加入其他幫派的人。幫派瓦解後，原本的成員就得面臨許多問題。

這樣的人們看見跟阿基拉走在一起的謝麗爾，當然會過來確認。

「什麼叫作妳的據點？不對，更重要的是，妳為什麼會跟那個小鬼在一起？那是殺了西貝亞的小鬼吧？」

面對嘴裡這麼說，對自己露出帶有威脅的納悶表情的男人，謝麗爾臉上浮現從容的笑臉。

「就是字面上的意思啊。今天起這裡就是我的幫派據點。之所以會跟阿基拉一起，是因為我去跟他講好了，結果便是從今天開始，我就是這裡的老大。這裡就是我的據點。」

「阿基拉？是那個小鬼嗎？」

「是啊。很不錯的名字吧？所以你們來這裡有什麼事？是來拿忘記帶走的東西嗎？」

謝麗爾擺出明顯瞧不起人的態度。她早就知道這會引起反感，還是刻意展現得意忘形的模樣，是為了告訴對方自己獲得足以這麼做的後盾了。

看來她的行動相當有效，男人們態度當中的反感與警戒增加了。

「……就是看見妳跟那個小鬼在一起，才會來問妳這件事。還有，什麼叫跟他講好了？」

「一定得從頭說明到尾才能懂嗎？不是說過我就是幫主了？我跟阿基拉講好了，他願意提供我的幫派各種協助。不過呢，阿基拉因為獵人的工作很忙，麻煩的事情就交給我來指揮。可以把我當成他的代理人。」

謝麗爾首先說明這種事態的背景，接著露出帶著某種深意的得意笑容。

「只不過呢，因為阿基拉也有很多像是面子之類的問題，表面上由我當老大，實際上的指揮也是由我負責，所以我算是名符其實的老大喔。知道了嗎？」

其中一名男性以有點亢奮的聲音粗暴地說：

「就是那個小鬼殺了西貝亞吧！那個小鬼不殺死西貝亞的話，事情就不會變成這樣了！」

面對這樣的對象，謝麗爾展露出更加瞧不起人的態度。

「你說為了殺一個小孩聚集那麼多人，還反而被殺死的蠢貨怎麼了？你是笨蛋嗎？」
聽見這些話感到憤慨的男人威脅謝麗爾：
「喂，謝麗爾，妳別太得意忘形啊。就算那個小鬼再怎麼強，現在妳也只有一個人而已。」
「啥？你是認真的嗎？」
謝麗爾以已經不只是瞧不起人，而是感到傻眼的態度這麼回答。結果男人們僵著臉開始在周圍尋找。他們認為阿基拉躲藏在某個地方。
「找也沒用喔。我不是說過了？他因為獵人的工作很忙碌，目前不在這裡喔。」
「妳這傢伙……」
認為自己被瞧不起的男人靠近謝麗爾，但謝麗爾又補充：
「你認為我沒有跟阿基拉提到你們的事嗎？我早就料到你們會來這裡了。如果我被殺害，你們覺得我不會預先請他替我報仇嗎？」

「……那個小鬼有什麼理由為妳做那麼多？妳這傢伙死了，他也只會用鼻子冷哼一聲吧？」
男人認定謝麗爾的發言多半是虛張聲勢，同時為了試探她而開始施壓。但謝麗爾依然維持從容的笑容。
「當然有理由嘍，因為我是他的意中人啊。看吧，我都收到禮物了。你認為意中人被殺，阿基拉還會笑笑就算了嗎？你認真的嗎？」
謝麗爾用手指捏起胸前的墜飾，炫耀般晃了晃給對方看。她那種自信滿滿的微笑，男人感覺不到任何虛張聲勢。男人並非完全相信謝麗爾的話，但考慮到被阿基拉報復殺害的風險，從開始半信半疑的時間點就無法擺出強硬的態度了。
原本與謝麗爾爭執的男人咂了嘴後離開據點。剩下的人大部分都跟在他後面離開，最後只剩下幾個孩子留在現場。

面對依然露出嚴肅表情不離開的孩子們，謝麗爾刻意展現帶刺的笑容，向他們搭話：

「沒事的話，可不可以離開我的據點？」

「……妳應該了解吧。讓我們加入幫派。」

「你們認定我是老大了嗎？可以確實遵從我的指示嗎？」

「……嗯。妳是老大，我們會遵從指示。」

謝麗爾露出淺笑。

「如果是這樣，那很歡迎你們。不過今天先回去吧。我也有很多事要忙，之後會介紹你們給阿基拉認識。明天夜晚可以再過來一趟嗎？」

孩子們其實想待在比外面安全的據點，但又不能馬上違逆認定是老大的人所做出的指示，面面相覷後只能無奈地離開。

剩下自己一人的謝麗爾進入據點深處的房間，豎起耳朵，從四周的聲音確認除了自己之外沒有任何人。然後過了五分鐘、十分鐘，才終於確信這裡只剩下自己。

下一瞬間，謝麗爾的表情倏然改變，拚命隱藏的緊張與恐懼全面湧現，好不容易才壓抑住想放聲大叫的心情，不斷深呼吸後終於快要恢復冷靜。

「……好險啊！太危險了……！差點就要被殺掉了！不過我還是活下來了！」

謝麗爾獲得了阿基拉這個後盾，但是阿基拉本人不是經常在身邊。謝麗爾需要即使阿基拉不在身邊也不會被殺害的環境。為了創造這種環境，賭命走出的第一步終於結束了。

這樣應該有好一陣子沒問題了吧。至少目前能做的已經全都做了，再來就只能賭一把了。這麼想的謝麗爾整個人緩緩癱軟到地上。從緊張感解放的同時就覺得一陣疲憊，虛脫般躺到地上，意識跟著被睡魔吞沒。

（……昨天明明還能洗澡的啊。）

快睡著之前，謝麗爾突然想著這種事情。

◆

據點之外，剛才離開的人裡面有一部分成員沒有直接回去，反而留了下來。

「喂，真的要做嗎？如果謝麗爾說的是真的，那就糟了喔。」

「那你們真的要把這個據點交給那個小鬼嗎？能得到這個據點的話，絕對可以提升我們的地位，哪能乖乖放棄呢？」

「但對方是獵人喔。是在荒野跟怪物戰鬥的傢伙，真的不要緊嗎？」

「那些話應該只是唬人的吧，不然就是那個獵人隨口敷衍她罷了。雖然炫耀了禮物，但那根本是隨處的攤子都能看見的便宜貨，只是聽見對方說中意她就得意忘形起來。趁現在把那個女的殺掉就能把事情蒙混過去了。」

「但、但是……」

男人們正計劃襲擊謝麗爾，但是每個人的幹勁各有差異。有感到不安的人；散發出焦躁感的人；也有像要掩蓋這些情緒而顯露嘲諷與不快的人。雖然意志大致相同，但是缺乏統率。

謝麗爾拿一度瓦解的幫派去跟之前的獵人溝通後，再次讓幫派復活，使得據點以及其周邊的地盤不再是沒有人管。按照貧民窟的慣例判斷，那個獵人會為了報復襲擊行動，把西貝亞等人的地盤整個搶走。

但是要問到是否願意為了爭奪地盤跟獵人戰鬥，包含判斷這麼做划不划得來，通常會選擇暫時靜觀。

只不過要是再加上認為謝麗爾的話有多少可信度，就又產生在這裡殺掉謝麗爾來占領據點這個選項。假設她的話有一部分為真，那個獵人對組幫派的積極度也很令人懷疑。殺掉謝麗爾後很多事情很可能都會變得曖昧不明。

成功的話就能獲得莫大的利益。把據點跟地盤移交給某個幫派，就能大幅提升在該幫派的地位。龐大的利益與獵人報復的危險性擾亂男人們的判斷與半信半疑的比例，讓他們分為積極與消極兩派。

「志島先生也想要這裡吧。把這裡交給志島先生的話，我們的地位就會很穩固。哪能就這樣被那樣的小鬼整個搶走。我說的沒錯吧？」

「但是如果謝麗爾的話是真的，然後事情又被那個獵人發現怎麼辦？那樣很不妙吧。」

「如果那個獵人在附近，謝麗爾剛才應該就會帶他過來了。要做的話就要趁現在吧？」

「會不會躲在什麼地方……」

「才不會。首先呢，謝麗爾是不是真的跟那個獵人講好了就很可疑嘍。可能只是被上的時候，對方隨口敷衍她幾句而已。那種沒錢的小鬼，獵人怎麼可能遵守跟她的約定呢。」

「說、說的也是喔……不過……」

雖然只是連商量都算不上的各說各話，卻已經對偏移意願有很大的效果。男人們大致分成決定實行與決定撤退兩邊。這時代表決定實行這一邊的男人因為對方毫無幹勁而咂嘴。

「好吧，我們自己上，你們就站在那裡把風。這樣可以吧？待在這裡。這點小忙總能幫吧。」

「嗯，這種小事是沒問題啦，就答應你吧。」

「好，要上嘍。」

襲擊者互相點點頭後舉起槍，準備衝進據點。

下一瞬間，他們就被子彈擊中了。有人頭部被射穿立刻死亡，也有人腹部中彈，免於立刻死亡，更有人幸運地只受到重傷，不過所有襲擊者都癱倒在地。

主張撤退這一邊則發出慘叫，環視周圍。結果舉著槍的阿基拉從稍遠的巷弄暗處走出來，然後直接走到他們附近。

阿基拉態度相當從容，即使才剛殺了人，還是看不出有絲毫動搖。看見阿基拉的模樣，男人們開始微微發抖。

「你、你是……」

阿基拉簡短地宣告：

「我是跟謝麗爾談好的獵人。我是認為不用說啦，但慎重起見，還是先警告你們。別對謝麗爾出手，知道了嗎？」

「知、知道了。」

阿基拉輕輕點頭後準備轉身離開。途中躺在地上的眾男人之一因為恐懼與痛苦而發抖，還是擠出最後的力氣把槍口對準阿基拉。於是阿基拉邊走邊將槍口對準男人並扣下扳機，開了幾槍確實奪走其性命。

接著更仔細給剩餘的倖存者最後一擊，將他們變成屍體。看見這樣的光景，就結果來說算做出聰明選擇而沒有受傷的男人們就發出細微的慘叫。

阿基拉準備就這樣離開時，男人的聲音從他背後傳來。

「……喂、喂，既然已經跟謝麗爾說好了，為什麼那個時候沒有跟她在一起？」

阿基拉回過頭，以滿不在乎的表情指著旁邊的屍體說：

「看見那個應該就知道了吧？」

阿基拉只留下這句話就離開了。

男人皺著臉呢喃：

「那個時候是刻意不在的嗎？太惡劣了。」

男人判斷阿基拉是為了引誘想襲擊謝麗爾的人才刻意不跟她一起出現，然後看著夥伴們的屍體，露出扭曲的表情。男人害怕地想著，如果加入襲擊的行列，自己也會淪為躺在那裡的屍體之一。

原本以為滿不在乎地拿槍逼迫人的惡質落魄獵人已經死了，結果又來了一個殺人不眨眼，個性更惡劣的獵人。內心這麼想的男人忍不住抱怨：

「……隨隨便便就殺人，獵人果然沒一個好東西。」

男人注意到自己無意識地說出這樣的話，急忙開始環視周圍，沒看見阿基拉的身影才輕輕鬆了一口氣。

存活下來的人面面相覷後就快步離開了，只剩下選擇錯誤的人的屍體留在現場。

◆

阿基拉殺掉想襲擊謝麗爾的男人後，在回旅館的路上，阿爾法隨口詢問剛才的事情。

『阿基拉，那樣就可以了嗎？』

『嗯。打從一開始就沒有時間一直當謝麗爾的護衛。剛才的威脅發揮效果的話，應該有一陣子是安全的。之後就全看謝麗爾的運氣了……妳對我那樣的做法不滿意嗎？』

照這樣看來，阿基拉把謝麗爾當作理由來做無謂冒險的機率很低。阿爾法如此判斷，對阿基拉的人格有了更進一步的了解。

『不，你覺得那樣就可以的話，我是無所謂。更重要的是，明天要連今天的份一起好好努力訓練喔。』

『知、知道了啦。』

阿爾法威脅般說完，就露出有些傲慢又開心的微笑。阿基拉從她的模樣想像訓練的嚴格度，臉因此開始抽搐。

不清楚外面情況的謝麗爾是隔天早上看見躺在據點外面的屍體才大吃一驚。

◆

謝麗爾想跟阿基拉談話，所以從早上就在旅館前面等他。過了一會兒，阿基拉完成前往荒野的準備，從旅館裡走出來，謝麗爾就笑著對他搭話：

「阿基拉，早啊。」

「早安。一大早找我有什麼事？我現在要去遺跡，盡量長話短說。」

「啊，好的。」

謝麗爾自認為露出容易博得好感的笑容了，但是阿基拉的反應卻極為遲鈍，完全感覺不到像過去成功案例那樣的反應。

真難搞。有些困惑的謝麗爾在內心這麼想著，不過立刻打起精神，簡短地說出來意。幫派目前的狀況、據點的位置、與阿基拉聯絡的方式等，統整出這些的重點，然後告訴阿基拉。

接著又表示希望介紹新入幫派的人給阿基拉認識，請他今天晚上來據點一趟。同時也故作自然地對阿基拉展現出像是非常期待他能過來，帶著某種諂媚之意的表情與動作。

不過阿基拉的反應很冷淡。即使如此，謝麗爾還是不放棄地繼續說：

「還有，是不是可以請你定期到我的據點露個臉呢？那個，有空的時候再過來就可以了。」

「有空的時候才去的話，貧困又勞碌的我有許多事要忙，應該沒有那個機會。」

謝麗爾的笑容開始僵了。因為她從阿基拉的態度了解他並非開玩笑，所說的全是真話。

實際上阿基拉認為加入這個定期的行程後，會讓今後的行動受到限制，所以無意識地不願答應。獵人是一種根本不知道有沒有明天的工作，答應這個要求的話，未來很可能會變成定期違背約定。這樣的話，他就不會做出無法遵守的約定。他並沒有自覺，不過確實有這樣的想法。

謝麗爾沒有機靈得能看出他這樣的心思，有些焦急地繼續請求：

「可、可不可以稍微通融一下？」

連有空的時候過來露個臉這種沒有明確指定日期的曖昧請求都被拒絕的話，將會對今後幫派的營運有很大的影響。從被貧民窟的人認為「遭阿基拉遺棄」的時間點，謝麗爾就完蛋了。如果阿基拉完全不來據點露臉，這樣的危險性就會提高。

謝麗爾認為這樣不行，利用累積的經驗擠出懇求的表情，凝視著阿基拉。

但阿基拉的反應還是很遲鈍。他毫不隱瞞覺得麻煩的態度，有些強硬地中止話題。

「……這件事之後再談吧。嗯，可以的話我今天晚上會去露個臉，詳細情形到時候再聊吧。」

總之先約好今晚了——謝麗爾如此欺騙自己來讓自己安心，然後結束話題避免對方生氣。

「我、我知道了。那麼詳細情形到時候再談吧。靜候你的光臨。」

「只有這些事嗎？」

「是的……啊，對了，我的據點前面躺著一些屍體喔。」

「屍體？在貧民窟的話很常見吧。」

「不是啦，嗯，因為屍體的數量有點多，覺得很恐怖。你的話應該沒問題，只是想提醒你過來時要注意安全。」

「這樣啊，我知道了。再見嘍。」

「好的，路上小心。」

謝麗爾以親切的笑容目送阿基拉離開。等到看不見他的身影時，臉上就轉變成納悶的表情。

（……原本認為說不定是阿基拉殺掉那些人才會問問看，難道是我猜錯了？但是又有種想把事情帶過的感覺。果然是阿基拉幹的好事嗎？）

謝麗爾首先如此假設，然後思考阿基拉為什麼要瞞著自己，卻想不出什麼能接受的理由。不論是賣人情或是隨手解決，都不構成隱瞞的理由。

（真是搞不懂……嗯，或許只是被某種鬥爭牽連而被殺掉了吧。）

謝麗爾無意識看向戴在身上的墜飾。那是昨天阿基拉送她的禮物。

（果然是便宜貨嗎？昨天雖然靠這個說服其他人我是阿基拉看上眼的人，但是感覺有點勉強。就算拿錢給阿基拉，也要他買個好一點的飾品給我比較好嗎？）

謝麗爾獲得了阿基拉的協助，但仍然是前途多舛。她一邊思考著下一步一邊離開。

阿基拉在崩原街遺跡附近持續以擴增視野中的怪物為目標，進行射擊訓練。

目標不再是遭到攻擊前只會呆呆站著，已經變更為會在周邊徘徊的移動目標，也改成發現阿基拉後會發動襲擊。

有的會用從背上長出來的槍械類反擊；有的會迅速衝過來想咬死敵人。雖然只是影像，但面對各種怪物能夠不動搖、不焦急，保持冷靜射擊的訓練就這樣持續著。

即使能冷靜地瞄準，憑阿基拉現在的實力要準確射穿怪物的弱點還是相當困難。無法完全打倒的怪物發動攻擊後，阿基拉的死亡判定也不斷增加。每次阿基拉死亡，都會累積一具死因與致命傷相符的屍體。

除了欠缺身體部位，甚至還有失去上半身或下半身的屍體，或全身被大量子彈轟成絞肉的屍體。雖然只是影像，有無數阿基拉化為悲慘的屍體，最後屍體堆積成一座小山。

阿基拉看見那座山，皺起臉呢喃：

「雖然是訓練，雖然是假貨，但總是無法習慣看見自己的屍體。」

阿爾法以有些嚴肅的表情做出忠告：

『習慣的話會很傷腦筋。不要因為是訓練就輕忽，為了不在實戰時淪落到同樣的下場，認真一點好嗎？』

「我知道啦……先不說這個，東部有那麼多種類的怪物，獵人裡面有許多可以一邊哼歌一邊打倒那些怪物的人對吧。不對，應該說獵人本來就該這樣了嗎？」

持續訓練，確實感覺到自己有所成長了。但是更感覺到現在這個時間點的實力與目標的實力有極大的差異，讓阿基拉嘆了口氣。

「完成合格獵人登錄後，很高興好不容易成為一名正式的獵人了，但照這樣看來，實力什麼時候才能符合正式獵人的身分呢……」

就算目標在遙遠的前方，還是有人認為只要不停下腳步，持續前進就會有抵達的一天。但是大部分的人都會因為太過遙遠，就在邁開腳步前先放棄了，或者是半途而廢。阿基拉目前還持續走著，然而不保證能夠一直下去。

要是阿基拉在完成委託途中放棄前進，阿爾法也會很困擾。於是她就像要鼓勵阿基拉，露出開朗的笑容，試圖改寫辛苦路程的印象。

『因為裝備有很大的差距，不需要那麼悲觀。存錢買好的裝備，就能有不少的進步喔。』

「真的嗎？」

『真的。再告訴你一個情報當作參考，你之前救過的艾蕾娜與莎拉面對你目前在戰鬥的這種怪物，就算敵人成群結隊，大概也能輕鬆打倒。不知道會不會一邊哼歌就是了。』

阿基拉感到驚訝。就算獲得阿爾法的輔助，自己如果不出手相救恐怕早已死掉的兩人，竟然有如此的實力。

「那兩個人有那麼強嗎？那為什麼那時候會輸呢？」

這個某方面來說對艾蕾娜她們並不適當的評價，很大一部分是來自阿基拉的戰鬥經驗尚淺以及輕視自身的實力。阿爾法很清楚這些原因，所以刻意不去觸碰這個部分，回答：
『也有對人戰與對怪物戰的差異，當然也跟無色霧的影響有關，但要舉出最重要的因素，就只能說她們太倒霉了。當時那兩人應該是在追蹤你，難道是你的霉運影響到她們了？』
阿爾法以開玩笑的口氣這麼說完，阿基拉臉上就浮現相當厭惡的表情。
「……停止這種毫無根據的中傷好嗎？」
『哎呀，真是抱歉。』
阿爾法輕笑著道歉。阿基拉默默地回到射擊訓練。他的沉默也包含了想隱藏內心忍不住浮現「或許真的是這樣」的想法。而當他為了隱藏這種想法而專注於訓練，立刻就忘了擔心目標過於遙遠。
面對這種結果，阿爾法臉上露出滿意的笑容。
阿基拉結束射擊訓練，接著開始兼具搜敵訓練效果的遺跡探索。首先跟平常一樣以雙筒望遠鏡確認遺跡周邊的情況，沒問題的話就直接在遺跡內前進，慎重地朝深處探索。
但這次出現跟平常不同的狀況。當阿基拉持續自行確認周邊的安全及思考移動路線，阿爾法便做出平常因為是訓練自身能力而都沒有提出的指示。
『阿基拉，把望遠鏡連接到資訊終端機上。』
「嗯？知道了。」
按照指示把雙筒望遠鏡的接頭連接到資訊終端機上，阿爾法就藉由控制的資訊終端機來操作望遠鏡。影像的放大倍率持續急遽變化，鏡頭的運轉部分不斷上下左右移動。鏡頭的可動區域之外則由阿基拉按照阿爾法指示，移動望遠鏡來對應。
透過望遠鏡的景色不斷產生令人眼花撩亂的變化，目前處於阿基拉難以判別究竟照到什麼的狀態。但是阿爾法確實掌握一切，接著表情突然變嚴肅，大叫著指示：

『阿基拉！立刻趕往遺跡！快點！』

詢問理由的時間將會害自己喪命。阿基拉從以往的經驗與阿爾法的態度察覺到這一點，立刻開始奔跑。

『發生什麼事了？』

本來如此急促的奔跑不可能進行對話，但念話就不會妨礙呼吸，所以完全沒問題。這也是念話的好處之一。

『遺跡那邊有一台拖車受到怪物群襲擊。』

『等一下，這樣為什麼還要趕去遺跡？要逃走的話應該是反方向吧？』

『阿基拉，不論聽見什麼都要持續奔跑，不要停下腳步喔。怪物群的規模頗大，拖車上的人們雖然應戰了，但遭到殺害只是時間問題。』

阿基拉感到納悶而皺起臉，但是沒有放慢奔跑的速度。違逆指示的話死亡的危險性將大幅上升。他沒有浪費這個過往的經驗。

『所以，我更應該認為奔跑的方向弄反了啊，沒有道理賭上性命趕去救幾個陌生人吧？』

雖然與自身利害有關，阿基拉以前就曾動身去救不認識的艾蕾娜她們，然後他現在完全當作沒這件事。如果是平常的阿爾法，應該會直接指出這一點，不過現在就先忽略。

『當然是這樣沒錯。以你的生命為最優先，我正在帶你到最安全的地方喔。』

『就說了，為什麼這樣還要急著往怪物群的方向跑呢？』

面對這個極為正常的疑問，阿爾法補充說明狀況的嚴重性來回答：

『很遺憾，你已經被怪物群掌握了。就算現在朝都市方向逃，也會被確實追趕上來，慘遭殺害。

在沒有任何遮蔽物與藏身處的荒野，要和那種數量的怪物戰鬥，贏的機率可說是零喔。現在怪物是把拖車上的人們當成最優先襲擊的對象，等幹掉他們後就輪到你了。』

阿基拉皺起臉露出極為厭惡的表情。

『不在遭到各個擊破前先會合並應戰的話，所有人都會被殺嗎！』

『正是如此。而且就算你想獨自逃走，不是在能充分發揮我的輔助力量的遺跡裡，想要存活會很困難。不過還是先跟對方會合吧，一起應戰的話存活下來的可能性比較大。』

阿爾法以嚴肅的表情催促阿基拉。

『所以快點吧。如果太慢，你將面臨獨自與怪物群戰鬥的狀況。』

阿基拉帶著拚命的表情，毫無顧忌地祈求剛剛曾經放棄的對象能夠好好奮鬥。

『拖車上的人啊！在我趕到以前要加油啊！可惡！這也是因為我很倒霉嗎？是用光今後的運氣的影響嗎？』

『不清楚是誰倒霉，不過如果是這樣，目前拖車上的人就是代替你承擔霉運呢……你果然因為跟我相遇，用光了所有運氣。嗯，不過相對地，我會好好輔助你，你也要努力喔。』

阿爾法臉上浮現苦笑。也就是說，臉龐比認真嚴肅的表情放鬆了一些。

阿基拉看見阿爾法這樣，心裡想著照這樣看來狀況已有改善，同時因為阿爾法認證自己倒霉而皺起臉，然後持續全力奔跑，為了活下去。

◆

拖車在崩原街遺跡東邊的荒野上奔馳。那是為了在嚴酷荒野進行長距離移動所設計出來的大型拖車，車頂還搭載了機槍。

拖車上坐著名為葛城與達利斯的兩名男人。

葛城是主要以獵人為生意對象的中年武器商，長年以這台兼做移動店鋪的拖車做生意。多年來跟喜歡亂花錢，更不尊重生命的獵人做生意，身上散發出一股精明幹練的氣息。

達利斯是葛城的搭檔。他看起來不像商人，算是店裡的保鏢，平常擔任店的護衛與店員。外表看起來比葛城年輕許多，但是戰鬥經驗豐富，而且也強烈散發出這種氣息。他跟身穿防護服同時也是商店工作服的葛城不同，身上穿的是強化服。

由統企聯支配的區域——東部再往東前進後，是一大片被稱為未調查領域或未踏領域的廣大地區。由於那個過於嚴酷的環境有著如山一般巨大的怪物恣意闊步，即使以統企聯的力量，調查還是一直沒有進展，可說是相當危險的地帶。

但是該處也存在許多足以誕生這種怪物的高度文明遺跡。這個舊世界的智慧寶庫帶來的利益讓人願意冒險進入探索。

東部的東端地區是統企聯的支配地域與危險地帶的邊境，也被人稱為最前線。為了追求沉睡在未踏領域的智慧結晶，統企聯持續投入莫大的金錢來搜索該地。

當然在那裡活動的全是高等級的一流獵人，因此在獵人業界也是最前線，算是連大企業都敬其三分的獵人隊伍以及實力足以對統企聯找碴的個人等最高等級獵人們活動的地點。

葛城他們在那個最前線附近採購商品後，正在回到久我間山都市途中。通往最前線的道路當然相當危險，運輸費也極為昂貴，一般大企業的運輸業者都會僱用多數護衛來運送貨物。因此不顧該處危險，以個人力量運輸貨物，就能獲得足以讓人賭上性命的巨額收入。

只不過也得有人能買下這些商品才行。在最前線附近使用的裝備，當然全是符合那個危險地帶的一流物品。對在久我間山附近活動的獵人來說，那是過於高價且高性能的商品，某方面來說算是沒用的東西，所以一般根本找不到買家。

但是葛城靠著自身做生意的天分，談成了近乎賭注的生意。在自家拖車裡塞滿一流商品，持續千里迢迢的運輸，現在還差一點距離就要抵達久我間山都市。葛城他們即將贏得賭注。

但是現在為了逃離不斷從背後追上來的危險，緊急改變了前進路線。

現在速度比乘坐的舒適度重要。在這個共識下駕駛而劇烈搖晃的車內，達利斯以粗暴的聲音說：

「所以才叫你僱用好一點的護衛啊！」

葛城叫了回去：

「少囉嗦！就是沒錢僱好一點的護衛，我有什麼辦法啊！你不是也同意了嗎！說起來還不是你在途中變更移動路線，事情才會變成這樣吧！」

「吵死了！護衛的契約期間太短了，當初的迂迴路線根本來不及吧！如果資金充裕一點，就可以不用通過最短路線了！」

「錢嗎！果然是沒錢所致嗎！」

「就是錢！這個世界還是要靠錢吧！」

葛城他們豪邁地笑了起來。有些自暴自棄的笑聲在駕駛座迴盪。

讓葛城他們自暴自棄的要因在拖車後面。怪物群發出震地聲與咆哮聲揚起沙塵，以強韌的體力持續追著葛城他們。

即使拖車頂上的機槍持續射擊到彈匣清空，把無數怪物變成肉塊也沒用。怪物群絲毫沒有畏懼，不斷踐踏死掉的同伴肉塊奔跑，固執地追了上來。而且在移動中還捲入其他怪物，讓規模不斷擴大。

僱用來當護衛的獵人們在怪物群的規模擴大到超出自己的能力範圍時，就捨棄葛城他們逃走了。

明明擁有護衛卻淪落到被怪物群追趕的原因，是趕著運送的葛城他們經過與契約上的行走路線不同的道路。也就是違反契約招致的結果，所以要說護衛們不講信用也還有討論的餘地。

加上離開時還幫忙帶走一半的怪物，可以說沒有辜負所領的薪水。關於這一點，或許應該感謝逃走的那幫護衛，但葛城他們內心是否浮現感謝之意又是另外一回事了。

葛城他們的笑聲漸漸變小。原本是因為生命危機而處於詭異的激昂狀態，笑聲消失後，那種激昂也跟著不見了。

恢復沉穩的達利斯為了保持這份冷靜，有點像在暗示自己般露出認真的表情。強行保持平靜的腦袋以這份冷靜讓自己了解現在悲觀的狀況，便輕嘆一口氣。

「……那麼，你打算怎麼辦？這樣下去真的很危險喔。」

葛城也露出嚴肅的表情，認真回答：

「我知道。首先變更目的地，前往崩原街遺跡吧。」

「要到那裡？為什麼？」

「就這樣前往久我間山都市的話，不論我們是生是死，今後都完蛋了。」

即使能從怪物群底下逃走，準備帶它們進入都市的人也只有一個下場，就是被都市以武力連同怪物群一起粉碎。

面對那樣的攻擊，大部分的人都會死。就算活下來，都市也會以防衛費跟對維持治安的負面影響為理由要求損害賠償。屆時就得背負沒收所有財產仍不足以支付的鉅額債務，為了還債將受到生不如死的待遇。

然而就算這是眾所皆知的事，無計可施的人還是會賭上一絲希望試圖進入都市。阿基拉過去經歷過的怪物襲擊貧民窟事件，原因大概都是出在這種人身上。

「那個，葛城啊，這點事我當然知道。我問的是前往崩原街遺跡的理由。」

「遺跡是那邊的怪物占領的地盤。追趕我們的這群傢伙可能會意識到地盤的差異，就不會追到遺跡裡面了。而且該遺跡深處是這附近屈指可數的高難度地域，說不定有能把這些傢伙一網打盡的獵人。你已經發出緊急委託了吧？」

「嗯。希望有願意接受委託的獵人……」

通常藉由獵人辦公室提出委託時，都會經過包含確認委託內容的審查，因此必須花上一段時間。但是立即需要幫手等要求即時性的狀況，就可以發出緊急委託這種只經過最低限度審查的即時委託。

由於委託者基本上都是走投無路的人，報酬會比較高，承接通常不會有損失，所以有許多獵人會接下委託。如果因為沒有退路就記載虛假的報酬，就會因為欺騙獵人辦公室而受到相應的懲罰，所以獵人這邊也比較能安心承接委託。

因為這些理由，藉由廣域通訊對所有人發出的求救訊號獲得救援的機率很高，在荒野陷入困境的人經常加以利用。

葛城帶著嚴肅的表情結束話題。

「既然無法繼續朝都市前進，最可能得救的地點就剩那裡。再來只能靠我們的運氣了。走吧！」

葛城他們就這樣直接衝進崩原街遺跡，然後選擇大型拖車也能通行的道路猛衝。但是他們當然不清楚遺跡內的地形，從網路上隨手找到的地圖也有錯誤。能不能就這樣逃到深處完全得碰運氣了。

結果他們的運氣不好。葛城他們衝進一條散落著瓦礫的死路，必須暫時停下拖車。但是倒霉的事情接二連三降臨，追過來的怪物群無視地盤的意識直接進入遺跡。

有所覺悟的達利斯開口大叫：

「葛城！在這裡迎擊吧！快點替機槍更換預備的彈藥！換好後回到駕駛座以機槍應戰！事到如今別再囉嗦子彈費用之類的蠢話了！」

「我知道！你也要小心啊！」

達利斯來到車外舉起槍械，葛城也急著準備預備的彈藥。

◆

自從阿爾法宣告敵襲後就拚命奔跑的阿基拉，這時來到遺跡附近肉眼可以看到怪物群的地方。群體也注意到阿基拉，一部分怪物把襲擊對象從葛城他們轉移到阿基拉身上，然後不斷朝阿基拉逼近。

阿基拉見狀，邊跑邊握緊ＡＡＨ突擊槍，表情也變得更加嚴肅。

『阿爾法！被發現了！繼續前進沒關係嗎？』

在前方帶路的阿爾法也浮現嚴肅的表情，但她的指示沒有絲毫動搖。

『沒關係！就這樣繼續前進！我會適時指示移動路線！還有，趁現在先服用回復藥吧！』

『又是以受傷為前提的戰鬥嗎？』

『那種回復藥也有抑制體力消耗的效果！要有根本沒時間休息的心理準備！再來只要跟訓練時一樣，按照我的指示行動就沒問題了！』

『我在訓練時不知道死多少次了耶。』

『要跟沒有死的時候一樣行動！快點！要過來嘍！』

阿基拉邊跑邊拿出回復藥，看著視野前方的怪物群，並且把藥吞下。他對需要其回復效果的戰鬥做出覺悟。

按照指示停下腳步，把槍朝向敵群。在阿爾法的輔助下，視野同時擴增為戰鬥模式。逼近的怪物身上顯示出擊破的優先順序，也特別強調了每個個體的弱點，視野內更追加了從槍口延伸出去的藍綠色彈道預測線。

阿基拉以嚴肅的表情將槍口對準最優先擊破的對象，瞄準敵人的弱點後扣下扳機。

槍聲響徹整片荒野，從槍口快速射出的子彈直接擊中阿基拉瞄準的怪物。即使沒有命中弱點，以對怪物用子彈的威力，還是能撕裂其肉體、粉碎骨頭並破壞內臟造成致命傷。

手跟腳中彈的個體動作為之變慢並跌倒，直接被擊中要害的倒霉傢伙則立刻死亡，乘著猛衝過來的速度在地上滾動。

視野內顯示的槍擊位置從點變成線。配合那條線把槍橫移，持續扣下扳機用子彈橫掃過敵群。受到無數子彈攻擊的怪物們倒下、害怕，停止動作。

阿基拉趁隙按照指示沿著顯示在地面的移動路線奔跑，移動到下一個最適合開槍的位置後，再次按照指示開始槍擊。

阿爾法持續做出非常正確的指示。她所有指示都是以近乎預知的能力預測出怪物的動作，甚至計算到阿基拉未臻成熟的行動造成的失敗，可說是具備最大效率的內容。

　阿基拉在能力許可範圍內持續遵從她的指示，結果就是旁人眼中看到的阿基拉發揮出遠超出他原本實力的力量。這過於豐碩的戰果，足以讓阿基拉本人都感到驚愕。

　持續獲得這樣的戰果，擊潰怪物群後終於抵達遺跡，這時阿基拉腦袋浮現了一個疑問。

『阿爾法，可以問妳一件事嗎？』

『這種時候還真有閒情逸致啊。什麼事？』

『打倒的怪物裡面，參雜了我在訓練時戰鬥過的傢伙，怎麼好像很弱？』

『不，大致上就是那樣喔。』

『那我在訓練時為什麼會被殺掉好幾次？』

『因為訓練的個體不會困惑、膽怯、害怕跟逃走啊。我把行動模式設定成在氣絕前都會機械式攻擊你。』

『為什麼要設定成那樣？』

『太容易贏的話，怪物很恐怖的感覺可能會變遲鈍吧？就是為了預防這一點。多虧這麼做，你才能如此拚命戰鬥，然後得到這麼好的成果。幸好我有設定成那樣對吧？』

　阿爾法露出有些得意的微笑。

『……嗯，也是啦。』

　剛才的戰鬥當中確實發揮功效了。阿基拉這麼告訴自己，壓抑稍微湧出的情緒，然後轉換心情再次開始趕路。

◆

　葛城他們持續拚命抵抗。拖車周圍已經堆出幾座由怪物屍體構成的山。機槍掃射下失去大半原形的屍體流出大量血水，堆疊成山的屍體流出的血又聚集起來，在地面形成寬廣的紅色池塘。

必須在這些血腥味吸引遺跡內的怪物過來之前把事情解決，否則就得面臨要同時應付荒野與遺跡兩種怪物的狀況。

已經殺了這麼多，怪物也該害怕然後逃走了吧。像要嘲笑無意識這麼想的葛城他們，怪物群完全不在意同伴的屍體，毫無顧忌地踐踏化為肉塊的同胞，踢向因血水而變泥濘的地面，揚揚得意地持續發動攻擊。

葛城以機槍將所有試圖靠近拖車的怪物轟成碎片。達利斯在目標的肉體無法動彈前都持續開槍射擊。只要放慢開槍速度，我方的血肉就將加入眼前的屍體山與血池之中。為了阻止這種情況，只能拚盡全力。

火力是葛城他們占壓倒性上風，怪物屍體堆成的山目前也在持續增加。即使如此，因為不斷有增援出現，怪物一直沒有減少的跡象。葛城他們的焦躁感逐漸變濃。

葛城因為實在過多的敵人而咒罵：

「可惡！沒完沒了！你們就算把我瓜分了，大概連一根香腸的分量都不到吧！去吃那邊的屍體吧！都堆成小山了！」

狀況相當惡劣。這時還得加上讓狀況更加惡劣的理由。

「達利斯！機槍的子彈快沒了！在我重新裝好子彈之前，你那邊撐得住嗎？」

達利斯的表情非常難看。只要機槍掃射稍有停止，很可能會一口氣陷入絕境。但又不能表示「沒辦法」、「辦不到」，因為機槍的援護完全停止的話，終究還是會走投無路。

「……快點！」

達利斯反而這麼大叫。

機槍掃射暫停。敵群的大半，至今受火力鎮壓的怪物一口氣朝著目標發動攻擊。達利斯看見明顯超出自己應對能力的敵群逼近的光景，就聽見自身冷靜的部分冰冷地如此宣告——

沒救了。達利斯不懷疑這句話，便接受了死亡的命運。

下一瞬間，原本應該要實現這個命運的怪物之一，眉間被子彈擊中而整個撲倒。接著該個體就成為障礙物，稍微拖慢了其他個體的攻擊。這段極為短暫的時間裡，又有無數子彈命中怪物群，不斷讓怪物死去。

回過神的達利斯一邊應戰一邊看向槍聲來源，可以看見從附近的大樓窗邊持續射擊的阿基拉。

◆

進入遺跡的阿基拉遵從阿爾法正確的指示，來到具效果的射擊位置後，就從廢棄大樓的窗邊開始射擊。他從那裡看周邊怪物屍體堆成的山，以自身的槍擊讓那座山稍微變高並皺起臉。

『再怎麼說也太多了吧。我原本要被那麼多怪物攻擊嗎？』

阿爾法微笑著傳達對我方有利的狀況並叮嚀：

『這種危險性尚未消失喔，不能鬆懈援護的攻勢。』

『那還用說嗎？哪能被那些傢伙攻擊啊。』

阿基拉發揮訓練最大的成果，內心想著錯失這個機會就沒有退路，持續拚命應戰。

在阿基拉的支援下，現場的平衡開始朝著葛城他們傾斜。

這本來不是光靠一把ＡＡＨ突擊槍就能改變的狀況，但是按照阿爾法的指示打倒怪物後，首先成功贏得了讓機槍再次開始掃射的時間。

接下來阿爾法持續做出最有效的指示，而阿基拉也有所回應，一直將全體效率提升到最大限度。

葛城他們也立刻注意到阿基拉的援護，戰鬥方式配合他有所改變。葛城持續裝填機槍的子彈，笑著呢喃：

「……緊急委託的成果出現了嗎？很好。運氣開始轉向我們這邊了，再努力一下吧。」

得到阿基拉的支援後，葛城再次開始火力壓制，有許多怪物又加入了屍體山當中。

之後阿基拉也跟葛城他們合作，一邊互相援護一邊快速殲滅敵人。最後又經過兩次機槍的彈藥補充，終於把現場所有怪物掃蕩殆盡。

戰鬥結束後，阿基拉一來到葛城他們身邊，兩人就露出非常驚訝的表情。沒想到援護我方的竟然是個小孩子。

但是他們面對阿基拉時，完全沒有因為他是個孩子就擺出輕視的態度。因為剛剛他才證明自己的實力。

葛城露出安心的笑容，親切地對他搭話：

「得救了。你是接到緊急委託的獵人嗎？」

阿基拉以有些疑惑的口氣回答：

「緊急委託？不是喔。我也遭到襲擊，所以逃了過來。」

「是這樣嗎？那我們都很倒霉啊。」

葛城沒有說出是自己把那群怪物帶過來這裡，因為對方沒問。

阿基拉也沒有深究。如果是因為自己的霉運，這就好像強行讓對方負起當誘餌的責任。

像是要一掃現場有些尷尬的氣氛，葛城豪邁地笑著表示：

「我是葛城，那邊的傢伙叫達利斯。我是用這台兼當店鋪的拖車做生意，目前正在回久我間山都市途中。」

「我是阿基拉，職業是獵人。只是剛好在這附近。」

「哦！獵人的話就是客人了，這也算某種緣分。而且你也救了我們，想買些什麼的話可以算你便宜一點喔。達利斯！你也跟人家道謝啊！」

為了保養機槍而離開的達利斯大叫：

「我知道啦！我是達利斯！謝謝你了！」

「我們保養完機槍就準備朝久我間山都市出發。要不要上車？都發生這種事了，你應該不會要繼續探索遺跡吧？」

阿基拉這時也沒有心情再接受訓練了。

『阿爾法，可以回去了嗎？不對，我要回去了。一定要回去喔。』

阿基拉那種拚了命的模樣，讓阿爾法露出有點開心的笑容。

『知道了啦。今天就先回去吧。』

阿基拉原本就認為應該沒問題，但聽見她這麼說，還是稍微放下心來。

「那就麻煩了。」

「好！快上車吧！」

葛城豪邁地笑著讓阿基拉坐上拖車，達利斯迅速結束機槍保養後，很快就發動車輛。前進方向可以看到怪物屍體堆成的山，但葛城立刻笑著用越野車的馬力豪爽地把山撞開。

看見飛散的怪物，阿基拉覺得有些噁心。然而葛城他們完全不在意，反而笑得更大聲了。

第14話 霉運與幸運與偶然的聯結

載著阿基拉等人的拖車在荒野前進。崩原街遺跡在久我間山都市附近，雖然是阿基拉也能徒步抵達的距離，一般來說這樣的距離還是會搭車。

葛城與達利斯在激戰勝利後心情很愉悅。從長時間被怪物群追趕的緊張中解放讓人特別開心，於是笑著跟阿基拉訴說路途的苦難與最前線的狀況。

以往都在貧民窟生活的阿基拉很少有機會聽到這些事情，於是興致勃勃地聽對方說。

「哦～～東部的東側是那樣的啊。」

「沒錯，與未踏入領域的邊境就是最前線。那附近的獵人擁有戰車是很普遍的事。他們擁有戰車就跟我們擁有槍械一樣。嗯，那是因為怪物強大得沒有戰車根本束手無策啦。」

「你們從那種地方運來商品嗎？光是採購就那麼累人。做生意還真是困難耶。」

「是啊。除了採購，還需要顧客的人脈、掌握商機的手腕等能力，每種都跟採購一樣累人喔。」

「嗯……太厲害了。我就做不來了。」

阿基拉由衷感到佩服。看見他這種模樣，葛城就開心似的苦笑著說：

「嗯，我必須承認這次的採購確實特別困難。沒必要以這次作為基準來考量啦。你也試試看啊，說不定會有不錯的收穫喔。」

阿基拉試著想像開始做生意的自己，但是完全無法浮現成功的印象。葛城從阿基拉的表情察覺到這一點，就笑得更大聲了。

「嗯，出人頭地的手段因人而異。你就靠獵人這份工作發跡吧，我則是經營生意，就是這麼簡單。我現在雖然用這種拖車做生意，但以這次的利潤作為基礎來擴大規模，將來要成為統治企業，甚至加入五大企業的行列。」

阿基拉有些驚訝。在貧民窟長大的他懂的雖然不多，卻也理解那有多麼天馬行空。

「竟然說要加入五大企業，以夢想來說規模也太大了吧。」

「成為統治企業後就要發行企業貨幣，幣名就叫葛城幣。然後商品價格寫著五萬葛城幣之類。」

葛城笑著訴說自己的夢想，臉上的表情卻已經變得有點認真。

「……這車貨物就是我實現這個夢想的第一步，所以我是真的很感謝你喔。因為你，我才不用丟下貨物逃走。」

「這樣啊。那這次就算你欠我一個人情吧。這麼會做生意的話，將來好像能派上用場。」

「好啊，但是殺價可不要太狠啊。正如我剛才所說，我也需要錢。」

手段雖然不同，但雙方都想從東部發跡，所以聊起天氣氛也頗為熱絡。這樣的情況下，原本像在參與談笑，在阿基拉身邊微笑的阿爾法臉上再度浮現嚴肅的表情。

『阿基拉，現在立刻從右邊的窗戶以雙筒望遠鏡確認外面。』

阿爾法再度改變態度的模樣，讓阿基拉立刻提升警戒與緊張。他趕緊跟之前一樣把望遠鏡連結到資訊終端機，配合阿爾法的操作確認外頭的狀況。

從擴大顯示的荒野其中一點揚起了土塵。

「……葛城，那些怪物是你們帶過來的吧？」

葛城露出苦笑，想把事情蒙混過去。

「……被發現了嗎？沒有啦，那是……」

「誰帶來的其實不重要。告訴我吧，那是群體的一部分嗎？」

葛城從阿基拉的樣子察覺到事態，表情一口氣變得嚴肅。

「達利斯！把車上搜敵機器的搜敵範圍開到最大！」

「開到那麼大的話，連小型的怪物都會顯示出來喔。」

「別管那麼多，照辦就是了！」

達利斯也從葛城他們的模樣開始察覺到危險，於是趕忙照指示變更搜敵機器的設定。而凝視搜敵結果的葛城臉上表情變得更加難看。

「把搜敵範圍從三點鐘方向縮小為60度！」

達利斯一瞬間對指示內容感到疑惑。因為這種設定將無法搜索到方位之外的敵人，受到奇襲的機率會驟升。然而他立刻遵從葛城的指示，接著看見再次變更的搜敵結果，臉就跟葛城一樣變僵了。

阿基拉以非常嚴肅的表情催促對方回答：

「抱歉在這麼忙的時候打擾，可以回答一下我的問題吧……你們帶過來的怪物群還剩下多少？」

以雙筒望遠鏡確認後，發現土塵發生源頭是其他怪物群。葛城他們看見的搜敵結果顯示從遠方有大量反應朝著拖車衝來。

各種生物類怪物成群結隊，迅速踢著地面奔跑。怪物裡有大型也有小型，四隻腳的肉食獸揚起土塵急速奔跑，六隻腳與八隻腳的怪物跟在後面。

可以看到散發機能美的軀體以合理姿勢奔跑的個體，另外也有扭曲的身體彷彿視機能美為無物，卻能以過於強大的肌力與細微動作強行快速奔跑的個體。

其他像是身上長著鱗片的大型犬，以及長著毛皮的爬蟲類。有的臉上長了十幾顆眼睛，或者只有一張巨大嘴巴。其中有長了無數牙齒的嘴，也有沒長任何牙齒，只能囫圇吞下物體的嘴。

此外還有適應舊世界生體技術與嚴酷環境的生物，以及靠該種生體技術變得異常強大的生命力，無視周圍環境的突變生物。

每一種怪物都以驚人的體力持續奔跑，為了從東部荒野吞噬獵物。

持續追著葛城等人的怪物群因為種類與個體別造成移動速度差異，讓它們分為好幾個集團，之後就以集團為單位移動。

剛才襲擊阿基拉他們的是領頭集團，速度遲緩的後方集團在途中就放棄追蹤，回到原本的棲息地，算是成功把它們分開了。

然後現在正是移動速度不上不下的中程集團，

慢了領頭集團許久，終於追了上來。

葛城他們一臉嚴肅的商討該如何應對。達利斯首先開口詢問：

「葛城，就這樣直接進入都市的話怎麼樣？來得及嗎？」

葛城搖搖頭。

「不行，來不及了。會被判斷是我們把群體帶過來。繼續前進的話，我們會跟那些怪物一起被都市的防衛隊殺掉。」

達利斯嘆了一口氣。接著由葛城提議：

「從搜敵反應的移動速度預測那群怪物有多快之後，我認為拖車全速前進的話，應該是我們會稍快一點。到處逃竄來爭取時間如何？與怪物群拉開足夠的距離，再進入都市。」

這次換成達利斯搖頭了。

「沒辦法。拖車的燃料因為長距離移動，所剩無幾。逃竄的話，途中就會耗盡了。」

互相駁回對方提出的建議後，葛城他們就嘆了口氣，陷入沉默。由於似乎沒有新的意見，阿基拉便說出自己的提案：

「再次回到遺跡怎麼樣呢？這次換我帶領你們進入遺跡。我很熟悉那裡的地形，應該能避開衝進死巷走投無路的狀況。就算沒有燃料必須捨棄拖車，遺跡能逃走的地方還是比荒野多，也比較容易甩開敵人……」

實際上，除了由阿爾法負責帶路，阿基拉也認為這是個不錯的主意。但是葛城強烈拒絕了這個提案。

「不行！」

看見阿基拉驚訝的態度，葛城才回過神來。然後他露出有點沉悶且嚴肅的表情補充理由：

「……遺跡裡散落著大量剛才殺死的怪物，它們的血腥味可能已經引來許多其他怪物了。最糟糕的是，如果連遺跡深處的強大怪物都被吸引過來，我們絕對無法打贏。」

阿基拉對葛城有些懷疑，於是朝阿爾法投以確認真偽的眼神。阿爾法看見阿基拉的模樣後，一臉認真地回答：

『確實包含了他不想捨棄拖車的私情。但是他說明的內容並不是謊言，現在才回到遺跡，只會讓狀況更加惡化。』

自己的提案遭到駁回的阿基拉也嘆了口氣。

「只能在此迎擊了嗎……對了，能使用從最前線運過來的裝備嗎？性能很強大不是嗎？」

葛城搖頭表示：

「沒辦法。強化服必須經過個人用調整才能使用，最少需要四個小時。槍械類則需要相對應的特殊彈藥，但是貨櫃裡沒有，彈藥類的運輸是走其他路線……可惡！」

在這裡迎擊是最佳的方法。阿基拉他們所有人都理解這一點。理解與掌握狀況的程度多少有些差異，而這也表現在每個人臉上略有不同的表情，不過所有人都同樣感覺不到一絲樂觀的氣息。

阿基拉他們開始為迎擊做準備。葛城盡可能把拖車停在對我方有利的地形，然後將機槍剩餘的子彈配置在容易再次裝填的地方。阿基拉與達利斯則是下車來到自己負責的位置。距離交戰只剩下幾分鐘了。

阿基拉按照阿爾法的指示迅速完成準備工作。重新裝填好AAH突擊槍的彈匣，並且從背包裡拿出所有預備的彈匣放在旁邊地上。他還事先服用了回復藥，為了能在藥效結束時立刻追加服用藥物，先把膠囊含在嘴裡。另外也把回復藥膠囊的殼拉開，將內容物放在衣服口袋裡。如此一來，除了精神方面，阿基拉已經完成所有準備。

阿爾法跟平常一樣站在阿基拉身邊。阿基拉對她的模樣同時感到不安與信賴，然後以有些豁出去的態度詢問：

『阿爾法，妳老實回答我，能打贏……不對，有機會打贏嗎？』

感覺問題如果是「能打贏嗎」，將會得到「會輸」的回答，所以中途改變了。

阿爾法跟平常一樣笑著回答：

『有打贏的機會，我也會提供輔助，好好努力吧。』

阿爾法沒有說謊，只不過如果傳達正確的勝率將會降低士氣。她判斷如此會讓原本就很低的勝率下降，就完全不打算說出具體數值。

『這樣啊。有機會贏嗎？』

阿基拉也刻意不再追問。最好不要知道的事情就不用刻意追究了。這是兩人之間的共識。

阿基拉舉起槍，接著看向阿爾法，原本似乎想說些什麼，但又打消了念頭。結果阿爾法刻意露出開心的笑容。

『阿基拉，我之前就說過了，你因為遇見我而付出了幸運，但我會持續提供超乎那份幸運的輔助來照顧你。所以無論發生什麼事，你都不能放棄。我的輔助是建立在你的意志、幹勁與覺悟上，這你可別忘了。你沒幹勁的話，我就停止輔助嘍。』

看見阿爾法露出某種挑釁般開心的笑容，阿基拉便苦笑著說：

『對喔，意志、幹勁和覺悟是由我負責的。那麼，雖然是這種狀況，也要請妳好好照顧我了。』

阿爾法露出滿臉笑容，充滿自信地回答：

『交給我吧。』

阿基拉回以輕笑，內心稍微湧現的放棄完全消失，取而代之的是滿滿掙扎到最後一刻的意志。

阿基拉有所覺悟了。如此一來，他已經做好所有準備。

葛城發現怪物群已經來到拖車的機槍射程範圍內，但是他沒有開火，因為目的是阻止接近的牽制射擊根本沒有意義。為了減少子彈的浪費，最少也得等敵人靠近到能讓其強韌肉體受重傷的距離。

阿基拉他們也很清楚這一點，所以沒有催促葛城開槍掃射，只是默默舉著槍，同樣等待敵人更加靠近。

由於葛城他們在逃走時已經把具備遠距離攻擊手段的個體掃蕩殆盡，目前敵群裡全都是只能發動近距離攻擊的個體。多虧如此，只要撐過大量怪物殺氣騰騰逼近的恐懼，就能讓敵人靠近到槍擊能發揮充分效果的位置。

阿基拉他們拚命承受這樣的恐懼。當怪物群靠近到能確實給予致命傷的距離，機槍開始掃射了。大量子彈命中怪物群前面的個體，將目標打得不成原形，血肉飛濺到後方的怪物身上。

在鮮血四濺的情況下，後續的怪物即使同伴的血濺到自己身上，也還是毫無畏懼地突進。阿基拉瞄準這樣的怪物扣下扳機，射出的子彈命中目標的眉間，讓個體立刻死亡。接著又立刻開槍擊破飛越過那具屍體衝過來的怪物。

在阿爾法的輔助下，阿基拉以遠超過原本實力的動作擊倒後續源源不絕湧至的怪物。即使如此，這對怪物群仍然只有些微影響。後續的大軍不斷衝過來，絕望的持久戰就這樣開始了。

◆

不顧一切的猛烈戰鬥持續著。阿基拉已經忘記打倒多少敵人，也忘記戰鬥開始到現在過了多久，只是持續按照阿爾法的指示狙擊怪物。

對怪物用子彈威力固然強大，後座力也同樣凶猛。每次扣下扳機，後座力都會給身體帶來很大的負荷，體力也因此逐漸流失。靠著事前服用的回復藥持續消除這些負荷，勉強才維持戰鬥能力。

子彈射光就馬上更換彈匣，放在衣服內的份立刻就用完了。阿基拉一邊排出空彈匣，一邊抓住放在地面的彈匣快速裝填子彈。他對看得出不斷減少的殘餘彈藥感到焦躁，還是毫不節省的持續開槍。這時候要是擔心費用，就無法壓制敵人了。

由支撐槍械的手臂傳來疼痛得知藥效已過，他開始一點一點把含在嘴裡的回復藥吞下去。回復藥的性能慢慢滲透到身體各處。沒有回復藥的話，身體應該早就不堪負荷而倒下了。

不能對戰鬥造成阻礙，也不能輸給疼痛，他把所有回復藥吃下去，一邊微調服用量一邊咬緊牙根持續扣下扳機。射出的子彈全都盡了自己的責任。但就算這樣，還有大量的敵人。

阿爾法的指示幾乎可說完美，甚至掌握了不同怪物個體造成的速度差異，為了盡可能延遲敵人接近，持續指示攻擊對象。像是讓先倒地的屍體擋住其他個體的前進方向、讓害怕得逃走的個體阻礙其他個體等等，盡量以各種手段來爭取時間。阿爾法就是這樣持續做出最佳指示。

只不過阿基拉能否按照她的指示行動就又是另外一回事了。除了阿基拉低落的技術，還有緊張、焦慮、疲勞等各種要素讓他的動作逐漸變得遲鈍，

完全按照指示的動作根本不到所有指示的一半。阿爾法立刻一一對應包含這種結果在內的各種狀況，做出接下來的指示。

狀況終於出現轉機。比其他個體快上許多的個體衝到阿基拉面前，阿基拉當然會集中攻擊那隻怪物。看見複數子彈確實命中目標，判斷這樣就能將其打倒後，在阿爾法指定接下來的對象前，阿基拉立刻準備瞄準其他怪物。

在跟之前類似的情況下能打倒怪物的經驗造成鬆懈、不斷出現的怪物引起焦躁、累積的疲勞令人輕忽，結果阿基拉判斷錯誤。

『還沒死透喔！』

聽見阿爾法吼叫般的斥責，阿基拉急忙把準星移回剛才的個體上。但是太遲了。怪物即使身負重傷，還是衝過與阿基拉之間的距離，全身被無數子彈擊中，依然毫不膽怯地突擊。然後在中彈的情況

下快速撲向阿基拉，直接把他推倒在地。

阿基拉之所以能在千鈞一髮之際躲開瞄準頭部的一擊，完全是因為怪物身體受到中彈的衝擊，稍微失去平衡。也就是這樣，阿基拉才能免於一死。

但是他的性命也宛如風中殘燭了。推倒阿基拉的怪物為了攻擊他的頭部，再次張開大嘴。

逼近的死亡讓阿基拉的體感時間產生大幅延遲。「之前也有過這種情況耶」——在極度緩慢的世界裡，他回想起以前在貧民窟遭到怪物襲擊，瀕死時的事情，然後反射性採取跟當時同樣的行動。他將握住的ＡＡＨ突擊槍連同自己的手臂一起塞進怪物的大嘴裡。

被槍口用力塞到喉嚨深處的怪物動作因為不舒服的感覺一瞬間變慢。趁著這短暫的空檔，在大嘴的牙齒撕裂自身手臂前，阿基拉笑著扣下扳機。

在嘴裡發射出去的無數子彈射進怪物的頭部。

頭部遭到破壞的怪物，子彈從後腦杓穿出，喪失了生命。

阿基拉把怪物的屍體移到旁邊，勝利的喜悅因為右腳的劇痛而中斷。對方的飛撲攻擊讓右腳整個被撕裂。

阿爾法以非常嚴肅的表情及嚴厲的口氣做出指示，這是為了防止阿基拉的意志因為脫離死地的鬆懈與劇痛而受挫。

『快點治療傷勢！你的口袋裡有回復藥吧！』

阿基拉忍著劇痛，把事先放進口袋裡的膠囊內容物直接塗抹在傷口上。更強烈的劇痛湧向他。

『不能昏倒喔！失去意識就等於死亡！給我振作一點！』

大量直接塗抹的回復藥帶來符合使用量的劇痛，勉強才沒昏過去的阿基拉露出痛苦的表情搖搖晃晃地站起來，接著服用剩下的回復藥。

包含在回復藥裡頭的治療用奈米機械感應到使用者的痛覺後，聚集在傷口處立即開始治療。原本快痊癒的傷口因為魯莽的動作而惡化，不斷重複受傷與治療的過程。

阿基拉就在這樣的狀態下，一邊承受著劇痛一邊再次開槍。倒地的期間，其他怪物已經來到相當近的距離。一次的判斷錯誤就讓狀況有了程度相符的惡化。

阿基拉他們繼續拚命抵抗，狀況卻不斷變糟。怪物群已經靠近到稱為近身戰也不為過的距離。

葛城在駕駛座說出喪氣話：

「……機槍的子彈要耗盡了……完蛋了……」

他的聲音透過聯絡用麥克風傳到拖車外面。這時達利斯也洩氣地表示：

「……到此為止了嗎？」

阿基拉保持沉默。不過他只是沒有多餘的心思說話，其實內心也同意他們的看法。然後機槍的子彈終於用光了。

阿爾法微笑著對阿基拉宣告：

『結束了啊——』

看見她符合結束宣告的溫柔微笑，阿基拉也微微露出無力的苦笑。

「……是啊。」

『——得救了喔。』

「……咦！」

阿爾法出乎意料的發言讓阿基拉發出驚訝的聲音。同時，榴彈雨就降到怪物群當中，周邊的個體隨著無數爆炸聲被炸得灰飛煙滅。

更大量的反器材彈頭命中阿基拉他們附近的群體，粉碎怪物群的構成要素，並確保了拖車周圍的安全。

因突發事態產生混亂的阿基拉注意到笑著指向

荒野的阿爾法。他急忙往那個方向看去，就看到一輛越野車對怪物群轟出猛烈砲火，並往這邊靠近。

阿基拉的視野因為阿爾法的輔助而擴張，可以清楚看見車內的情況。結果他的臉染上驚訝之色。

「那些傢伙……！」

車子裡坐著似曾相識的女性獵人。那是阿基拉以前幫助過的艾蕾娜與莎拉。

莎拉在車上架著與其體格不符的巨大槍械，榴彈從大口徑槍口連續轟出。

「艾蕾娜！雖然和預定地點有很大的差異，但要救出的對象是他們沒錯吧！」

艾蕾娜也操作車輛的機槍，豪邁地發射大量的子彈。

「沒錯喔。緊急委託記載著崩原街遺跡，不過應該是逃到這裡來了吧。直接把怪物粉碎吧。」

「了解！彈藥費是委託者負擔！繼續瘋狂地開

火吧！」

一面倒的攻擊就這樣持續下去。資金方面恢復寬裕的艾蕾娜她們為了驅逐怪物群所準備的高價高威力彈藥，發揮出符合其價格的功效。

怪物群被像暴風一般發射出去的子彈、降雨般落下的榴彈吞沒後消失無蹤。阿基拉以近乎啞然的狀態望著那幅光景。

靠著毀滅附近一帶的猛烈攻擊，讓阿基拉他們痛苦萬分的怪物群輕易被殲滅了。

◆

結束戰鬥的阿基拉等人與艾蕾娜她們會合後，沒有立刻前往久我間山都市，而是先聚集在拖車內。兼做移動店鋪的拖車內出乎意料地寬敞，負責幫兩個集團交涉的葛城在裡頭與艾蕾娜進行緊急委託的事後處理。

阿基拉離開葛城他們身邊以免妨礙交涉。接著他鄭重地對一起離開的莎拉深深低下頭。

「真的很感謝妳們的救命之恩，託妳們的福才撿回一條命。」

「別客氣啦，這也是工作，你不用在意。靠你們的努力才讓怪物數量減少，所以比想像中還要容易就解決掉那些怪物了。」

莎拉很開心地笑了。阿基拉眼前的豐滿胸部顯示剛才確實只對莎拉造成些許負擔。

「但是你在場讓我有點嚇到了。竟然被捲入怪物的襲擊，你也太倒霉了。」

「是啊，真的覺得自己運氣很差……為了讓自己的運氣好一點，還是應該買個護身符嗎？」

阿基拉苦笑著以開玩笑的口氣這麼說完，莎拉也輕笑著附和：

「這種事的確得看運氣。不論事前收集了多詳細的情報，預料之外的事情要發生時還是會發生。我們之前也很慘……護身符嗎？要買也可以啦，但我覺得把遇見幸運時的某種東西拿來當成護身符也不錯喔。像我就是這個。」

莎拉說完就打開防護服前方的拉鍊，從乳溝拿出戴在身上的項鍊墜飾——被加工成飾品的子彈。

「前陣子瀕死之際，從偶然救了我們的人那裡拿到這個東西，把它加工後製成這個飾品，為了提醒自己不要忘記當時的輕忽與幸運。」

「這、這樣啊。」

阿基拉從近處看見莎拉的乳溝，產生連自己都搞不清楚的動搖與些許害臊，但總算是保持平靜。

莎拉注意到阿基拉有點奇怪，但她認為是因為還殘留著剛越過死線的動搖與激昂，所以沒有特別在意。

阿基拉身邊的阿爾法則是開心地露出帶有深意的笑容。

『真是太好了。日常的善行，當時你的行動馬上救了你一命。你怎麼了？不覺得開心嗎？』

『不，我當然很開心啊。妳看，當時救她們果然是正確的決定吧。』

『是啊。不但因此活了下來，還能看到美女的乳溝呢。』

阿爾法開心似的露出淘氣的笑容。

『沒有打算摸的話，我的胸部也很不錯喔。還是說，就算沒有那種意思，實際伸出手就能摸到這一點也很重要？』

『吵死了，閉嘴啦。』

阿基拉板起臉不讓表情出現變化。阿爾法看見他這種模樣，就笑得更開心了。

◆

與怪物群戰鬥的阿基拉活了下來。

這場戰鬥光靠阿基拉的實力與覺悟仍然不足。即使獲得阿爾法的強力輔助，依然力有未逮。也就是說，原本是束手無策的狀況，應該以避無可避的死亡收尾。

之所以能顛覆必死之局，靠的是自認很難稱為善行的行為帶來的幸運。就算當初沒有那種意圖，恩惠還是避免以負面的形式回報到自己身上，這對阿基拉來說是罕見的幸運。

這件事意外地對他產生很大的影響。雖然他本人沒有發現，但確實有了變化。

〈下集待續〉

>Episode

001

上 誘惑亡靈

角色狀態

Character Status

第一集〈上〉結束時（葛城的拖車防衛戰後），阿基拉的狀態。
首次踏入遺跡時是破爛服裝加上一把手槍這種魯莽至極的裝備狀態，但是靠著跟阿爾法一起探索崩原街遺跡得到的酬勞，買了全新的AAH突擊槍，還從靜香那裡獲得便宜的防護服，完成能夠與怪物對抗的武裝。
經過十幾次以上的遺跡探索，獵人等級晉升到10。藉由升級，終於讓獵人辦公室承認他是一名正式的獵人。

NAME 名字
阿基拉
SEX 性別
男
HOMETOWN 出身
東部久我間山都市
JOB 職業
獵人
HUNTER RANK 階級
RANK 10

EQUIPMENT 裝備

WEAPON 武器
手槍 AAH突擊槍
ARMOR 防具
便宜的防護服
TOOL 道具
泛用資訊終端機

AKIRA

武器解說
Weapon Guide

HANDGUN
手槍

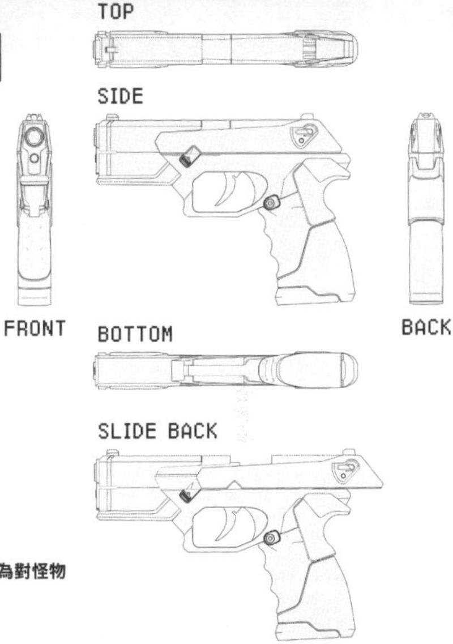

阿基拉的初期裝備。
在東部廣泛流通的極普通手槍。設計為對人使用，作為對怪物兵器的威力不值得期待。

AAH ASSAULT RIFLE
AAH突擊槍

在東部廣泛製造、販賣的對怪物用突擊槍。繼承了100年前登場的傑作突擊步槍的基本設計。
以對怪物用槍械來說比較便宜，耐用也很少出現故障。另外也有許多複製品、改造品，包含這些亞種在內，都統稱為AAH突擊槍。

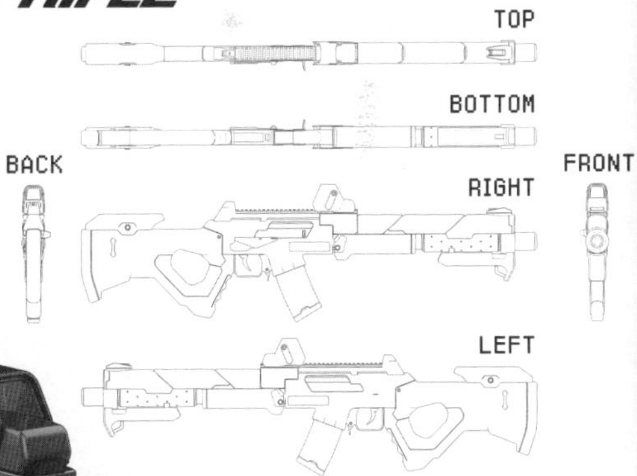

>Episode
001
上 誘惑亡靈

怪物解說
Monster Guide

WEAPON DOG
武器犬

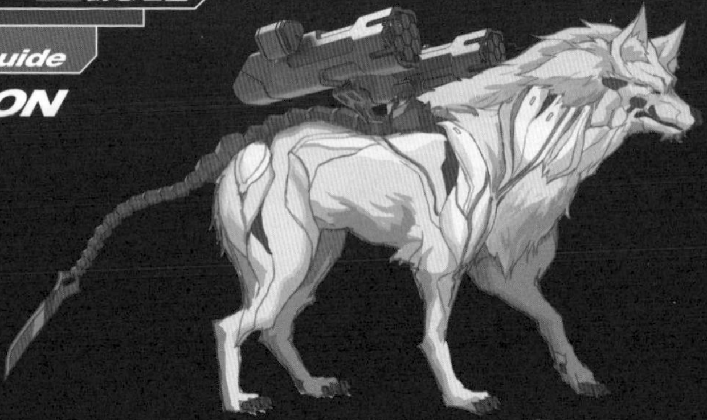

飛彈發射器
武裝型

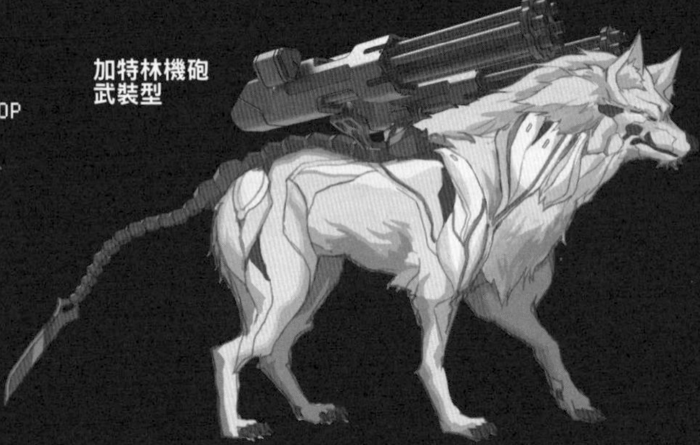

加特林機砲
武裝型

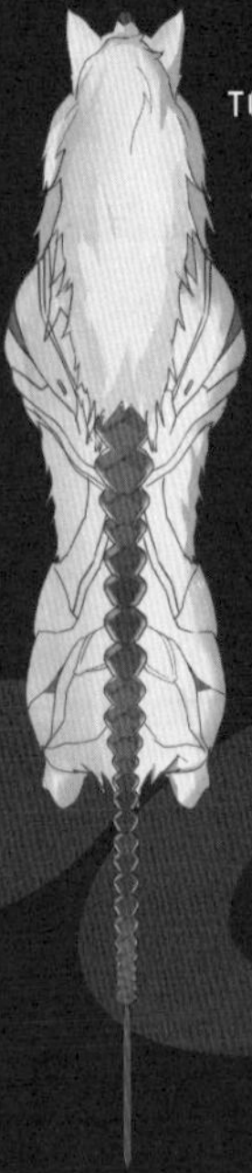

TOP

FRONT

全長兩公尺左右的犬型怪物。
原本是為了執行都市區的警備而被創造出的人造生物，文明毀滅後也不斷自我改造，持續保護遺跡不被盜賊侵擾。
經由嘴巴攝取金屬等東西，根據材料從背上長出槍砲是其特徵，除了小型加特林機砲，還有長出火箭砲、飛彈發射器等各種型態的個體被目擊。
基本上是群體行動，群體中擁有最強力武裝的個體會成為領袖，率領整個集團。

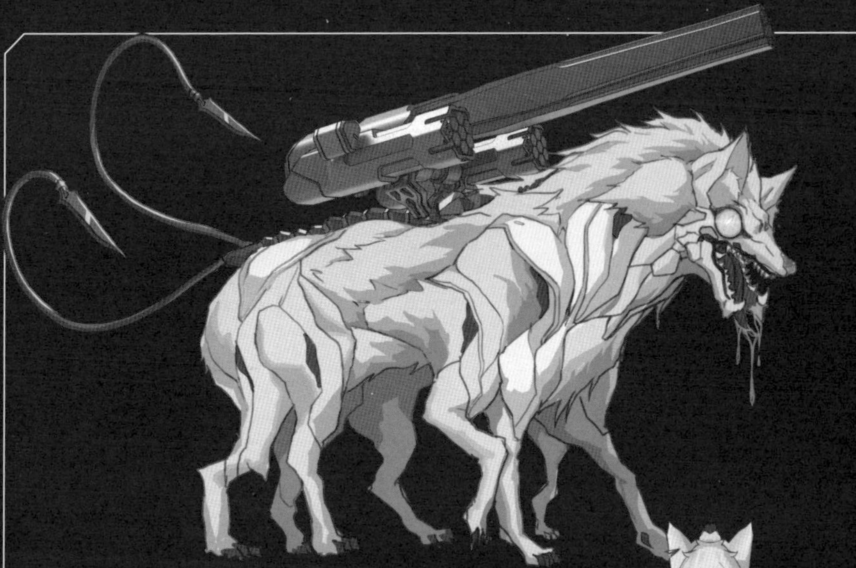

WEAPON DOG SUBSPECIES

武器犬亞種

背上長出巨大的大砲，有八隻腳的武器犬。具備右邊兩顆眼睛，左邊一顆巨大眼睛的左右非對稱頭部，腳的配置亦不對稱。
或許是專門為了支撐重武裝，變成無視生物機能美的外型。
阿爾法表示，這是自我改造變更規格失敗的特異個體。由於身軀巨大，動作遲鈍，但是從背上武器發射的砲彈威力非一般武器犬所能比擬。

TOP

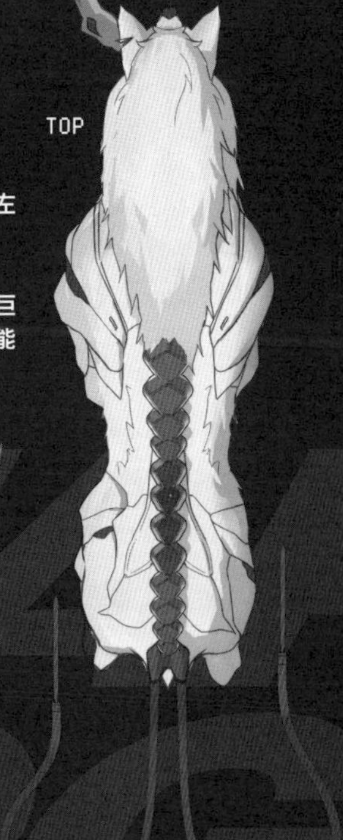

FRONT

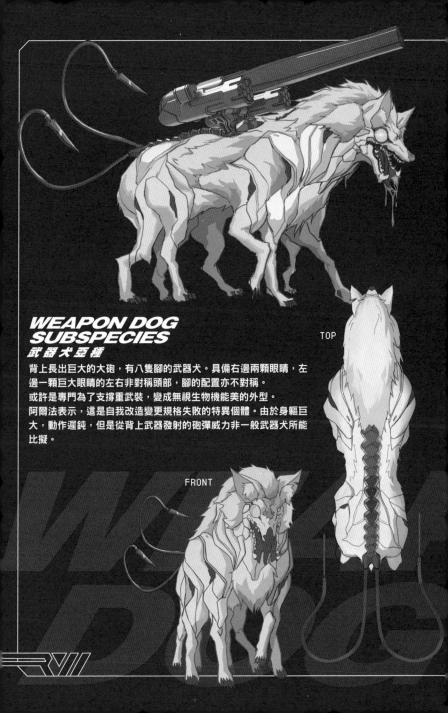

出人頭地吧——！

阿基拉在阿爾法的帶領下，
終於跨出成為真正獵人的第一步。
接下來有更嚴苛的考驗等著阿基拉。
在做巡邏委託時接到緊急通報。
內容是從遺跡出現
前所未見的大規模怪物群，
朝著久我間山都市進攻——
面對逞強荒唐魯莽的危險任務，
阿基拉毫不遲疑地賭上自己的性命！

作者 ナフセ
插畫 吟
世界觀插畫 わいっしゅ
機械設定 cell

NEXT EPISODE >>>

重組世界 Rebuild World 1

下 逞強荒唐魯莽

敬請期待！

少年啊，在一切重組的世界
Rebuild
「做好覺悟了吧。」
「覺悟是由我負責的啊。」
The advanced civilizat
the world has crumbled away, and
ople rallied the fragments of wisdo
the world and spent a long time

死老百姓靠抽卡也能翻轉人生 1 待續

Kadokawa Fantastic Novels

作者：川田両悟　插畫：よう太

網路論壇最引人注目的作品！
最強的一步登天戰鬥娛樂劇揭幕！

由女神給予人類的卡牌之力決定一切的時代，勞工高槻秋人賭上人生去抽決定命運的「重體力勞動卡池」。就在人生的夢想和希望都跟大量抽卡券一起化為泡沫的終極運氣考驗後，他抽中了金錢特化祕書卡——卡牌迷與貪婪祕書的最強戰鬥動作故事登場！

NT$220/HK$73

里亞德錄大地 1~2 待續

Kadokawa Fantastic Novels

作者：Ceez　插畫：てんまそ

葵娜與商隊來到黑魯修沛盧的王都，
並遇見了自稱她孫子的妖精——？

少女「各務桂菜」——葵娜透過與善良的人們及自己在遊戲裡創造出的小孩邂逅、交流，漸漸接受了現實世界「里亞德錄」。她一邊學習一般常識一邊與商隊同行，來到北國黑魯修沛盧的王都，並在這裡遇見自稱「葵娜的孫子」的妖精——？

各 **NT$250~260/HK$83~87**

幽冥宮殿的死者之王 1 待續

Kadokawa Fantastic Novels

作者：槻影　插畫：メロントマリ

不死者vs死靈魔術師vs終焉騎士團，
三方勢力展開前所未見的戰鬥！

少年恩德受病痛折磨而喪命，再次甦醒時發現自己因為邪惡死靈魔術師的力量，變成了最低階不死者。他為了贏得真正的自由，決心與死靈魔術師一戰，然而追殺黑暗眷屬直到天涯海角，為誅滅他們不惜賭上性命的終焉騎士團卻又成了他的障礙……！

NT$240/HK$80

叛亂機械 1~2 待續

Kadokawa Fantastic Novels

作者：ミサキナギ　插畫：れい亜

吸血鬼公主與機關騎士展開行動，正義與反抗的戰鬥奇幻故事第二集！

吸血鬼革命軍的屠殺恐怖動亂後過了三週，排除吸血鬼運動的聲勢在國內迅速增長。水無月等人開始調查先前與睦月戰鬥後揭曉的「白檀式」的人工頭腦中之所以有「吸血鬼腦」的真相。然而，全球最大的自動人偶廠商CEO卻突然出現在他們面前……

各 **NT$220/HK$73**

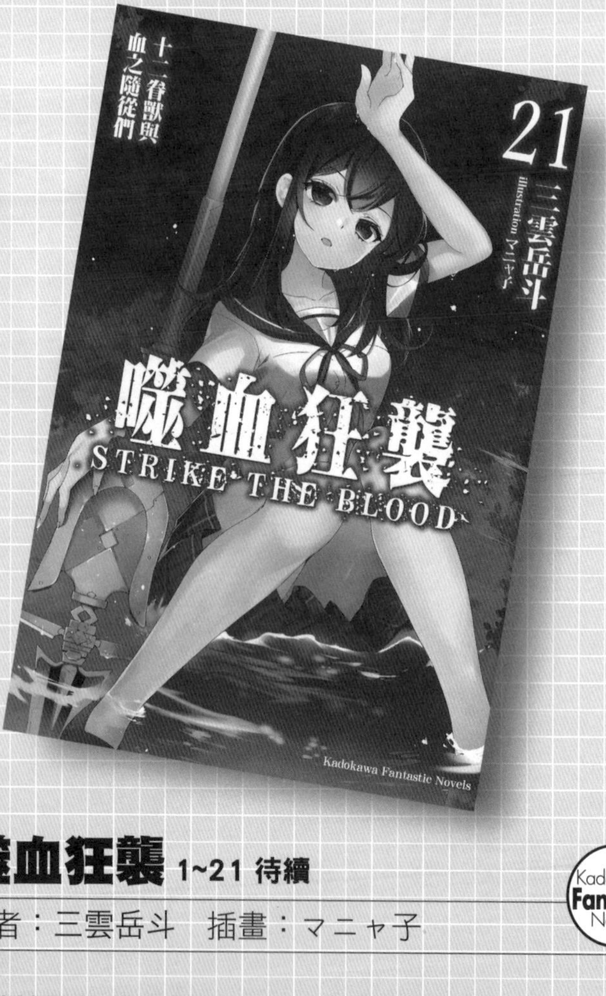

噬血狂襲 1~21 待續

Kadokawa Fantastic Novels

作者：三雲岳斗　插畫：マニャ子

古城被強行將眷獸植入體內，變成了怪物。
雪菜等人只得找齊十二名「血之伴侶」——

第一真祖齊伊出現在古城等人面前，提出意想不到的交易。齊伊交給古城的是一批新眷獸。古城受到強行植入體內的眷獸影響，理性盡失，進而變成怪物。為了讓古城駕馭住眷獸，雪菜等人只得到處奔波以找齊必要的十二名「血之伴侶」，豈料——

各 **NT$180~280/HK$50~87**